KB232198

운한소회

雲漢昭回

운한소회 6

조돈형 新무협 판타지 소설

초판 1쇄 찍은 날 § 2003년 9월 15일
초판 1쇄 펴낸 날 § 2003년 9월 25일

지은이 § 조돈형
펴낸이 § 서경석

편집장 § 문혜영
편집책임 § 장상수 · 권민정
마케팅 § 정필 · 강양원 · 이선구 · 김규진 · 홍현경

펴낸곳 § 도서출판 청어람
등록번호 § 제1081-1-89호
등록일자 § 1999. 5. 31
어람번호 § 제2-0256호

주소 § 경기도 부천시 원미구 심곡1동 350-1 남성B/D 3F (우) 420-011
전화 § 032-656-4452 팩스 § 032-656-4453
http://www.chungeoram.com
E-mail § eoram99@chol.com

ⓒ 조돈형, 2002

값 8,000원

ISBN 89-5505-823-3 04810
ISBN 89-5505-531-5 (SET)

조돈형 新 무협 판타지 소설

운한소회

雲漢昭回

6
완 결

도서출판
책돔

제28장

해후(邂逅)

해후

　주점에서 만난 표사들에게 저간의 사정을 듣고 길을 떠난 지 이틀, 주야를 가리지 않고 달린 혁련휘는 마침내 무림맹을 굴복시키고 무림의 중심에 우뚝 선 협맹, 또 그 협맹의 중심이라 할 수 있는 영호세가에 도착할 수 있었다.

　무림맹을 격퇴한 협맹은 사실상 무림의 패권을 차지한 상태였고 특히 맹주의 가문인 영호세가의 위명은 단 며칠 사이에 소림을 능가하고 있었다.

　평소에도 많은 사람들이 왕래했지만 무림맹에 반기를 들어 협맹을 만들고 이제는 무림에 군림하게 된 영호세가의 정문은 발 디딜 틈도 없이 많은 인간들로 북적거렸다. 힘이 없는 군소문파들은 자신들의 생존을 위해서라도 앞 다투어 영호세가의 그늘 아래에 몸을 누이고자 했다.

‘드디어 왔군.’

혁련휘는 잠시 걸음을 멈추고 위풍당당한 모습의 영호세가를 지그시 노려보았다. 단지 쳐다보는 것만으로도 한겨울의 추위를 절로 느끼게 만드는 싸늘한 눈빛, 살짝 깨문 입술, 거기에 냉소를 머금은 혁련휘의 입꼬리는 위로 말아 올라가 있었다.

“자자, 시끄럽게 떠들지 말고 줄을 서시오!”

영호세가의 무인인 듯한 자들이 한껏 거드름을 피우며 소리쳤다.

그들의 손짓 하나에 많은 사람들이 이리 움직이고 저리 움직였다.

영호세가의 중추적인 무인들은 대부분이 무림맹과의 싸움을 위해 세가를 비운 상태였다. 지금 남아 있는 식솔이라 해봐야 어차피 단순히 경계나 서고 잡일이나 하는 자들이 대부분이었다. 하지만 혹여 그들의 심기라도 불편하게 할까 봐 정문에 모인 사람들은 그들의 한마디에도 어쩔 줄을 몰라 하며 쩔쩔매었다.

‘버러지 같은 놈들.’

혁련휘는 고작 문지기로밖에 보이지 않는 인간들에게 연신 고개를 조아리며 비굴한 웃음을 짓고 있는 사람들을 경멸스럽게 쳐다보았다. 하나 그것도 잠시, 그들의 그런 행동이 어쩔 수 없는 약자의 설움이라는 것을 알기에 혁련휘는 나직이 한숨을 내쉬며 고개를 가로저었다.

‘강자존(强者存)이니…….’

혁련휘의 몸이 정문을 향해 천천히 움직였다.

“이봐. 차례를 지켜야지.”

고개를 숙인 혁련휘가 길게 늘어선 사람들의 곁을 스쳐 가는 순간 카랑카랑한 목소리와 함께 그의 팔을 잡는 손이 있었다.

혁련휘는 가볍게 손을 뿌리치고 계속해서 발걸음을 움직였다.

"이놈이! 어디서 굴러먹다가 온 놈인지는 몰라도 네놈 눈에는 우리가 할 일도 없이 이렇게 줄을 서고 있는 걸로 보이냐!"

어느새 앞을 가로막은 사내는 살기 띤 눈으로 혁련휘를 노려보며 당장에라도 공격을 할 듯 거친 숨을 몰아쉬었다.

"암, 천둥벌거숭이 같은 놈이 설칠 곳이 아니지."

그렇지 않아도 꼴 같지 않은 인간들에게, 그들이 단지 영호세가의 식솔이라는 이유만으로 어쩔 수 없이 굴욕을 감내하고 쩔쩔매야 했던 사람들이 순식간에 혁련휘를 에워쌌다. 억지로 억눌렀던 울화를 고스란히 풀 상대를 만난 것이다.

하지만 우두커니 선 혁련휘의 입에서 흘러나온 말은 단 한 마디뿐이었다.

"비켜."

"비켜? 이 자식이! 아직도 정신을 차리지 못했구나! 정녕 뜨거운 맛을……."

혁련휘의 앞을 가로막고 어깨를 툭툭 건드리던 사내의 말은 거기서 끝이 났다.

말만 끝난 것이 아니었다. 슬쩍 고개를 든 혁련휘와 두 눈이 마주친 순간, 사내는 귀신에 홀린 것처럼 그 자리에 주저앉고 말았다.

사내가 주저앉는 것과 동시에 혁련휘를 에워싸고 있던 사람들 또한 무슨 끔찍한 것이라도 보았는지 저마다 한 발씩 뒤로 물러났다. 그리곤 아무런 말도 행동도 하지 못했다.

혁련휘는 아무런 일도 없다는 듯 멈추었던 걸음을 옮겼다.

'무, 무슨 놈의 눈빛이…….'

정면에서 혁련휘를 막아섰던 사내는 땅바닥에 주저앉아 자신의 곁을 스쳐 지나가는 혁련휘의 뒷모습을 멍하니 쳐다보았다.

살아 있음에 감사해하는 그의 눈동자에 어려 있는 것은 공포였다.

앞을 가로막는 사내와 사람들을 싸늘한 눈빛과 폭발할 듯 피어오르는 살기로 제압한 혁련휘가 영호세가의 무인들에게 다가갔다. 처음엔 그저 흥미롭게 쳐다보던 그들의 얼굴은 이미 괴이한 표정으로 바뀌어 있었다.

"무슨 일로 오시었소?"

"누구시오?"

영호세가의 무인들이 질식할 듯한 압박감과 은근한 두려움을 느끼며 황급히 물었다.

혁련휘는 대답 대신 입가에 엷은 미소를 지었다.

"누, 누구냐고 물었소."

뭔가 심상치 않은 분위기를 느꼈는지 영호세가의 무인들이 저마다 검을 치켜들었다. 순간 혁련휘의 입가에 지어진 미소가 더욱 짙어졌다. 손에는 어느새 빼 들었는지 예리한 한광을 뿜어내는 검이 들려 있었다.

"그리 서둘지 않아도 곧 알게 돼."

"숙부님, 충(忠)입니다."

밖에서 들려오는 소리에 난(蘭)을 치고 있던 영호군(令狐君)이 붓을 내려놓았다.

"들어오너라."

문이 열리며 시원스런 이마를 지닌 중년의 사내가 들어섰다.

"바쁜 모양이구나."

"예, 숙부님. 워낙 많은 사람들이 몰려오다 보니 정신이 없을 지경입니다."

영호충(令狐忠)이 넉넉한 미소를 지으며 대꾸했다. 영호군 역시 인자한 미소와 함께 고개를 끄덕였다.

"난을 치고 계셨습니까?"

영호충이 슬쩍 고개를 돌리며 물었다.

"그래, 아침부터 이상스레 마음이 심란하여 붓을 잡고는 있는데 영 아니구나. 그만두어야겠어."

"소질이 그림에 대해선 잘 알지 못하지만 훌륭한 그림입니다."

"허허, 공연한 공치사는 하지 말거라. 어쨌든……."

영호군이 몸을 움직이려 하자 영호충이 재빨리 다가가 영호군이 앉아 있는 의자의 손잡이를 잡았다. 천성적으로 몸이 약한 데다가 병까지 얻어 바퀴가 달린 의자에 의지하여야만 몸을 움직일 수 있었던 영호군은 조카의 배려를 거부하지 않았다.

"화무십일홍(花無十日紅)이라 했다."

"……."

팔선탁을 사이에 두고 영호군과 마주 앉은 영호충은 조용히 다음 말을 기다렸다.

"화무십일홍이요 권불십년(權不十年)이라… 꽃은 십 일을 넘게 피지 못하고 권력의 흥망성쇠(興亡盛衰) 또한 그와 같다고 했다. 하나 전자가 바꿀 수 없는 자연의 이치라 한다면 후자는 다르다. 인간이, 권력을 잡은 인간이나 집단이 얼마나 노력하느냐에 따라 그 십 년이 백 년이 되고 천 년이 될 수도 있는 법이다."

"……."

"수백 년간이나 움츠렸던 우리 영호세가가 마침내 비상(飛上)의 날개를 활짝 폈다. 하지만 기초를 튼튼히 다지지 않는다면 이 영광 또한 얼마 가지 못한다."

말만으로도 가슴이 뜨거운지 영호군의 얼굴은 붉게 상기되어 있었다.

잠시 흥분을 가라앉힌 영호군이 말을 이었다.

"권력이란 단순한 무력에서만 비롯되는 것은 아니다. 무력에만 의지해선 진정한 군림을 하지 못한다. 힘은 일부분에 불과하다. 무력에 걸맞는 그 무엇, 얼마나 덕(德)을 쌓고 또 사람들의 신망(信望)을 얻느냐에 따라서 그 기간이 십 년이 될 수도 있고 백 년이 될 수도 있는 법이다. 무슨 말인지 이해가 가느냐?"

"예, 숙부님."

영호충이 공손히 대답했다.

"형님과 여러 세가의 인물들이 힘으로써 비상의 나래를 폈다면 지금부터는 그 힘에 상응하는 또 다른 힘을 길러야 할 것이다. 그리고 그것이 이곳에 남은 너와 내가 할 일이다."

"……."

"약육강식(弱肉强食)의 이 세계에서 강한 자에게 고개를 숙이는 것은 당연한 이치, 무수히 많은 사람들이 세가를 찾고 있다."

"그렇습니다."

영호충이 살짝 미소를 지으며 대꾸했다.

"그들을 소홀히 다루어서는 안 된다. 그들의 마음을 얻어야 한다. 두려움이 아닌 진정 마음에서 우러나와 굴복하고, 아니, 굴복이 아닌 인정이라고 하는 것이 낫겠구나. 우리를 인정하고 믿게 해야 하며 나아가 존경하도록 만들어야 한다. 지금 그들은 불안한 마음으로 우리를 지켜보며 마음을 졸이고 있다. 행여나 어떤 봉변을 당하지나 않을까 하는 걱정에 밤잠을 이루지 못하는 사람들도 부지기수일 것이다. 우린 그들의 불안한 마음을 다독여야 한다. 절대로 힘을 과시해서는 안 된다."

"알겠습니다."

"이것은 시작에 불과하다. 지금은 주변의 사람들만이 몰려들지만 지금보다 수십 수백의 무리들이 세가를 찾을 것이다. 후~ 형님은 그들을 업신여기고 단순히 군림의 수단으로 여기고 있지만 결코 그렇지 않다는 것을 알아야 한다. 그들의 마음을 얻지 못한다면 모든 것이 사상누각(沙上樓閣)과 같은 것이니……."

"숙부님께서 무슨 뜻으로 그리 말씀하시는지 알고 있습니다. 부족하나마 아무리 이름없는 문파, 무인들이라도 정중하게 대접하고 있습니다."

"그래, 잘하고 있구나. 그런 마음이 세가 내 모든 식솔들에게 전해지도록 해야 할 것이다."

영호군이 만족한 미소를 지으며 고개를 끄덕였다.

"명심하겠습니다."

"또한 찾아오는 사람을 뿌리치지 말되 대신 그들이 지니고 온 물건이나 재물은 절대 받아서는 안 된다. 그런 것으로 그들의 불안감을 해소시킨대서야 말이 되겠느냐?"

"넘쳐 나는 것이 재물입니다. 일체 받지 않고 모두 돌려보내고 있습니다."

영호충이 담담히 대꾸했다.

"하지만 그 역시 정중하게 거절해야 할 것이다. 재물을 거절당해 불안해하는 사람이 없도록."

"예, 숙부님."

"허허, 어련히 알아서 잘하겠느냐마는 나이가 들어 느는 것은 걱정과 잔소리뿐이구나."

"아닙니다. 숙부님께서 그런 말씀을 해주시기에 저도 모르게 슬그머니 찾아오는 교만함을 경계할 수 있습니다."

"잔소리라 생각하지 않고 그리 말해 주니 고맙구나."

영호군과 영호충은 서로를 마주 보며 미소를 지었다. 하지만 그 미소는 갑자기 들려온 병장기 소리와 함께 사라졌다.

"무슨 일이더냐?"

영호군이 안색을 찌푸리며 물었다.

"글쎄요. 조그만 소란이 있는 것 같습니다."

영호충이 대수롭지 않게 대답했다. 그러나 그리 말을 하는 그의 가슴은 이미 싸늘하게 식어 있었다.

영호군의 처소는 영호세가 내에서도 가장 외지고 한적한 곳이었다. 웬만한 소리는 들리지도 않았다. 한데 비명 소리 하며 병장기 소리가 너무나 또렷이 들려왔다. 무공을 익혀 남다른 청각을 가진 영호충이라면 모를까 무공도 없는 영호군까지 의식을 할 정도라면 결코 조그만 소란이 아니었다.

"나가보자꾸나."

"소질이 나가보겠습니다. 숙부님은 이곳에 계십시오."

"아니다. 내 비록 이런 몸을 하고는 있지만 세가의 가장 큰 어른이 아니더냐. 보아하니 우리의 처우에 불만을 느낀 이들이 일으킨 소란

같구나. 나가보아야겠다. 가서 진정을 시켜야지.”

영호군은 들려오는 소란이 영호세가를 찾는 이들이 일으킨 것이라 여겼다. 하나 걱정스레 영호군을 쳐다보는 영호충의 생각은 달랐다. 세가의 그늘에 들어오고자 기를 쓰는 자들이 소란을 일으킨다는 것은 있을 수 없는 일이었다. 또한 작금에 있어 영호세가에 감히 시비를 걸 수 있는 간담을 지닌 인물이나 문파는 존재하지 않았다.

그럼에도 저런 소란이 났다는 것은 분명 예사롭지 않은 일이 벌어짐을 의미하는 것이었다.

‘좋지 않다.’

불길함이 뇌리를 스쳤다. 어쩌면 큰 위험이 있을 수도 있었다. 하지만 벌써부터 의자의 바퀴를 굴리고 있는 영호군을 막을 수는 없었다.

“모시겠습니다.”

재빨리 다가가 의자를 잡은 영호충이 굳을 얼굴로 의자를 밀며 밖으로 나왔다.

챙챙.

“크아악!”

단지 몇 발자국을 떼었을 뿐인데도 병장기가 부딪치며 나는 소리와 처절한 비명, 고함 소리가 너무도 또렷하게 들려왔다.

“서두르자꾸나.”

영호군이 다급하게 말했다. 영호충은 의자가 버틸 수 있는 최대한의 속력을 내며 소란의 진원지로 향했다.

대여섯 번의 호흡을 마쳤을 때 그들은 세가의 중심에 있는 연무장에 도착할 수 있었다.

“이럴 수가!”

영호군과 영호충의 입에서 동시에 경악성이 터져 나왔다.

지옥도(地獄圖)였다.

영호군과 영호충을 맞이한 연무장엔 감히 필설(筆舌)로 형용할 수 없는 처참한 살육이 벌어져 있었다.

"도대체가……."

영호충은 두 눈을 부릅뜨고 주변을 살폈다.

소란이 일고 그들이 이곳에 도착하기까지 걸린 시간은 반 각이 채 되지 않았다. 그런데 그 짧은 시간에 상상도 할 수 없는 일이 벌어진 것이다.

연무장에는 대략 사십여 구가 넘는 시신이 굴러다니고 있었는데 어느 것 하나 성한 것이 없었다. 생존자는 전무했다.

"크아악!"

단말마(斷末魔)의 비명이 북쪽에서 들려왔다.

"빨리!"

머뭇거릴 틈이 없었다. 영호군의 외침이 아니더라도 의자의 손잡이를 움켜쥔 영호충은 이미 비명이 들려온 곳으로 방향을 잡고 있었다.

"아!"

비명 소리가 들린 곳에 도착한 영호군과 영호충은 또 한 번 침음성을 흘렸다.

아비규환(阿鼻叫喚)이었다 연무장에 펼쳐진 지옥도는 시작에 불과한 것이었다.

그들을 반긴 것은 도처에 널린 시신들과 혁련휘 한 사람을 어찌 못하여 전전긍긍하는 세가의 무인들이었다. 특히 혁련휘를 중앙에 두고 합공을 하면서도 좀처럼 수세에서 벗어나지 못하는 노인들은 자리를 물려주고 은퇴한 가신 가문의 노가주들이 아닌가.

"어찌 된 일이오? 도대체 저자는 누구란 말입니까?"

영호충이 자신을 알아보고 화급히 다가온 중년인에게 다그치듯 물었다.

"그, 그것이……."

영호세가의 집안일을 책임지고 있는 총관 능운(稜雲)은 비 오듯 쏟아지는 땀을 닦으며 어쩔 줄을 몰라 했다.

"모, 모르겠습니다. 저자가 누군지, 또 어째서 이런 만행을 저지르는지 도대체 이유를 모르겠습니다."

"모르다니요! 그게 말이 됩니까?"

영호충이 버럭 화를 냈다.

"놈이 갑자기 들이닥쳐 닥치는 대로 살수를 전개하는 바람에……."

"이……!!"

"피해가 얼마나 되는가?"

영호군이 주체할 수 없는 분노로 떨고 있는 영호충을 말리며 물었다.

"추, 추측하기도 힘듭니다. 다, 다만 정문에서 연무장을 지나 이곳까지 오는 동안 대략 백여 명이 넘는 인원이 목숨을 잃었고……."

"허!"

영호충이 기도 안 찬다는 듯 탄식을 내뱉었다. 하지만 그것이 끝이 아니었다.

"뿐만 아니라 정문을 비롯하여 놈이 지난 길에 있던 건물의 대부분이 완파되었습니다."

영호충은 물론이고 침착하게 설명을 듣고 있던 영호군의 눈마저 경악으로 물들었다.

"그게 무슨 소린가? 건물이 완파되다니!!"

질문을 하는 영호군의 목소리 또한 영호충을 닮아가고 있었다.

"송구합니다. 세가의 무인들은 물론이고 인사차 온 여타 문파의 무인들까지도 힘을 합쳐 놈을 막고자 하였지만… 막을 수가 없었습니다. 놈은… 마치 장난이라도 하듯 그렇게 사람들을 해치고 건물을 부수며 여기까지 왔습니다."

능운은 모든 것이 자기 잘못인 양 고개를 들지 못했다.

"되었네. 자네의 잘못이 아니지 않은가. 후~"

영호군이 능운의 어깨를 살며시 두들겼다. 그리곤 고개를 돌려 사냥을 하듯 일방적으로 노가주들을 몰아붙이는 혁련휘를 쳐다보았다.

노가주들은 체면도 도외시한 채 세 명이 합공을 하고 있었다. 비록 천하를 호령하는 절세의 고수들은 아니더라도 그들 개개인이 지닌 능력은 결코 가벼운 것이 아니었다. 거기에 합공이라니… 그런데 상대는 조금도 개의치 않는 것이 아닌가!!

'누군가? 도대체 어떤 자이기에 이런 대담한 짓을 벌인단 말인가?'

영호군은 결국 참지 못하고 달려든 영호충까지 무려 네 명의 고수를 맞아 싸우는 혁련휘를 두려움과 경의에 찬 눈으로 바라보았다.

"대관절 본 가에 어떤 원한이 있기에 이런 참혹한 짓을 저지르는 것이냐?"

단 한 번의 충돌로 상대의 무공이 어떤지 절실히 느낀 영호충이 한 걸음 뒤로 물러나며 물었다.

간발의 차이로 피해 살갗만 살짝 스친, 생명은 건졌지만 조금만 반응이 늦었어도 반으로 쩍 갈라져 버렸을 가슴의 상처는 신경도 쓰지

않았다. 그의 시선은 오직 냉소를 짓고 있는 혁련휘에게 고정되어 있
었다.

"원한? 원한이라……."

노가주들을 매섭게 몰아치던 혁련휘가 잠시 검을 멈추었다.

거친 호흡, 흔들리는 신형, 전신의 힘이 빠져 검을 부여잡은 손마저
덜덜 떨리는 노가주들과는 달리 혁련휘의 이마엔 그저 몇 방울의 땀만
이 맺혀 있었다.

"무림맹의 인물이냐?"

"무림맹? 후후."

영호충의 질문에 혁련휘는 콧방귀를 뀌었다.

"그렇다면 혈성에서 보냈느냐? 아니면 다른……."

거듭되는 영호충의 질문에도 혁련휘는 좀처럼 입을 열지 않았다. 그
저 고개를 살짝 치켜 올리며 조소를 보낼 뿐이었다.

"혹시… 흑영의 대주라는……."

능운의 힘을 빌려 혁련휘에게 접근한 영호군이 입을 열었다. 순간
혁련휘의 눈가에 이채가 흘렀다.

"역시 내 생각이 맞았군."

혁련휘의 고개가 자신에게 돌려지자 영호군은 심각하게 얼굴을 굳
히며 말했다.

"어떻게 알았소?"

혁련휘의 입에서 처음으로 제대로 된 대꾸가 흘러나왔다.

"그대와 같은 고수를 길러낼 곳은 그리 흔하지 않지. 더구나 자네는
무림맹의 사람도 아니고 혈성의 사람도 아니라고 했네. 아무리 기억을
더듬어도 자네와 같이 강한 사람이 떠오르지 않더군. 있다면 오직 한

명, 흑영대의 대주 혁련휘라는 이름뿐이지. 어때, 내 말이 틀리는가?”

“정확하오.”

혁련휘가 피식 웃음을 터뜨리며 수긍을 했다.

“혀, 혁련휘!”

“흑영대!!”

혁련휘와 영호군의 대화를 주시하던 사람들의 입에서 절로 탄성과 두려움이 섞인 침음성이 터져 나왔다.

흑영대의 대주 혁련휘라는 이름은 이미 세인들의 뇌리에 지울 수 없는 거대한 존재로 각인되어 있었다.

한 줌도 안 되는 수하들을 이끌고 남궁세가와 당가를 초토화시킨 인물이었다.

무림맹에선 쉬쉬하고 있었고 생사가 불분명했지만 혁련휘가 대파산에서 당가의 신임 가주와 당문칠걸의 합공을 단신으로 물리친 일은 알 만한 사람은 다 알고 있었다. 더구나 과거 혈성의 성주 백무극을 물리친 사람 또한 그라는 관정의 증언이 일으킨 파장은 상당했다.

혁련휘, 그는 그 자신도 모르는 사이에 어느새 전설이 되어 있었다.

그런 혁련휘가 모습을 드러냈으니 사람들이 받은 충격이란 말로 표현할 수가 없었다.

혁련휘라는 이름에 대한 경외심과 두려움과 그 공포는 주변 사람들뿐만 아니라 그와 정면으로 대치하고 있는 영호충 또한 피할 수 없는 것이었다.

영호충은 이를 악물었다. 혁련휘의 무공이 어떻고 지금껏 어떤 일을 해왔는지를 떠나 그는 엄연히 세가의 무인들을 참살한 적이었다. 적에게 주눅이 드는 자신을 용납할 수 없었던 영호충이 애써 흔들리는 마음을 다잡으며 소리쳤다.

"네놈이 누구든 상관하지 않는다! 중요한 것은 이곳에 와서 아무런 이유도 없이 살겁을 일으켰다는 것이다. 며칠 전 고안 분타에서도 끔찍한 살인을 저질렀고. 어째서냐? 네놈 스스로 무림맹의 사람이 아니라고 했거늘 영호세가와 어떤 억하심정이 있기에 이러한 짓을 벌인 것이냐!"

"이유라… 정녕 그 이유를 모른단 말이냐?"

혁련휘의 얼굴에 서리가 내려앉았다.

"……."

"뻔뻔한 놈들 같으니… 모른다면 말해 주지. 나는 관정의 빚을 받으러 왔다."

"빚? 무슨 소리를 하는 것이냐!"

도통 이해할 수 없는 혁련휘의 말에 영호충이 발끈하여 소리쳤다. 하나 혁련휘의 시선은 이미 그를 떠나 주변의 사람들에게 돌아가 있었다.

"마지막으로 경고한다. 영호세가와 관계없는 사람들은 이곳을 떠나라. 반 각의 여유를 주겠다. 남는 자는 그만한 대가를 치르게 될 것이다."

"빚이라니? 네놈은 은혜를 원수로 갚으려 하는구나. 금수(禽獸)만도 못한 놈 같으니라고!!"

치명상을 입은 관정을 치료해 주고 또 무림맹의 위협에서 지켜준 것은 다름 아닌 영호세가와 협맹이었다. 물론 그만한 이익을 얻은 것도 사실이지만 그것이 살겁의 이유는 될 수 없었다.

대노한 영호충이 검을 치켜들고 혁련휘에게 달려들었다. 때를 맞춰

가쁜 호흡을 안정시키고 몸을 추스른 노가주들이 이에 호응했다. 몇 남지 않은 영호세가의 무인들도 두려움 속에서도 혁련휘의 주변을 에 위쌌다. 혁련휘의 경고에도 불구하고 상당수의 무인들 역시 그들과 행동을 같이했다.

"난 분명히 기회를 주었다."

혁련휘는 영호세가의 편에 서서 자신을 포위하고 있는 무인들을 싸늘하게 노려보았다. 그대로 물러났을 때 훗날 그들의 문파나 가문이 겪게 될 고초를 걱정하는 그들의 심정을 모르는 바는 아니었다. 하지만 사정을 봐주고 싶은 마음은 조금도 없었다. 한 번의 경고가 자신이 그들에게 해줄 수 있는 최대의 아량이었다. 이젠 그 경고를 무시한 대가를 치르게 할 때였다.

혁련휘의 몸이 유영하듯 움직이기 시작했다. 그리고 짧은 숨을 내쉬기도 전에 그의 뒤로 접근하던 두 명의 무인이 피떡이 되어 쓰러졌다.

"크아악!"

비명 소리와 함께 영호군의 눈이 질끈 감겼다. 일그러질 대로 일그러진 얼굴은 고통에 물들어 있었다.

'결국 이렇게 되고 말았구나.'

처음 무참한 살겁을 일으킨 자가 흑영대의 대주인 혁련휘라는 것을 알았을 때부터 영호군은 그가 무슨 이유로 영호세가를 찾았고 또 그런 살수를 휘두르고 있는지 짐작하고 있었다. 혁련휘가 관정을 언급했을 때 그의 짐작은 확신이 되어 있었다.

영호군은 가주인 영호용이 백무극의 무공에 욕심을 내는 것을, 그래서 관정에게 차마 하지 못할 짓을 하면서까지 무공을 얻고자 한 일을 알고 있었다. 다른 사람은 몰라도 영호군은 알고 있었다.

관정을 통해 알아낸 무림맹의 무공에 대해서 파훼법을 찾는 일, 무림맹을 격파하기 위해 계책을 마련하는 일 모두가 협맹의 두뇌 역할을 하고 있고 그가 각주로 있는 천뇌각에서 나온 것이었다. 게다가 영호용과 함께 은밀히 영호세가의 무공에 관정으로부터 얻은 백무극의 무공을 접목시키는 것 또한 그의 몫이었기 때문이다.

'욕심이 너무 지나쳤어. 말렸어야 했거늘……'

하나 그 당시 영호용이 보였던 집착을 감안한다면 다 부질없는 생각이었다. 그래도 조금 더 강하게 말렸다면 지금과 같은 일은 벌어지지 않았을지도 모른다는 후회감이 가슴을 아프게 했다.

후회란 언제나 때가 늦는 법이었다. 그리고 분에 넘치는 욕심은 그에 상응하는 대가를 원했다. 계속해서 들려오는 누군가의 비명 소리가 바로 그 욕심의 대가였다.

영호군은 처절하게 울려 퍼지는 비명을 들으며 천천히 눈을 떴다.

'인과응보(因果應報)로구나.'

혁련휘의 모습을 두려운 눈으로 쳐다보던 영호군의 입에서 천하의 모든 근심 걱정을 담은 한숨이 흘러나왔다. 절로 몸을 떨게 만드는 압도적인 위압감을 풍기며 검을 휘두르는 혁련휘의 모습에서 영호세가에 드리운 먹구름이 결코 간단히 걷히지는 않으리라는 것을 알았기 때문이다.

"아아악!!"

모든 사람의 마음속에 원초적인 공포로 자리 잡고 있는 죽음.

혁련휘의 공격에 적중당한 이들은 그저 단말마의 비명과 몇 번의 꿈틀거림으로 삶과 죽음의 경계를 넘었다. 이승에서 저승으로 가는 그 길목에 있어 발버둥 치는 사람의 모습이란 참으로 비참한 것이었다.

우정을 다지던 친구들이, 생사를 함께 넘나들던 동료들이 그렇게 허무히 쓰러지면서 사람들의 마음속엔 그것을 막지 못한 죄책감, 힘이 없음을 안타까워하는 분노가 깃들기 시작했다. 하지만 그런 분노가 분출되기도 전에 그들의 뇌리를 지배하기 시작한 것은 결코 극복하지 못할 것 같은 절대적인 힘, 그리고 그 힘에 완벽하게 노출된 두려움, 죽음보다 더한 공포였다.

그것은 무인으로서의 명예나 자존심, 또는 사문에 대한 책임감 등 그 어떤 것보다 우선시되었다.

"사, 살귀다!!"

"마귀(魔鬼), 이 마귀 같은 놈!!"

혁련휘를 에워싸고 있던 포위망은 어찌 수습할 여력도 없이 형편없이 무너져 버렸다. 노가주들과 영호충, 그리고 몇몇 실력이 있는 무인들이 목숨을 도외시하며 필사적으로 공격했지만 혁련휘의 움직임을 멈추게 하지는 못했다.

북풍한설 매서운 바람처럼 날카롭고 집요하며 태산의 힘을 담은 혁련휘의 검은 자신에게 밀려드는 공격을 간단히 막아냄은 물론이고 그 어떤 대항도 용납하지 않았다.

반항이란 있을 수가 없었다. 오직 일방적인 도살만이 존재했다.

"으으으."

두려움에 사로잡힌 사람들이 하나둘 무기를 버리고 뒷걸음질치기 시작했다. 하지만 혁련휘의 검에는 조금의 인정도 남아 있지 않았다.

"크아악!"

"커흑!"

몸을 돌려 도망치던 자들이 허공을 선회하며 날아든 검에 의해 무참히 목숨을 잃었다. 검이 잠시 손을 떠난 순간에도 혁련휘의 몸은 멈추지 않았다. 적수공권(赤手空拳)의 그였지만 그의 손속은 검이 들려 있는 것과 조금의 차이도 없었다.

잠깐의 시간 동안 서른 명도 넘는 무인이 차가운 시신이 되어 땅에 쓰러졌다. 몇몇 운이 좋은 이들이 목숨을 부지해 달아날 수 있었지만 그 수는 손가락으로 헤아릴 정도였다.

"이, 이… 짐승만도 못한!!"

왼쪽 어깨에 일검을 허용해 전신이 피투성이로 변한 영호충이 이를 악물며 달려들었다. 무인으로서의 자존심도 버리고 달아나는 자들에게까지 살수를 휘두르는 혁련휘의 악독함에 그의 이성은 마비가 되어 버렸다.

"타핫!"

영호충이 분노에 찬 기합성과 함께 몸을 날렸다. 그리고 막 도주하는 사내의 옆구리를 걷어차느라 중심을 잡지 못한 혁련휘의 왼쪽 측면으로 접근하는 데 성공했다.

"죽어랏!!"

혁련휘의 곁으로 접근하는 데 성공한 영호충은 전신의 모든 공력과 역설하기 힘든 울분을 실어 검을 휘둘렀다. 방어는 전혀 생각하지도 않은, 자신의 목숨이야 어찌 되든 말든 오로지 혁련휘만을 죽이겠다는 필살의 의지가 담긴 공격이었다.

혼신의 힘을 다한 영호충의 공격이 의외였는지 혁련휘는 별다른 반응을 하지 못했다.

'베었다!'

영호충은 자신의 검에 묵직한 감촉이 전해져 오는 것을 느끼며 회심의 미소를 지었다. 짜릿한 희열이 머리에서 발끝까지 관통했다.

'결국… 네놈도 사람이었구나.'

영호충은 자신이 이루어낸 기적과도 같은 결과를 보기 위해 천천히 고개를 들었다. 손을 뻗으면 닿을 듯한 거리에 혁련휘가 있었다. 무심한 표정을 짓고는 있었지만 혁련휘의 신형은 서서히 무너지고 있었다.

인간 같지도 않았던, 도저히 인간의 몸으로선 지니기 어려운 무공과 잔인한 손속을 지녔던 혁련휘, 그 악독함에 치를 떨었지만 결국엔 자신의 손으로 쓰러뜨린 것이었다.

바로 그때 숙부인 영호군의 안타까운 외침이 들려왔다.

"안 돼!"

영호충은 혁련휘의 뒤로 괴성과 함께 손수 바퀴를 굴리며 다가오는 영호군을 볼 수 있었다.

'하하! 숙부님, 염려하지 마십시오. 이놈은 제가… 응?'

영호충은 호탕하게 웃으며 소리치려 했다. 하지만 뭔가가 이상했다. 하고자 했던 말은 목구멍에서만 맴돌 뿐 입 밖으로 흘러나오지 않았다. 게다가 다급히 달려오는 영호군의 몸 또한 혁련휘와 마찬가지로 서서히 쓰러지고 있는 것이 아닌가. 혁련휘야 자신의 손에 베어졌으니 쓰러지는 것이 당연했지만 숙부인 영호군은 어째서 쓰러지는 것인가? 영호충은 도저히 이해할 수가 없었다.

영호충이 그것을 이해하게 되기까지는 그리 오랜 시간이 필요하지 않았다.

그의 볼이 차가운 땅에 닿았을 때, 그때까지 아무렇지도 않았던 상의가 반으로 갈라지며 흩어지고 그 사이로 붉은 핏물이 흘러나오면서, 영호충은 지금껏 살아오며 한 번도 느껴보지 못한 고통을 느끼게 되었

다. 그리고 어째서 영호군이 저렇듯 안타까운 표정으로 달려오는지,
자신의 공격을 받은 혁련휘가 무심한 표정으로 노려볼 수 있는지를 이
해하게 되었다.

베었다고 생각한 것은 단지 영호충의 생각일 뿐이었다. 베어진 것은
오히려 그 자신.

'크크크.'

나오느니 그저 어처구니없는 웃음뿐이었다.

영호충은 서서히 흐려지는 의식 속에서 희미해지는 영호군의 모습
을 볼 수 있었다. 그리고 자신을 향해 점점 다가오는 하나의 물건을 간
신히 식별해 냈다.

'죽음… 이라는 것인가.'

이상하게도 두렵지 않았다. 삶에 대한 미련도 없었다. 다만 아무것
도 하지 못했다는 아쉬움만이 남았을 뿐이었다. 그리고 더 이상의 생
각은 이어지지 않았다.

털썩.

영호충의 몸이 혁련휘의 발길질에 허공을 날아 삼 장 뒤로 처박혔
다. 비명은 들리지 않았다. 그의 발길이 닿기 전 영호충의 명은 이미
끊어진 상태였다.

"이놈!!"

손쓸 틈도 없이 당하고 마는 영호충의 모습에 분노한 노가주들이 혁
련휘에게 달려들었다. 하지만 그들 중 한 명은 이미 쓰러져 사경을 헤
매고 있었고 핏발을 세우며 달려드는 두 노가주 역시 엄중한 부상을
입은 상태였다.

"이런!"

영호충의 죽음을 슬퍼할 시간도 없었다. 압도적인 수적 우위에도 불구하고 어쩌지 못한 상대를 부상당한 몸으로 상대한다는 것은 자살 행위나 마찬가지였다. 지금이라도 헛된 죽음은 막아야 했다.

"아니 되오!!"

영호군이 노가주들의 행동을 막기 위해 소리쳤다. 하지만 그의 외침보다 노가주들의 움직임이 빨랐고 공격에 재빨리 반응하고 도리어 역공을 펼치는 혁련휘의 움직임은 더 빨랐다.

"아!"

자신의 말이 끝나기도 전에 혁련휘에게 접근하여 공격을 가하는 노가주들과 겉으로는 거의 드러나지 않는 냉소를 지으며 천천히 검을 움직이는 혁련휘의 모습에 영호군은 짧은 탄식과 함께 고개를 돌리고 말았다.

꽈꽝!

상당한 파공성과 함께 노가주들은 하염없이 뒤로 날아가 무참히 처박혔다. 절명을 했는지 땅에 쓰러진 그들의 몸에선 어떤 움직임도 없었다.

노가주들을 죽음으로 안내한 혁련휘 역시 잠시 움직임을 멈추었다. 두려움에 사로잡힌 모든 이들의 시선이 혁련휘에게 향했다.

허공으로 부영했던 먼지들이 살며시 땅에 내려앉을 정도의 짧은 시간이 흐르고 우두커니 서 있던 혁련휘가 천천히 주변을 살피기 시작했다.

그의 경고를 무시했던 대부분의 사람들은 이미 죽거나 간신히 목숨만을 부지한 채 도주한 상태였고 장내에 남아 있는 자들은 더 이상 물러설 곳이 없는 영호세가의 무인들뿐이었다.

고작 십여 명. 애당초 세가에 남아 있던 인원도 적은 데다가 무자비한 혁련휘의 살수에 대항하다 겨우 목숨만을 부지한 사람들이었다. 하지만 혁련휘는 그조차 용납하지 않으려 했다. 영호세가와 관련된 사람이라면 씨를 말리려는 듯 혁련휘의 신형이 또다시 움직였다.

목표는 부상에 신음하는 노가주와 그를 돌보고 있는 몇몇 생존자들이었다.

"멈추게……."

힘없는 음성이었다. 혁련휘가 발걸음을 멈추고 고개를 돌렸다.

"한없이 약하고 아무런 힘도 쓸 수 없는 부상자들이네. 그들만이라도 살려주게."

영호군은 어떡하든지 더 이상의 희생을 막으려는 듯 체면도 버리고 간절한 음성으로 부탁을 했다.

"……."

"모든 것이 자네가 원하는 대로 되지 않았는가. 자비를 베풀게나."

하지만 혁련휘의 입에선 싸늘한 대답만이 흘러나왔다.

"싫소. 나에게 자비란 더 이상 없소."

혁련휘는 일고의 가치도 없다는 듯 몸을 돌렸다.

"아, 안 돼! 제발!"

혼신의 힘을 다해 의자를 움직인 영호군이 혁련휘의 앞을 가로막고 고개를 흔들며 소리쳤다.

바로 그 순간, 혁련휘는 좌우 바퀴 위에 있던 영호군의 손이 팔을 지지하는 받침대로 향하는 것을 보았다. 그리고 받침대를 움켜쥔 손에 힘이 들어가는 것을 놓치지 않았다.

"흥!"

차가운 냉소가 혁련휘의 입에서 터져 나왔다. 그보다 앞서 날아간 검은 영호군의 몸을 의자와 함께 양단해 버렸다.

"커… 으으……."

땅바닥에 쓰러져 허우적거리는 영호군의 눈은 고통으로 부릅떠져 있었다. 그러면서도 눈은 혁련휘를 향해 있었다.

"자… 비… 를……."

"……."

혁련휘는 말이 없었다. 표정 또한 조금 전과 별다르지 않았다. 하나 내심은 달랐다.

영호군의 손에 힘이 들어가는 순간 혁련휘의 본능을 자극한 것은 예기치 못한 암습이었다. 아니, 암습이 있을 것이란 추측이었다.

혁련휘는 영호군이 앉아 있는 의자에 분명 알지 못하는 특별한 장치가 숨어 있을 것이라 여겼다. 그것이 암기든 또는 그 밖의 어떤 무기든…….

하지만 의자는 그저 평범한 의자였을 뿐이고 영호군 역시 암습 따위는 전혀 생각하지 않았다.

'착각을… 했군.'

힘없이 죽어가는 영호군을 응시하며 혁련휘는 자신의 판단이 틀렸음을 인정해야만 했다.

무인으로서 무공도 지니지 않은 불구자에게 과잉 반응을 했다는 생각에 가슴 한구석으로 약간의 부끄러움이 밀려왔다. 하지만 그것도 잠시였다.

실수한 것은 사실이지만 영호군 역시 영호세가의 인물이었다.

혁련휘에게 있어 그것은 일종의 면죄부(免罪符)였다.

그렇다고 영호군의 죽음이 아주 의미 없는 것은 아니었다. 부상자들을 향하던 혁련휘의 몸이 잠시 멈칫하며 방향을 틀었기 때문이다.

혁련휘는 부상자들에게 쏟아야 할 힘을 전혀 엉뚱한 곳에 퍼붓기 시작했다.

파파팟.

검이 춤을 추고 검에서 발출된 검기가 폭발적인 힘을 싣고 주변의 건물을 파괴하기 시작했다. 검기가 지나간 자리에 성한 것은 아무것도 없었다.

"아아악!"

"꺄악!"

건물 속에서 세가에 닥친 환란을 걱정하던 아녀자들이 비명을 지르며 뛰쳐나왔다. 안타깝게도 그들의 처절한 비명은 광기에 휩싸여 미친 듯이 검기를 발출하는 혁련휘의 손속을 멈추게 하지는 못했다.

"사, 사람 살려!!"

"아악!"

무너지는 지붕을 피하지 못해 파묻히는 사람, 쓰러지는 기둥에 깔려 비명도 지르지 못하고 생을 마감하는 사람, 건물을 빠져나오다 검기에 휩쓸려 처참히 쓰러지는 사람… 찰나지간에 무수히 많은 인명이 목숨을 잃었다. 더러는 혁련휘에게 달려들다 접근도 하지 못하고 목숨을 잃는 이들도 있었지만 대부분의 사람들은 무너지는 건물을 미처 빠져나오지 못해 목숨을 잃었다.

그렇게 얼마의 시간이 지났을까?

검을 휘두르다 지치면 불을 지르고, 다시 기운을 차려 검을 휘두르기를 물경 한 시진. 혁련휘가 그 움직임을 멈추었을 땐 영호세가엔 더 이상 건물이라 이름 붙일 만한 것이 남아 있지 않았다.

"후우~"

마침내 폭풍에 휘말린 가랑잎처럼 미친 듯이 움직이던 혁련휘가 검을 멈추고 하늘 끝까지 치고 올라갈 듯 무섭게 타오르는 불길을 바라보며 크게 심호흡을 했다. 얼굴에 씌었던 광기도 어느 정도는 진정이 되었고 활화산처럼 끓어올랐던 노화도 제법 많이 사그라진 듯싶었다.

잠깐 동안 호흡을 가다듬은 혁련휘가 입을 열었다.

"이것으로 끝났다고는 생각하지 마라. 네놈들은 결코 넘어서는 안 될 선을 넘었다. 무림맹이나 영호… 아니, 협맹이나 모두 같은 족속들이다. 가증스런 위선자들! 네놈들이 그토록 두려워하고 경원하던 혈성 놈들은 최소한 위선만큼은 떨지 않았다. 명심해라. 아직 끝나지 않았다. 이것은 시작에 불과하다."

한쪽 구석에서 씻을 수 없는 모욕과 부상에 시름하는 이들에게 말을 하는 것인지, 아니면 무너지는 건물에서 간신히 목숨을 구한 뒤 두려움과 공포에 치를 떨고 있는 아녀자들에게 하는 말인지 명확하지는 않았지만 혁련휘의 의지만은 확실하게 전달되었다.

간신히 정신을 차린 한 노가주가 거칠게 호흡하며 입을 열었다.

"빈… 껍질을 부쉈다고 너무 기고만장하지… 마라……. 오… 늘의 치욕은 가주께서, 그리고 영호세가의 진정한 무… 인들이 대신 갚아줄 것이다."

"훗, 아직도 정신을 차리지 못한 모양이군. 어디 다시 한 번 입을 놀려보시지. 이곳에 살아 있는 생명은 아무것도 없게 만들어줄 테니."

혁련휘가 차가운 냉소와 함께 노가주를 쏘아보았다. 노가주는 이글거리는 눈으로 혁련휘를 노려보았지만 더 이상 입을 열진 못했다. 자신의 말 한마디에 얼마의 목숨이 걸려 있는지를 의식했기 때문이었다.

"그럴 줄 알았지. 크크크!"

혁련휘가 비릿한 조소를 보내며 노가주를 비웃었다.

"네, 네놈이……."

"크하하하하하!"

노가주는 결국 치미는 노화를 참지 못해 다시 정신을 잃었다. 정신을 잃으며 그가 들은 것은 미친 듯이 웃어젖히는 혁련휘의 웃음소리였다.

한번 시작된 혁련휘의 웃음은 한참이나 이어졌다.

*　　　　*　　　　*

"그, 그게 무슨 소리더냐? 본 가가 어… 찌… 돼?"

떨리는 가슴을 진정시키며 되묻는 영호용의 얼굴엔 불신의 빛이 녹아 있었다.

"어서 말을 하여라. 본 가가 어찌 되었다고!"

"적… 의 기습을 받아……."

대답하기가 몹시 힘이 드는지 영호무현은 입술을 질끈 깨물며 미처 말을 잇지 못했다.

"적? 적이라니! 대체 어떤 놈들이 본 가를 기습했더란 말이냐!!"

벌떡 일어나는 영호용의 전신에서 무시무시한 살기가 뿜어져 나왔다. 하지만 영호무현은 쉽사리 대답을 하지 못했다.

"피해는 얼마나 된다더냐?"

나직이 한숨을 내쉰 영호무현이 조심스레 대답했다.

“아녀자들을 제외하고는 목숨을 구한 이가 거의 없다고 합니다. 그
리고……”
“그리고?”
“세가의 건물 대부분이 불에 타 잿더미가 되었다고 합니다.”
꽝!
영호용은 치미는 화를 참지 못해 불끈 쥔 주먹으로 탁자를 내려쳤
다. 산산조각난 탁자의 파편이 사방으로 비산했다.
“무림맹이냐?”
“아닙니다.”
“그럼 혈성이냐?”
“아닙니다.”
계속되는 질문에도 단편적이기만 한 영호무현의 대답에 영호용이
버럭 호통을 쳤다.
“답답하구나! 자세하게 말해 보거라! 무림맹도 아니고 혈성도 아니
라면 도대체 어느 놈들이 감히 영호세가를 넘본단 말이냐!!”
“놈들이 아니라… 놈입니다.”
영호무현이 기어들어 가는 음성으로 대답을 했다.
“놈? 놈이라니! 그렇다면 겨우 한 놈에게 당했단 말인가?”
영호용, 염파 등과 함께 느긋한 오후 한때를 보내다 갑자기 들려온
비보에 놀라며 둘의 대화를 주의 깊게 듣고 있던 전사림이 깜짝 놀라
반문했다.
“그렇습니다.”
나직하게 대답하는 영호무현의 얼굴이 부끄러움으로 붉게 물들었
다.

"허! 도대체가……."

영호세가에 적이 침입하여 씻기 힘든 치욕을 당했다는 것만으로도 놀랍거니와 그와 같은 엄청난 일을 저지른 자가 겨우 한 명에 불과하다는 말은 참으로 믿기 힘든 것이었다.

전사림은 더 이상 할 말이 없다는 듯 탄식성을 내뱉으며 뒤로 물러나더니 연신 고개를 흔들었다.

"누구더냐?"

한결 마음을 가라앉힌 영호용이 물었다. 음성은 침착했지만 그 안에 내재되어 있는 분노란 말을 하지 않아도 느낄 수 있었다.

"혁련휘입니다."

"음."

단 한 명이었다는 말에 어느 정도 예상을 했던 영호용은 물론이고 전사림, 염파의 입에서도 절로 침음성이 튀어나왔다.

대파산의 혈전을 끝으로 실종된 것으로 알려진 혁련휘라는 이름은 일반 무인들뿐만 아니라 이들에게도 상당히 큰 의미로 받아들여지고 있었다. 인정하기도 싫고 받아들이기도 싫었지만 혁련휘가 혈성의 백무극을 쓰러뜨렸다는 것은 이미 천하가 알고 있는 사실, 그것은 곧 그가 당대의 천하제일인임을 반증(反證)하는 것이었다.

"그놈이었군."

명실 공히 천하제일인이었다. 그만한 자가 주력이 빠져 빈 껍데기만 남은 세가를 공격했다면 어떤 결과가 일어났을지는 보지 않아도 상상이 갔다.

"네 숙부도… 죽었겠구나."

숙부란 다름 아닌 천뇌각의 각주인 영호군을 말하는 것. 영호무현은 미어지는 가슴을 부여잡고 쥐어짜듯 대답을 했다.

“예.”

“허허허…….”

영호용의 입에서 자조의 웃음이 흘러나왔다.

“내 잘못이다. 고안 분타의 일을 보고받았을 때부터 이런 일을 예상했었어야 했는데 눈앞의 결과에 만족하여 큰 실기를 범했어.”

혁련휘를 회유, 그것이 안 되면 제거하기 위해 고안 분타로 향했던 인원들이 도리어 전멸을 당했다는 소식은 영호용이 무림맹과의 치열한 싸움을 승리로 이끌고 협맹의 수뇌들과 기쁨을 자축하고 있을 때 들려왔다.

싸움에 동원된 인원만 오십여 명이 넘었고 하나같이 최정예의 고수들이었다. 평소라면 무슨 사단이 나도 백 번은 더 났을 것이지만 승리감에 도취된 영호용과 다른 수뇌들은 얼굴을 조금 찡그리는 것에 그쳤을 뿐 호들갑을 떨지도 별다른 대책을 세우지도 않았다. 그저 막연히 그대로 놔두어선 안 된다고만 생각했을 뿐이었다.

물론 혁련휘를 용서하거나 아량을 베풀 생각은 아니었다. 특히 영호용에겐 그를 반드시 제거해야 하는 이유가 있었다. 다만 혁련휘의 문제보다는 무림맹과의 싸움에서 승리한 기세를 살려 무림을 완전히 손아귀에 넣는 것이 급했기에 잠시 덮어둔 것이었다.

그런데 그런 안이한 생각의 결과가 영호세가의 참극으로 이어지고 말았으니…….

“다 내 잘못이다, 그 모든 것이.”

처참하게 죽어갔을 세가의 수하들과 식솔들, 그리고 불편한 몸으로도 언제나 큰 힘이 돼주었던 아우 영호군을 생각하자 참을 수 없는 슬

폼이 비수가 되어 전신을 난도질했다.

하지만 그것으로 끝난 것이 아니었다.

"아직 할 말이 더 있는가?"

영호무현이 자꾸만 입을 달싹이며 머뭇거리는 모습을 보이자 이를 의아하게 여긴 전사림이 말을 꺼냈다.

"그것이……."

영호무현이 영호용의 안색을 살피며 말끝을 흐렸다.

"말해 보거라."

어느 정도 안색을 회복한 영호용이 물었다.

"당한 것은… 본… 가뿐만이 아닙니다."

"그랬겠지."

참으로 힘들게 말한 영호무현과는 달리 영호용은 그럴 줄 알았다는 듯 허탈하게 웃고 말았다.

"그게 무슨 말인가? 당한 곳이 본 가만이 아니라니?"

전사림의 물음에 영호용이 대답했다.

"당연한 이치입니다. 놈은 영호세가와 협맹을 적으로 돌렸습니다. 본 가가 당했다면 주변의 분타들도 무사할 리는 없겠지요. 몇 곳이나 당했느냐?"

"세 곳이 당했습니다."

"피해는?"

"전멸입니다."

영호용은 의외로 침착했지만 염파와 전사림은 그렇지 못했다. 그들은 동시에 분노를 터뜨렸다.

"이러고 있을 것이 아니라 이제는 결정을 내려야겠습니다!"

씩씩거리며 말을 하는 염파에게 영호용과 전사림의 시선이 모아졌다.

"형산에서 도망친 무림맹의 잔당들은 뿔뿔이 흩어졌습니다. 간헐적으로 암습이나 매복을 하는 자들도 이제는 찾아볼 수 없습니다."

"본산으로 돌아가거나 아니면 어느 구석에 다시 모여 힘을 기르고 있겠지요."

전사림이 코웃음을 치며 대꾸했다.

"하지만 고양이도 쥐를 몰 때는 도망갈 구멍은 남겨둔다고 했습니다. 더 이상 몰아붙이는 것만이 능사는 아니라 생각합니다. 또한 오랜 여정에 수하들도 많이 지쳤습니다. 그래서 조금 전까지 회군할 시기를 논의했던 것이고요. 하지만 지금 이 시점에선 시기를 논한다는 것 자체가 우습게 되어버렸습니다."

"그래서 어찌하자는 것입니까?"

전사림의 물음에 염파는 주먹을 불끈 쥐며 대답했다.

"회군해야지요, 당장!!"

영호용이 조용히 눈을 감았다. 원했던, 하지만 체면 때문에 차마 먼저 말을 꺼내지 못했던 것을 염파가 대신 말해 준 것이었다. 고맙기도 했지만 비참하기도 했다.

"그리고 당장 놈을 잡아들여 자신이 한 일이 얼마나 엄청난 일인지 똑똑히 알게 해야 할 것입니다."

"하지만 놈은 무공이 상상을 초월할 정도로 강합니다. 많은 피해가……."

전사림의 말은 곧바로 이어진 염파의 반박에 묻혀 버렸다.

"물론 피해는 크겠지만 저대로 방치해 두었다간 피해는 피해대로 입고 수하들의 사기도 땅에 떨어질 것입니다. 세인들의 비웃음도 사게 되겠지요. 그야말로 무림맹과의 싸움에서 힘들게 얻은 대가를 한순간에 날리는 일이 아닙니까? 절대로 그런 일이 있어서는 안 됩니다. 놈이 아무리 강하다 해도 독불장군(獨不將軍)일 뿐, 전력을 동원한다면 의외로 쉽게 잡을 수도 있습니다.”

“맹주께서는 어찌 생각하십니까?”

전사림이 말문을 영호용에게 던졌다. 감겼던 영호용의 눈이 천천히 떠졌다.

“협맹의 맹주라는 자리에 있지만 저는 영호세가의 가주입니다. 가문이 무참히 짓밟혔습니다. 심정이야 당장에라도 달려가 놈을 처단하고 싶을 뿐입니다. 하지만 가문의 일로 맹에 누를 끼치고 싶지는 않습니다. 해서 저는 두 분의 의견을 따르겠습니다.”

“무슨 말씀을! 영호세가의 일이 협맹의 일이며 우리들의 일입니다. 당연히 회군하여 놈을 처단해야 합니다!”

“그렇지요. 협맹의 무인들이 맹주의 이런 생각을 안다면 섭섭해할 것입니다. 또한 어차피 수일 내에 회군을 하기로 하지 않았습니까? 조금 빠르다고 하여 싫어할 사람은 아무도 없습니다. 당장 명을 내리시지요!”

염파와 전사림이 열을 내며 떠들어댔다.

“알겠습니다. 두 분께서 그렇게까지 말씀해 주시니 몸 둘 바를 모르겠습니다. 무현아!”

“예, 맹주님.”

잠시 뒤로 물러나 있던 영호무현이 재빨리 다가와 대답을 했다.

“두 분의 고마운 말씀을 너도 들었을 것이다.”

“그렇습니다.”

“지금 당장 회군의 명을 전하여라. 최대한 빨리.”

“알겠습니다.”

어쩌면 노회한 영호용보다 영호무현이 더욱 바랐을 일이었다. 영호무현은 명이 떨어지자마자 미처 예를 표하지도 못하고 바람과 같이 물러났다.

“후~ 미꾸라지 한 마리 때문에 제 꼴이 말이 아니게 되었습니다.”

영호용이 한숨을 내쉬며 말했다.

“허허, 미꾸라지 한 마리가 온 연못을 흐리게 만드는 법입니다. 미꾸라지치고는 꽤나 드센 놈이지요.”

전사림이 영호용을 위로하며 말했다. 하지만 염파는 조금 생각이 다른 듯했다.

“아닙니다. 한 마리가 아닙니다.”

염파의 눈에서 불꽃이 일었다. 염파의 기세는 조금 전 영호용이 보여줬던 분노에 못지않았다.

“흙탕물을 일으키는 것은 결코 한 마리가 아닙니다, 결코!”

*　　　　　*　　　　　*

형산에서 북동쪽으로 팔백 리 정도 떨어진 수주현(守株縣)에는 호아산(虎牙山)이라 불리는 산이 있었다. 중앙의 봉우리가 삐죽 솟은 것이 마치 호랑이의 송곳니를 닮았다 하여 예로부터 불려져 내려온 이름이었다.

호아산은 여타의 이름난 산들처럼 웅장한 규모나 아름다운 산세를 지닌 것은 아니었지만 악명(惡名)으로는 인근 지역에서 최고의 산으로 통했다.

이름 때문에 그리된 것인지는 몰라도 호아산은 일반 사람은 물론이고 무공을 익힌 사람들조차도 함부로 오르기를 꺼려할 만큼 험준했다. 특히 산짐승이라곤 호랑이밖에 없다는 소문이 들릴 만큼 조금만 숲이 우거지고 골이 깊은 곳이면 시도 때도 없이 호랑이가 출몰해 인명을 해쳤다.

참다못한 마을 사람들이 무술이 뛰어난 사람들과 이름난 사냥꾼을 고용하기도 하고 관에서 병사들을 동원해 연례 행사처럼 호랑이를 소탕하기도 했지만 그때뿐이었다. 처음에야 잠시 효과가 있는 듯 보였으나 시간이 조금 지나고 나면 온 산에 호랑이가 넘쳐 나는 예전의 호아산으로 돌아가곤 했다.

사람들이 호아산에서 호랑이를 몰아낸다는 것이 얼마나 힘들고 요원한 일인지 깨닫게 되기까진 그다지 오랜 시간이 걸리지 않았다. 사람들은 호아산의 진정한 주인이 누구인지도 알게 되었으며 더 이상 호랑이를 쫓아내기 위해 무모한 시도도 하지 않았다. 대신 몇 가지 불문율(不文律)을 정해놓고 호환으로 인한 피해를 최대한 줄이고자 하였다.

그 불문율이라 함은 첫째, 해가 떨어진 이후엔 절대 산에 오르지 말 것. 둘째, 최소 네 명 이상이 모이기 전엔 절대로 산에 오르지 말 것. 셋째, 인원이 모였다 하더라도 반드시 관에서 특별히 지정한 사냥꾼과 동행할 것 등이었다.

물론 강제적인 것은 아니었다. 그렇지만 이를 무시하고 산에 오른 사람치고 제대로 목숨을 부지하는 사람이 없었다. 결과가 그렇다 보니 인근 주민은 물론이고 호아산을 경유하여 장사를 다니는 상단(商團)도

위와 같은 경고를 숙지하고 철저하게 지키고 있었다.

자연과 인간이 타협점을 찾은 것이었다.

그런데 여명이 밝아오기는 하지만 여전히 어두운 새벽에, 철석간장을 지닌 사냥꾼도 감히 오르기를 두려워한다는 호아산을 헤집고 다니는 사람들이 있었다.

길을 잃은 것인지 아니면 누군가를 피해 도주하는 것인지 연신 주위를 살피며 나아가는 그들을 반긴 것은 당연히 호아산의 주인인 호랑이였다.

인원은 고작 세 명이었다. 거기다 한 명은 큰 부상을 당했는지 등에 업혀 있었고 나머지 두 명도 가히 상태가 좋아 보이진 않았다.

그에 반해 황소만한 몸집에 화염과도 같은 눈빛으로 자신의 영역을 침범한 사냥감을 쏘아보며 붉다 못해 검은 혓바닥과 눈이 부실 정도로 하얀 송곳니를 드러내고 있는 호랑이의 모습은 실로 위엄이 있었다.

크헝!

온 산을 찌렁찌렁 울리는 호랑이의 포효 소리.

초목을 덜덜 떨게 만들고 모든 짐승들의 머리 위에서 군림하는 제왕의 울음이었다. 그 포효 소리에 생을 포기한 짐승들과 사람들이 그 얼마던가.

하지만 이번엔 뭔가 달랐다. 두려움에 떨기는커녕 사내들은 자신들의 발걸음을 막아선 대호(大虎)를 짜증난다는 듯 쳐다보았다.

"놈들이 지척에 있다. 머뭇거릴 시간 없으니까 빨리 처리해."

등에 부상자를 업은 사내가 한 발 뒤로 물러나며 말을 했다.

"나도 알아."

커다란 도를 비스듬히 누인 사내가 손을 흔들며 대답하곤 호랑이를 향해 걸어갔다.

커홍!

너무나 태연한 사냥감의 모습에 제왕으로서의 자존심에 상처를 입은 호랑이의 포효 소리는 그 어느 때보다 크게 울려 퍼졌다.

"시끄럽다, 이놈아. 그만 짖어라."

사내는 더 이상 듣기도 귀찮다는 듯 들고 있던 도를 사선으로 휘둘렀다.

본능적으로 위기를 직감한 호랑이가 재빨리 몸을 틀어 도의 사정 거리를 벗어났다. 몸놀림만 놓고 보자면 일류고수의 움직임을 능가하는 빠르기였다. 하지만 호랑이가 보통의 짐승과 다르듯 사내 역시 평범한 사내는 아니었다.

간단히 휘두르는 것처럼 보이는 도에서 일렁이는 것은 분명 도기였다. 제아무리 백수의 제왕이자 사냥꾼들과의 치열한 싸움에서 살아남은 호랑이라 하더라도 눈에 보이는 도라면 모를까 도에서 뻗어 나온 도기까지 피할 수는 없었다.

카흐응!

짧은 울부짖음이 들리고 뒤로 물러나 착지를 하던 호랑이가 중심을 잃고 땅에 몸을 누였다. 동시에 땅바닥을 구르는 것은 깨끗하게 절단된 머리였다.

그런데 보통 사냥꾼들은 상상도 하지 못할 실력으로 호랑이를 제압한 사내의 얼굴엔 기쁨의 빛이 조금도 없었다.

"젠장맞을."

단 한 번의 출수로 호랑이의 목을 날려 버린 사내가 굳은 표정으로 욕설을 퍼부었다. 그가 바라보고 있는 것은 호랑이가 아니었다. 그의

시선은 좌측의 숲에서 천천히 모습을 드러내는 일단의 무인들에게 고
정되어 있었다. 그리 많은 숫자는 아니었지만 벌써 며칠째 죽음의 위
협에서 도피를 하는 그들에겐 몹시 벅찬 상대였다.

"후~ 이것이 천라지망(天羅地網)이라는 것인가? 지독하군."

천천히 도를 치켜드는 사내, 송백령의 입에서 절로 탄식이 흘러나왔
다.

"크악!"

생을 마감하는 단말마의 비명을 끝으로 호랑이의 죽음과 함께 등장
한 웅비보의 무인들 중 살아 있는 사람은 아무도 없었다.

"정말 끈질긴 놈들이야. 집요하기가 이를 데 없어."

송백령이 허벅지에 입은 상처를 질끈 동여매고 피 묻은 도를 아무
시체에나 문지르며 입을 열었다.

"천라지망이라는 이름이 괜히 생긴 것은 아니니까."

서무궁이 관정의 상세를 살피며 담담히 대꾸했다.

"그나저나 이 길이 맞긴 맞는 거냐? 산을 헤맨 것이 벌써 이틀째다.
나오라는 길은 없고 뭔 놈의 호랑이는 그리 많은지… 이놈까지 합하면
내 손에 죽어 나간 놈이 아마 열은 될걸."

송백령이 호랑이의 머리를 걷어차며 말했다.

"시끄러. 누가 자초한 일인데 그래. 쓸데없는 불평 할 시간 있으면
호흡이나 가다듬어."

관정의 상세를 살피던 서무궁이 고개도 돌리지 않고 말했다.

"자초는 무슨… 그놈이 늙은 돼지의 손자인지 너구리의 자식인지
내가 알게 뭐야. 그리고 그 상황에서 더 이상 뭘 기대해."

송백령이 심드렁하게 대답했다.

"알았다. 알았으니까 주위나 좀 살펴봐. 놈들이 언제 또 들이닥칠지 모르니까."

서무궁이 조금은 부드러워진 음성으로 말했다.

화를 자초한 것이 송백령이라 핀잔을 주긴 했지만 사실 웅비보의 무인들이 죽어라 자신들을 쫓는 것이 송백령의 잘못은 아니었기 때문이다.

무림맹과 협맹이 맞붙은 지난 형산, 격전에 격전을 거듭하던 싸움은 아무도 예상하지 못했고 불가능하다 여겨진 절벽을 올라 갑자기 등장한 화악산과 주작대원들로 인해 협맹의 승리로 끝이 나고 말았다.

그 지독한 싸움에서 살아남았음을 감사히 여기며 승리의 기쁨을 만끽하는 것도 잠시, 협맹의 수뇌부는 일부의 병력에겐 도주하는 무림맹의 뒤를 쫓게 하였고 나머지 인원들로 하여금 목숨을 잃은 동료들의 시신을 수습하고 부상당한 이들을 살피는 데 혼신의 힘을 다하라 명했다. 하지만 모든 힘을 쏟아 붓고 갑작스레 쓰러진 관정에게 신경 쓰는 사람은 아무도 없었다.

그저 목숨만은 붙어 있다는 보고를 받은 영호용의 원치 않는 배려 덕에 관정은 제대로 된 치료는 물론이고 간호해 주는 사람 한 명 없이 외딴 천막에서 홀로 부상에 신음하며 죽음과 사투를 벌여야만 했다.

영호용은 물론이고 다른 수뇌부들이 행사한 무언(無言)의 압력에 의해 협맹의 무인들은 관정을 버렸다. 그렇지만 어려서부터 생사고락(生死苦樂)을 함께 나누었던, 그를 찾아 미친 듯이 돌아다니다 쌍살귀란 악명까지 얻은 송백령과 서무궁은 관정을 버리지 않았다. 아니, 버릴 수가 없었다.

싸움이 끝나고 모두가 피곤에 지쳐 잠이 들었을 때 협맹의 주변을 돌며 기회를 엿보던 서무궁과 송백령은 관정을 찾았다.

하늘의 보살핌일까? 그때까지 사경을 헤매던 관정이 잠시나마 정신을 되찾고 그들은 짧지만 뜨거운 만남을 가졌다.

해후(邂逅)의 기쁨은 오래가지 못했다. 숨은 붙어 있으되 관정은 살아 있는 사람의 모습이 아니었다. 당장 목숨이 끊어진다 하여도 하등 이상할 것이 없을 정도로 상태가 좋지 않았다.

잠시 정신을 차렸던 관정이 다시 의식을 잃자 서무궁이 곧바로 그를 들쳐 업었다. 그리곤 최대한 은밀히, 그러면서도 신속하게 천막을 빠져나왔다.

하지만 하늘은 또다시 이들의 운명을 시험했다.

관정을 등에 업은 서무궁이 막 천막을 나설 때 염파의 장손(長孫), 이제 겨우 약관의 나이였지만 장차 웅비보의 보주로서 성장하게 될 염좌(廉佐)가 소문으로만 듣던 흑영대의 대원이자 지난 싸움에서 엄청난 무위를 보여주었던 관정에 대한 왕성한 지적 호기심을 이기지 못하고 지금껏 아무도 찾지 않고 방치되어 있던 관정을 찾아온 것이었다. 그리고 때마침 천막을 빠져나오는 서무궁 일행과 맞닥뜨리게 되었으니…….

당황은 했지만 송백령은 조금도 주저하지 않았다. 그는 깜짝 놀란 눈으로 쳐다보는 염좌를 향해 최대한 빠르게 도를 날렸다. 실로 전광석화와 같은 공격. 그렇지만 첫 번째 공격은 보기 좋게 실패하고 말았다.

나이는 어려도 염좌는 웅비보의 후계자였다. 어려서부터 체계적으로 무공을 연마한 염좌는 그 나이에 어울리지 않게 원숙한 무공을 지니고 있었다.

염좌는 다짜고짜 자신을 공격한 이들이 바로 말로만 듣던 흑영이라는 것을 직감적으로 느꼈다. 그리고 젊은 혈기론 도저히 감당할 수 없는 호승심에 사로잡혔다.

"타핫!"

간단히 입막음을 할 수 있으리라 생각한 송백령을 비웃기라도 하듯 상체를 뒤로 틀며 간단하게 도를 피해낸 염좌는 도리어 매서운 반격을 시도했다. 송백령이 그 기세에 눌려 뒷걸음질을 칠 정도였다.

기선을 제압했다고 생각한 염좌는 그 여세를 몰아 공격의 고삐를 늦추지 않았다. 그의 머리 속엔 어느새 사람들의 뇌리 속에 오직 공포의 대명사로 각인되어 있는 흑영에 승리를 거둔다는 환상이 자리 잡았다.

그러나 상대는 다름 아닌 송백령이었다.

고작 여섯 명이서 남궁세가와 당가를 농락했던 흑영대, 그리고 송백령은 흑영대에서도 세 손가락 안에 드는 고수였다. 염좌가 비록 나름대로 뛰어난 무공을 지니고 있다 하더라도 협맹에서도 대적할 고수가 손에 꼽힐 정도의 고수였던 송백령을 상대하기엔 실력의 차이가 너무나 컸다. 그것을 깨달았을 땐 염좌의 양팔은 이미 절단된 뒤였다.

그나마 다행이라면 염좌가 팔이 절단되는 고통을 이기지 못하고 비명을 지르면서 그들 주위로 많은 무인들이 달려왔다는 데 있었다.

송백령은 염좌의 목숨을 끊는 대신 조금이라도 빨리 도주하는 쪽으로 결정을 내렸고 염좌는 극적으로 목숨만은 부지할 수 있었다.

그러나 졸지에 두 팔을 잃고 병신이 된 염좌, 먼 훗날 웅비보를 이어받을 후계자이자 그를 자신의 목숨보다 더 아끼고 애지중지하던 염파에게 있어 엄청난 피를 흘리며 실려온 염좌의 모습은 청천벽력이나 다름없었다.

염파의 분노는 협맹의 맹주인 영호용도 감히 말릴 생각을 하지 못할 정도였다. 태산(泰山)이라도 단숨에 갈아버릴 살의는 곧 성난 파도가 되어 관정 일행에게 몰려왔다. 형산을 벗어나기도 전에 웅비보의 모든 역량이 동원된 추격이 시작된 것이다.

서무궁과 송백령은 몇 번의 격전을 치르고 나서야 자신들이 병신을 만든 애송이가 웅비보의 후계자라는 것을 알게 되었다. 그리고 웅비보가 어째서 그렇게 집요하고 무서울 정도로 자신들을 쫓는지 이해할 수 있었다.

'그저 재수가 없었을 뿐이지.'

서무궁이 쓴웃음을 지으며 고개를 흔들었다. 하필이면 왜 그때 맞부딪쳐서 이런 고생을 해야 하는지 생각만으로도 한숨이 흘러나왔다.

"후~"

"어때?"

서무궁의 한숨 소리를 들은 송백령이 관정의 곁으로 다가와 앉으며 물었다.

"아직까지는 괜찮다. 하지만 장담은 못해. 임시방편으로 상세를 달래는 것도 한계가 있어. 빨리 치료를 해야 하는데……."

"후~ 그래야지."

송백령이 축 늘어진 관정의 모습을 보며 안타까운 표정을 지었다.

"얼마 남지 않았어. 조금만 더 서두르면 오전 중으로 이곳을 벗어날 수 있을 거다. 그리고 운이 좋으면 놈들의 추격에서도 벗어날 수 있을 것이고."

"훗, 그렇게만 되면 얼마나 좋을까. 하지만……."

서무궁의 말에 피식 웃음을 터뜨린 송백령이 천천히 몸을 일으켰다.

"무슨 소리야?"

"무슨 소리긴. 손님이란 소리지, 별로 달갑지 않은."

이미 자세를 잡은 송백령의 시선은 서무궁을 넘어 잡목으로 우거진 숲을 노려보고 있었다. 그제야 말뜻을 파악한 서무궁의 표정이 일그러졌다.

"이번엔 꽤 많은데."

"그런 것 같다."

서무궁이 어두운 표정으로 고개를 끄덕였다.

"시간을 너무 지체한 것 같아."

"그래, 하지만 어쩔 수 없었어. 관정의 상세가 악화돼서. 그리고 너도 한계에 이르렀었고. 벌써 며칠째 혼자 싸우다시피 했잖아."

"그랬나? 어쨌든 이번엔 만만치가 않을 것 같다. 그래서 말인데……."

송백령이 관정과 서무궁의 얼굴을 번갈아 쳐다보며 말을 이었다.

"부탁 하나만 하자."

"싫다."

서무궁이 화난 음성으로 딱 잘라 대답했다.

"……."

"그런 표정으로 쳐다보지 마라. 네가 무슨 말을 하려는지 뻔히 아니까. 하지만 이번엔 안 돼. 너 없이 나 혼자선 불가능해. 얼마 못 가 꼬리를 밟힐걸. 그러느니 차라리 이곳에서 죽겠다."

"……."

"누군가를 뒤에 남기고 다시는 혼자 가지 않아."

서무궁은 더 이상 할 말이 없다는 듯 관정을 업었다. 그리고 몸에서 떨어지지 않도록 단단히 고정시켰다. 그 모양을 물끄러미 쳐다보던 송백령이 너털웃음을 터뜨렸다.

"하하하. 혼자서 북 치고 장구 치지 마라. 내 부탁인즉 꼭 살아 돌아가잔 말이야."

"그럼 죽을 생각이었냐?"

"하하. 화를 내긴… 그냥 그렇다는 거야."

"미친놈."

서무궁이 어이가 없다는 표정으로 송백령을 쳐다보았다. 하지만 그는 알고 있었다, 송백령이 하려던 부탁이 그것이 아니었다는 것을. 그냥 모른 체할 뿐이었다.

그러는 사이 그들의 주변은 웅비보의 무인들로 완벽하게 포위되었다.

*　　　*　　　*

찬란한 영화는 아니더라도 삼백여 년의 전통이 도도히 살아 숨 쉬던, 그러나 이제는 폐허가 되어버린 몽환살문.

형산에서 돌아온 이후 몽연적은 거의 모든 시간을 조사당에서 보냈다.

조사당이 몽환살문에서 거의 유일하게 멀쩡한 건물이라는 이유도 있었지만 그보다는 혁련휘 등에게 몰살당한 식솔들의 무덤이 조사당 앞에 있었기 때문이다.

몽연적은 매일같이 그 무덤을 바라보며 자신의 못남을 자책하고 혁련휘 등에게 복수할 날만을 차분히 기다렸다.

그리고 마침내 오늘 기다리던 때가 왔다.

"확실한 것이더냐?"

몽연적이 뒤에서 조용히 하문을 기다리는 마서륜에게 물었다. 그토록 기다리던 소식이었지만 몽연적은 평소와 다름없었다. 그는 고개도 돌리지 않았고 또 하던 일도 멈추지 않았다.

"예, 사부님. 막내 사제로부터 연락이 왔습니다."

"놈이 틀림없다더냐?"

몽연적이 재차 물었다.

"놈이 아니라면 천하에 누가 있어 욱일승천(旭日昇天)하는 영호세가의 본가를 그 지경으로 만들고 나아가 협맹의 분타를 초토화시키겠습니까? 틀림없습니다."

"네 말이 옳구나. 놈이 아니라면……."

그제야 몽연적의 몸이 돌려졌다. 그의 손엔 손바닥보다 조금 길어 보이고 섬뜩한 백광을 뿜어내는 단검 하나가 들려 있었다.

"완성하신 것입니까?"

마서륜이 단검을 보고 물었다. 몽연적이 단검을 눈 높이까지 들어 날을 유심히 살피더니 고개를 끄덕였다.

"그런대로 되었구나. 이제 남은 것은 이것을 놈의 가슴에 박아 넣는 일뿐. 이것들과 함께."

몽연적이 마서륜에게 보여준 것은 비도 여섯 개가 묶여 있는 가죽 끈이었다. 하나같이 길이가 제멋대로인, 비도라 불리기엔 너무 큰 것도 있었고 작은 것도 있었지만 그것들엔 하나의 특징이 있었다. 막 허리춤에 찬 단검처럼 서리가 내려앉을 정도로 차가운 백광과 한기였다.

"네 사제들에게 소식은 전했느냐?"

"이미 그쪽으로 움직이고 있답니다."

"그렇다면 우리도 가야겠구나."

느릿느릿 몸을 일으킨 몽연적은 만들어진 지 제법 되었음에도 잡초 하나 나지 않은 무덤으로 다가갔다.

"기다려라. 놈의 심장을 가르고 목을 잘라 돌아오겠다. 그것을 제물 삼아 지금껏 미루었던 진혼제(鎮魂祭)를 성대하게 치러주마. 그때가 되면 이 황량한 무덤에도 잔디가 덮일 수 있겠지."

무덤 위에 손을 얹고 다짐을 한 몽연적은 마서륜이 건네준 술을 주변에 뿌렸다.

파곽!

바닥난 술병이 손에서 박살이 났다. 남아 있는 술과 깨진 술병의 조각이 손을 파고들어 피가 흐름에도 몽연적은 조금도 개의치 않았다. 깜짝 놀란 마서륜이 손의 상처를 살피려 하였지만 몽연적은 이미 몸을 돌린 상태였다.

몽연적의 신형이 그렇게 무덤에서부터 서서히 멀어져 갔다.

*　　　　*　　　　*

"허! 성난 야수가 따로 없구나."

염파를 대신해 웅비보의 무인들을 이끌고 있는 염균(廉筠)의 입에서 절로 침음성이 흘러나왔다.

적이라는 사실을 떠나 부상당한 몸을 이끌고 동에 번쩍 서에 번쩍 하는 송백령의 모습은 같은 무인이 보기에도 전율이 느껴질 만큼 감동적인 것이었다. 비록 힘없이 쓰러져 목숨을 잃는 자들이 하나같이 웅비보의 식솔이자 수하들이었고 계속해서 늘어나는 인명 피해에 마음이 편치는 않았지만 염균은 적을 인정할 줄 아는 사람이었다.

"대단하군. 정말 대단해!"

염균의 입에선 연신 감탄성이 터져 나왔다.

"하지만 형님, 그렇게 칭찬만 늘어놓고 계실 때가 아닙니다. 벌써 열댓 명이 넘게 당했습니다. 이러다가 놈들을 놓치지나 않을까 걱정됩니다. 그리되면 아버님이나 큰형님을 어찌 뵐 수 있겠습니까?"

염균의 태도가 못마땅한지 염관척(廉寬僞)의 음성엔 다소 불만이 섞여 있었다.

"행여나! 하긴 그렇지 않아도 이쯤에서 끝내야겠다고 생각하고 있었네. 도망이라… 절대로 있을 수 없는 일이지."

염균이 입가에 걸린 미소를 지웠다. 그리곤 자신과 조금 떨어져 있는 유원학(柳園鶴)에게 말했다.

"유 공께서 저자를 맡아주셔야겠습니다."

"그러지요. 마침 기다리기도 지루했던 참입니다."

혁련휘에게, 그리고 지난 형산에서의 싸움으로 인해 목숨을 잃고 이제 몇 남지 않은 식객들 중 한 명인 유원학이 대답과 함께 성큼 앞으로 나섰다. 그 뒤로 부부인 듯한 중년의 남녀가 따라나섰다.

"그럼 우리는 이쪽을 맡아야겠지."

염균이 염관척에게 살짝 미소를 보이며 서무궁을 향해 걸었다.

"많이들도 모였군. 고작 우리 둘과 사경을 헤매는 놈 하나를 잡으려고 말이야."

"이 정도에 놀랄 건 없다."

　서무궁이 자신을 향해 걸어오는 염균에게 조소를 보냈지만 염균은 조금도 동요하지 않았다.

　"네놈들이 한 행동을 생각해야지. 장차 웅비보를 이끌 아이를 그렇게 만들어놓다니. 네놈들은 결코 넘어서는 안 될 선을 넘었다."

　"재수없게 똥을 밟은 격이군. 어쨌든 실력도 없는 놈이 함부로 건방을 떠니 그리된 것이다. 자신의 역량도 모르고 말이지."

　"실력이라… 그래, 그럴 수도 있겠지. 하지만 그로 인해 네놈들은 여기서 죽을 것이다."

　염균의 음성엔 찐득한 살기가 묻어 나왔다.

　꽈광!

　격렬한 파공음과 기합성이 들려왔다. 송백령과 유원학이 부딪치며 내는 충돌음이었다. 그 둘은 벌써부터 치열한 싸움을 전개하고 있었다.

　"그럼 우리도 시작해 볼까?"

　염균의 말이 끝나기가 무섭게 염관척이 서무궁을 공격하고 나섰다. 웅혼대에서도 추리고 추린 정예들이 서무궁의 허점을 파고들었다.

　"꺼져랏!"

　서무궁이 무섭게 짓쳐드는 염관척을 향해 섭선을 휘둘렀다. 소리도 없이 십여 개의 비침이 염관척의 미간과 요혈들을 노리며 날아들었다.

　깜짝 놀란 염관척이 몸을 틀며 검을 휘둘렀다.

　따다당!

　검에 막힌 비침들이 힘없이 땅에 떨어졌다. 하지만 그것으로 충분했다. 염관척의 공세를 잠시 멈칫거리게 만든 서무궁은 그 틈을 이용해 좌우에서 밀려드는 웅혼대원들의 공격을 막아냈다.

“컥!”

서무궁이 섭선을 펴 휘두르자 좌측에서 서무궁의 옆구리를 공격하던 자가 목을 부여잡고 쓰러졌다.

“타핫!”

서무궁은 힘없이 쓰러지는 사내의 무릎을 밟고 몸을 부양시켰다. 그리곤 그 탄력을 이용해 몸을 회전시키며 뒤에서 공격해 들어오는 자의 턱을 걸어찼다. 사내는 비명도 지르지 못하고 절명했다.

단 한 번의 움직임으로 두 명의 목숨을 빼앗은 서무궁은 거기서 멈추지 않았다. 자칫 잘못하여 허점이라도 드러낸다면 바로 그때가 자신과 관정의 최후라는 것을 알고 있었다. 많은 부상과 그동안의 도주로 심신이 지치고 내력까지 바닥을 드러내고 있었지만 무리를 해서라도 지금의 기세를 이어 나갈 필요가 있었다.

전신의 내력을 한껏 끌어올려 섭선에 실었다. 섭선이 우아한 호선을 그리며 춤을 추었다.

슈슈슉.

뒤는 생각하지 않고 오로지 처음 잡은 기선을 이어가겠다는 서무궁의 의지가 담긴 암기들이 순식간에 사위를 덮고 웅비보 무인들의 목숨을 위협했다.

“조심해랏!”

염균이 좌우로 고개를 돌리며 경고했다. 하지만 그럴 필요가 없었다. 그의 경고가 아니더라도 웅비보의 무인들은 소리도 없이 나풀거리는 섭선의 위력을 잘 알고 있었다. 지난 며칠 동안 송백령과 서무궁을 추격하며 서무궁의 암기 실력이 얼마나 뛰어난지 직접 목격했기 때문이었다.

사실 웅비보의 무인들은 무지막지하지만 겉으로 드러나는 송백령의 공격보다는 소리없이 다가와 목숨을 빼앗는 서무궁의 암기를 더 두려워하고 있었다.

그러나 서무궁의 암기는 안다고 해서 피할 수 있는 것이 아니었다. 그러기 위해서는 소리도 없이 은밀히 찾아드는 암기를 침착히 파악할 수 있는 마음가짐과 빠른 눈, 동물보다 더욱 예리한 감각, 거기에 섬전보다 빨리 다가오는 암기를 막아내거나 피할 수 있는 적정 수준의 무공 실력이 필요했다. 그렇지 못한 사람들은 예외없이 암기의 좋은 먹잇감일 뿐이었다.

"물러서지 마라! 공격해라!"

염균이 버럭 소리를 지르며 앞으로 나섰다.

염균은 말만 앞세우는 사람이 아니었다. 자신은 뒤로 빠지면서 수하들을 위험 속으로 밀어 넣는 그런 상관이 아니었다. 아니, 오히려 그 반대였다.

수하들이 멈칫거리자 버럭 호통을 친 염균은 말이 끝나기도 전에 가장 앞장서 서무궁을 향해 돌진했다. 그를 노리고 수많은 비침이 날아왔지만 그는 물러서지 않았다. 순식간에 십여 개의 암기가 그의 몸에 박혔다. 염균의 몸이 휘청거렸다.

"형님!"

염관척이 깜짝 놀라며 염균의 곁으로 다가왔다.

"공격해라! 공격!"

염관척이 염균을 보호하며 소리를 질렀다.

"괜찮아. 중요한 곳에 박힌 것은 하나도 없네."

염균은 자신의 움직임을 결정적으로 제어한 비침 하나를 무릎에서 빼내며 소리쳤다.

"자네도 머뭇거리지 말고 빨리 공격하게. 놈을 잡아."

"알겠습니다."

염관척이 황급히 고개를 끄덕였다. 그리곤 검을 치켜들고 수하들과 치열한 교전을 펼치는 서무궁에게 달려갔다.

'독은 없는 모양이군.'

독까지 발라져 있었다면 이미 황천으로 떠났을 것. 염균은 이만하길 다행이라는 생각을 하며 몸을 일으켰다. 그러나 같은 암기라 할지라도 시전자에 의해 그 힘은 하늘과 땅 차이만큼이나 큰 법이었다.

서무궁이 날린, 고작 바늘만한 비침의 위력은 실로 위력적이었다. 스쳐 지나간 곳의 살을 한 뭉텅이나 잘려 나가게 하고 살 속으로 파고 든 것은 뼈까지 관통하여 영혼까지 고통스럽게 할 지경이었다.

"크윽!"

몸을 움직일 때마다 정신을 혼미하게 할 정도의 고통이 밀려왔다. 하지만 그의 발걸음을 잡지는 못했다. 염균은 감내하기 힘든 고통을 이겨내며 걸음을 옮겼다. 고통을 참느라 악다문 입에선 붉은 피가 흘러내리고 두 눈은 살의로 번뜩였다.

"절대로 놓치지 않는다!"

눈에 들어오는 것은 오직 서무궁뿐이었다.

'강하다!'

유원학은 무림을 쩌렁쩌렁하게 울리는 흑영대의 명성이 절대로 거짓이 아님을 온몸으로 느끼고 있었다.

송백령이 강하다는 것은 손속을 겨루어보기도 전에 이미 알고 있었다. 그랬기에 조금도 소홀함이 없이 최선을 다했다. 하지만 결과는 믿고 싶지 않을 만큼 참담했다. 일각이 넘는 시간 동안 수십 합을 겨루었지만 도저히 방법을 찾을 수가 없었다. 송백령을 공격하기는커녕 그의 도에서 뿜어져 나오는 무시무시한 도기를 피하기 위해 필사적으로 버티는 것만으로도 진이 빠질 지경이었다.

그리고 바로 지금 송백령의 무위를 견디지 못하고 절체절명의 위기에 빠져 있었다.

'끝인가?'

유원학은 송백령의 도가 충돌의 여파로 몸을 휘청거리는 자신의 목을 노리며 날아들자 죽음을 생각했다. 뻔히 보고 있었지만 막아낼 힘이 없었다. 싸움이 시작되기 전 함부로 움직이지 말라고 경고까지 했던 터라 다른 이들에게 도움을 청할 수도 없었다. 결국 체념을 하며 눈을 감고 말았다.

하지만 송백령의 도는 그의 목을 베지 못했다. 막 유원학의 목을 베려는 순간 예기치 못한, 그러나 어느 정도는 염두하고 있던 공격이 날아들었기 때문이다.

유원학이 눈을 떴다. 그는 자신의 목숨을 살린 이들이 웅비보의 무인들이라는 것을 볼 수 있었다. 그리고 그들을 움직인 자들이 누구라는 것도.

"후~"

안도의 한숨이 절로 흘러나왔다.

그것도 잠시, 큰소리를 치고는 결국 목숨을 구원받는 처지에 놓였다는 부끄러운 마음에 유원학은 고개를 들지 못했다.

"용서하시오. 선배의 말을 어겼소이다. 하나 저만한 상대를 합공한다는 것은 부끄러운 것이 아닌 것 같소.”

귀검(鬼劍) 마후(馬吼)가 부축을 하며 말했다.

“또한 저희 부부의 힘만으로는 저자를 제압한다는 것 역시 불가능할 것 같군요.”

옥봉(玉鳳) 사예린(司藝璘)이 마후의 말을 거들었다.

솔직한 말이었다.

귀검이나 옥봉의 무공은 유원학에 비해 한 수 아래였다. 합공을 한다 해도 어느 정도 우위를 차지하는 정도였지 송백령처럼 일방적으로 몰아붙일 만한 실력은 아니었다. 그것은 곧 그들 부부가 유원학을 대신해 송백령과 싸운다 하더라도 같은 꼴이 된다는 것을 의미했다.

“하지만…….”

유원학이 여전히 머뭇거리자 귀검이 송백령을 가리키며 목소리를 높였다.

“그까짓 자존심 따위는 잠깐이오! 죽은 다음엔 무슨 소용이오. 누구도 알아주지 않소이다. 지금이라도 늦지 않았소. 이대로 가다간 저자를 놓치게 될 것이외다.”

“음.”

충분히 가능한 일이었다. 인정하긴 싫었지만 송백령은 그만한 능력이 있었다. 유원학은 직접 싸움을 하며, 귀검과 옥봉 부부는 유원학과 송백령의 싸움을 지켜보며 그것을 깨달을 수 있었다.

“알겠네. 그렇게 하도록 하세나. 어차피 자네들이 아니었으면 죽었을 목숨, 자존심이 어디 있겠나.”

유원학은 지그시 감았던 눈을 뜨며 말했다. 그리고 땅에 떨어뜨렸던 검을 집어 들었다.

자존심을 버린 지금 그는 조금 전의 유원학과는 전혀 다른 사람이었다.

'후~ 어쩐다.'

무시무시한 살기를 뿜으며 다가오는 유원학을 의식하자 송백령은 마음이 무거웠다. 조금 전 벌어졌던 유원학과의 싸움, 처음부터 혼신의 힘을 다해 공격을 했고 주도권을 놓치지 않기 위해 필사적으로 싸웠다. 다행히 의도한 대로 되긴 하였지만 과도하게 무리를 해 몸 상태는 그야말로 최악이었다. 매섭게 달려드는 웅비보의 무인들을 상대하기도 벅찬데 거기에 유원학까지라면… 그야말로 필패였다.

'젠장! 끝장을 냈어야 했는데……'

확실하게 끝낼 기회를 놓친 것이 그렇게 안타까울 수 없었다. 하지만 후회하기엔 이미 늦었다. 어느새 다가온 유원학의 검이 밀려오고 그에 못지않아 보이는 중년 남녀의 공격이 시작되고 있었다.

'젠장, 기왕 이렇게 된 것. 될 대로 되라!'

피하고 싶지만 피할 수도 없었던 송백령은 한껏 기를 끌어 모아 유원학의 검에 맞서 나갔다.

"피, 피해!"

송백령의 허점을 노리며 여전히 주변에 머물던 웅비보의 무인들이 저마다 소리치며 뒤로 물러났다. 하지만 상황은 그들의 예상과는 달랐다. 별다른 충돌은 일어나지 않았다.

유원학의 검과 송백령의 도가 막 부딪치려는 순간 귀검이 발출한 검기가 송백령의 목을 향해 짓쳐들자 송백령이 도를 거두었기 때문이다.

"젠장."

송백령은 다급한 나머지 땅을 구르며 간신히 공격을 피해냈다. 송백령이 구르는 바로 뒤로 유원학과 귀검의 검기가 거의 동시에 내리꽂혔다.

파파팍!

유원학과 귀검의 첫 번째 연수 합격 공격은 송백령의 목숨을 빼앗는 대신 지면에 수십 개의 커다란 상흔을 남기는 것에 만족해야 했다.

"죽엇!"

당연히 피할 줄 알았다는 듯 송백령의 몸을 따라 미리 방향을 정하고 기다리고 있던 옥봉이 힘차게 검을 휘둘렀다. 나약하게만 보이는 몸에서 뿜어져 나오는 공격이라고 여겨지지 않을 만큼 공격은 날카롭고 치명적이었다.

"어딜."

재빨리 몸을 일으켜 중심을 잡은 송백령이 도를 세워 공격을 막았다.

채챙!

옥봉의 검과 송백령의 도가 허공에서 맞부딪쳤다. 바로 그 순간 단단하게만 보이던 옥봉의 검이 마치 연체동물처럼 흐느적거리더니 송백령의 도를 감아버렸다.

"연검이었구나!"

대경실색한 송백령이 뒤로 물러나며 도를 잡아챘지만 도에 감긴 옥봉의 검은 풀리지 않았다.

그사이 기회를 잡은 유원학과 귀검이 좌우에서 공격을 시도했다.

다급한 마음에 이리저리 도를 흔들고 몸을 움직였지만 요지부동(搖之不動), 필사적으로 검을 잡고 송백령의 움직임을 제어하는 옥봉의 힘도 만만치 않았다. 평상시의 송백령이라면 애써 움직일 것도 없이 내공을 쏟아 붓거나 아니면 힘으로써 간단히 제압했을 것이나 내공은 거의 바닥나고 온몸에 상처를 입어 움직이는 것조차 부담스러운 지금의 그로선 어찌할 방법이 없었다.

결국 선택할 수 있는 것은 하나뿐이었다.

이대로는 유원학과 귀검의 공격을 피하는 것이 불가능하다고 판단한 송백령은 봉쇄당한 도를 힘껏 잡아당겼다. 옥봉 역시 역으로 힘을 주며 버텼다. 바로 그 순간 송백령이 도에 싣던 힘을 풀고 몸을 앞으로 이동시켰다.

"헛!"

팽팽하게 맞서던 힘의 균형은 한번 무너지면 걷잡을 수 없는 법이었다. 갑작스럽게 도를 던지고 달려드는 송백령의 행동에 중심이 흐트러진 옥봉이 뒷걸음질쳤다.

"피해!"

귀검이 깜짝 놀라 소리쳤다. 하지만 피하기엔 접근하는 송백령의 움직임이 너무나 빨랐다. 더구나 옥봉의 발은 어느샌가 송백령에 의해 밟혀 있었다.

"안됐군."

송백령은 절망적인 표정으로 손을 뻗는 옥봉의 손을 왼손으로 쳐내고 오른손을 크게 휘둘렀다. 묵직한 힘이 담긴 송백령의 주먹이 옥봉의 안면에 적중했다.

픽!

비명은 없었다. 다만 둔탁한 파열음만이 있을 뿐이었다.

"으아아아!"

광분한 귀검의 검이 송백령에게 짓쳐들었다. 송백령은 옥봉을 쓰러뜨림과 동시에 그녀의 몸을 낚아채 유원학에게 집어 던졌다. 그리고 땅에 떨어진 자신의 도를 차올려 귀검의 공격을 막았다.

일련의 움직임, 절체절명의 위기에서 옥봉을 해치우고 그녀의 몸을 이용해 유원학의 공격을 막고 또 귀검의 공격까지 막아낸 송백령의 움직임은 수없이 많은 실전 경험에서 우러나오는 완벽함 그 자체였다.

하나 완벽이라는 것도 때로는 예기치 못한 상황에 직면할 때가 있는 법이었다.

"크헉!"

귀검의 공격까지 완벽하게 막은 송백령의 입술을 비집고 흘러나온 것은 고통스런 신음 소리였다.

"으으으."

비틀거리며 뒷걸음질친 송백령은 들고 있던 도를 떨어뜨렸다. 그는 자신이 도를 떨어뜨렸다는 것조차 의식하지 못했다. 불신이 가득 담긴 송백령의 눈은 자신의 몸에 치명적인 상처를 입힌 유원학에게 고정되어 있었다.

놀란 사람은 송백령뿐만이 아니었다. 송백령의 놀람은 귀검에 비하면 조족지혈(鳥足之血)이었다.

"서, 선배!"

귀검은 유원학의 발 아래에 쓰러져 있는, 머리는 송백령에 의해 흔적도 없이 사라지고 남은 몸마저 유원학의 검에 의해 양단되어 형편없이 나뒹굴고 있는 옥봉의 주검을 쳐다보며 소리쳤다.

"도, 도대체 무슨 짓을……."

"미안하네. 어쩔 수 없었네."

유원학은 귀검에게 고개를 돌리지도 못하고 대꾸했다.

“마, 말도 안 되는…….”

“지금 놈을 쓰러뜨리지 못하면 가능성이 없다고 생각했네. 그러나 그렇다고 해도 어찌 나의 행동이 용납될까. 잠시만 기다려 주게. 우선은 저놈의 목을 취하고 지금의 나의 행동에 대한 책임을 지겠네. 그것이 설사 목숨이라 하더라도 말이야.”

“…….”

망연자실한 귀검은 할 말을 잃었다. 도저히 용납할 수 없는 행동이었지만 기회를 놓치면 송백령을 쓰러뜨리지 못할지도 모른다는 유원학의 말에 뭐라고 딱히 반박을 할 수가 없었다.

“하하하. 당했는걸. 그렇게까지 할 줄은…….”

설마 하니 동료의 몸을 가르고 자신을 공격할 줄은 꿈에도 몰랐다는 듯 송백령은 너털웃음을 터뜨리고 말았다.

“다, 닥쳐라! 네놈이 감히!”

소리를 지른 것은 귀검이었다.

어차피 이 모든 일의 원인은 송백령에게 있었다. 장차 웅비보를 이어받을 후계자를 해쳐 자신들이 여기까지 나서게 만든 것도 송백령이었고, 또 아내의 목숨을 빼앗은 것도 송백령이었다. 그것도 모자라 방패로까지 삼아 결국 두 번 죽는 결과를 만든 것도 송백령이었다.

그런데 정작 당사자인 송백령은 웃고 있었다. 그 웃음이 비수가 되어 가슴을 헤집고 다녔다. 유원학에게 풀지 못하는 분노가 고스란히 송백령에게 향했다.

귀검의 검이 송백령의 허벅지를 파고들었다.

“음.”

이미 피하고 어쩌고 할 힘을 상실한 송백령은 느릿느릿 다가오는 검을 피하지 못했다. 대신 혹시나 하는 마음에 서무궁을 바라보았다. 하지만 서무궁의 상황도 가히 좋은 것 같지는 않았다. 몸에 지닌 암기는 물론이고 들고 있던 섭선마저 어찌 되었는지 평소엔 잘 사용하지도 않는 검을 휘두르며 근근히 버티고 있었다.

‘틀렸군.’

서무궁 또한 자신의 처지와 별반 다르지 않다는 생각에 가슴이 아파 왔다.

“곱게 죽이지 않는다!”

허벅지를 파고든 검이 뼈를 건드렸다. 검이 뼈를 긁으며 내는 소름 끼치는 마찰음이 조용히 울려 퍼졌다.

“ㅋㅋㅋㅋ.”

참을 수 없는 고통이 밀려들었지만 송백령이 할 수 있는 것은 아무것도 없었다. 그저 비명을 지르기 싫어 억지로 미소를 지을 뿐이었다.

“이… 이놈이!!”

고통의 신음 소리는커녕 웃음만 흘리는 송백령의 모습에 귀검은 참을 수 없는 분노를 느꼈다.

“비명을 질러라! 살려달라고 빌란 말이다!!”

송백령으로 하여금 자신이 원하는 모습을 볼 수 없다는 생각에 귀검은 광기에 사로잡혔다. 그리곤 송백령의 전신을 난자하기 시작했다.

‘이제 정말 끝이군.’

송백령은 허벅지에서 시작한 고통이 점차 배 위로 올라오자 천천히 눈을 감았다. 짧지만 결코 짧다고만 할 수는 없는 삶이었다. 그리고 지금 그 삶에 종지를 찍으려 하고 있었다.

‘종착(終着)이야.’

눈을 감은 송백령이 떠올린 것은 먼저 간 친구들과 결코 잊을 수 없는 혁련휘의 웃음 띤 얼굴이었다.

바로 그 순간이었다.

슉.

짧고도 미세한 파공음이 들리고 송백령의 몸을 미친 듯이 난자하며 유린하던 귀검의 입에서 외마디 비명성이 터졌다.

"컥!"

귀검의 몸이 허공을 날고 있었다. 하나 그것은 자의가 아니었다. 그의 생명은 이미 꺼져 있었다. 단지 가슴에 박힌 검의 힘이 그를 허공에 띄운 것이었다.

검은 오 장여를 더 날아가 커다란 나무에 박혀 버렸다.

"누, 누구냐!"

유원학이 당황스런 목소리로 소리쳤다. 그의 눈은 죽은 귀검이 아니라 검이 날아온 방향으로 향해 있었다.

그의 시야에 무서운 속도로 달려오는 한 사내의 모습이 들어왔다. 위기감을 느낀 유원학이 혼신의 힘을 다해 검을 휘둘렀다. 하지만 사내는 싸울 생각이 없는지 별다른 대응을 하지 않고 몸을 틀어 검을 피했다. 그리고 재차 공격을 하려는 유원학의 옆을 스쳐 송백령에게 다가갔다.

'빠, 빠르다!'

실로 간발의 차이로 검을 피하면서도 달려오는 속도를 조금도 줄이지 않는 사내의 모습에 유원학은 기가 질리고 말았다. 적지 않은 생을 살았고 또 많은 고수들을 보아왔지만 일찍이 지금과 같은 빠름을 본 적이 있었던가!

모습이 보였다 싶은 순간 눈앞에 다다랐고, 눈앞에 왔다고 느낀 순간 사내는 이미 옆을 스쳐 지나가고 있었다.

'무슨 일이……?'

짧은 비명과 함께 돌연 고통이 멈추고 자신을 짓이기던 귀검의 살기가 느껴지지 않았다. 또한 다급히 들려오는 음성은 분명 유원학의 것이었다. 의문을 가진 송백령이 천천히 눈을 떴다.

'누, 누구……'

바로 앞에 한 사내가 서 있었다. 아무리 크게 눈을 떠 사내를 쳐다보려 해도 머리에서 흘러나온 피가 눈으로 파고들어 제대로 볼 수는 없었지만 분명 귀검은 아니었다.

'서, 설마……'

그것은 결코 어색하지 않은, 너무나 익숙하고 친근하여 죽음이 코앞에 이르렀을 때까지 지워지지 않던 한 사내의 느낌이었다.

때로는 눈으로 보는 것보다 몸으로 느끼는 것이 더욱 정확한 법이었다.

송백령이 천천히 무릎을 꿇는 사내를 향해 손을 뻗었다. 자신의 느낌이 잘못된 것은 아닌지, 혹여 부질없는 희망을 품은 것은 아닌지에 대한 걱정에 힘없이 뻗는 손이 사시나무 흔들리듯 떨렸다.

사내가 손을 내밀어 송백령의 손을 움켜잡았다.

따듯했다. 힘이 있었다. 그리고 믿음이 있었다. 이런 느낌을 주는 이는 세상에 오직 한 명뿐이었다.

애당초 죽음을 믿지 않았기에 언젠가는 만날 것이라 믿었던 친구였다. 그토록 보고 싶고 살아 있기를 간절히 바라던, 그럼에도 너무 아파 마음 한구석에선 지난 기억을 조금씩 지우고 있던 친구였다.

그런 친구가, 바로 지금 죽음을 눈앞에 둔 순간 거짓말처럼 찾아온 것이었다.

"왔… 구… 나……."

"그래……."

혁련휘가 옷소매로 송백령의 눈에 묻은 핏물을 닦아냈다.

"참 빨리도… 왔다… 제길……."

눈으로 혁련휘를 확인한 송백령이 혁련휘의 가슴을 툭 치며 말했다.

"미안. 내가 생각해도 너무 늦었어."

"……."

짧은 침묵이 두 사람을 에워쌌다.

송백령이 혁련휘의 어깨에 손을 얹었다.

"죽… 은 줄 알았다."

"죽을 뻔했지. 하지만 이렇게 살아 있잖아."

"그래, 자성이나 관정은 몰라도 너만은……."

송백령의 얼굴은 한층 편안해져 있었다.

"그런 줄도 모르고 무궁과 나는 복수를 한답시고 화산파를 쑥대밭으로 만들었으니……."

"그 얘긴 나도 들었다. 그 일 때문에 쌍살귀란 거창한 이름까지 얻었다더군."

혁련휘가 애써 밝은 미소를 지으며 대꾸했다. 하지만 그의 두 눈은 송백령을 보는 순간부터 이미 붉게 물들어 있었다.

"흐흐, 쌍살귀라… 그래, 그렇게 불리고 있지."

송백령은 전신을 엄습하는 고통도 잊고 웃음을 터뜨렸다.

"자, 얘기는 다음으로 미루고 저놈들부터 구해야겠다."

혁련휘가 고개를 돌려 연신 위급한 상황에 처하고 있는 서무궁과 관정을 가리키며 말했다. 그리곤 송백령을 단숨에 들쳐 업었다.

혁련휘가 막 두어 걸음을 떼어놓았을 때였다.

"어이, 대주."

송백령이 혁련휘를 불렀다.

"……."

혁련휘는 걸음을 멈추고 조용히 다음 말을 기다렸다.

"살아… 줘서 고맙다."

혁련휘의 입가에 미소가 번졌다. 그 말을 끝으로 송백령이 정신을 잃었다는 것을 알고 있었지만 혁련휘는 자신도 모르게 대답을 했다.

"고맙긴, 그건 내가 할 소리야."

잠시 멈추었던 혁련휘가 서무궁을 향해 걷기 시작했다.

"도망갈 수 있을 것 같으냐!"

유원학이 호통을 치며 혁련휘의 앞을 가로막았다. 유원학을 따라 웅비보의 무인들이 포위망을 구축했다. 위기감을 느낄 만도 했건만 혁련휘는 조금도 개의치 않았다. 그는 대답 대신 뒤로 손을 뻗었다.

툭.

나무에 매달려 있던 귀검의 시신이 땅에 떨어져 널브러졌다. 그리고 그의 가슴에 박혀 있던 검이 무려 오륙 장의 거리를 격하여 혁련휘의 손으로 빨려 들어왔다.

"격공섭물(隔空攝物)!!"

유원학이 경악에 가득 찬 음성을 내뱉었다.

격공섭물이 무엇인가!

말 그대로 거리를 격하고 있는 물건을 내공의 힘으로 움직인다는 무공이었다. 웬만큼 무공을 익힌 자라면 어느 정도는 시전할 수 있는 것이었고 유원학 역시 남에게 뒤지지 않을 정도의 능력은 가지고 있었다. 하지만 혁련휘가 보여준 한 수는 놀라움 그 자체였다.

"어찌 저렇듯……."

오륙 장도 넘어 보이는 거리. 그러나 거리가 문제가 아니었다.

혁련휘의 손에 빨려 들어간 검은 귀검의 가슴을 꿰뚫고 그 손잡이가 보이지 않을 정도로 나무에 깊이 박힌 상태였다. 더구나 축 늘어진 귀검의 무게까지 더해지니 직접 손으로 뺀다 해도 상당한 힘을 필요로 할 것이었다. 그런 것을 혁련휘는 너무나 쉽게, 그저 손을 뻗는 단순한 동작으로 해냈다. 지금껏 알고 있던 격공섭물에 대한 상식을 완전히 뒤집어 버리는 가히 듣도 보도 못한 실력이었다.

"도망가는 것으로 보이오?"

혁련휘는 두 눈을 부릅뜨고 쳐다보는 유원학에게 차갑게 미소 지으며 말했다.

"누가 도망을 가게 될지는 두고 보면 알게 될 것이오."

아무도 막지 못했다. 혁련휘가 옷깃을 스치며 지나감에도 유원학은 움직이지 못했다. 그저 망연한 눈빛으로 혁련휘의 말을 곱씹을 뿐이었다. 유원학의 곁을 지난 혁련휘는 최대한 신속히 서무궁을 향해 달려갔다.

그사이 서무궁은 염균과 염관척의 합공과 전후좌우를 가리지 않고 밀려오는 공격에 더욱 곤란지경에 빠져 있었다.

서무궁은 주 무기는 암기와 독이었다.

그것은 계속 사용할 수 있는 도검류와는 달리 소모의 한계가 있었다. 제아무리 많은 암기와 독을 몸에 지니고 있다 해도 다시 보충하지 않는 이상 언젠가는 바닥이 나게 마련이다.

지금의 서무궁이 그랬다. 인간의 몸으론 도저히 지니고 다닐 수 없을 것이라 여길 정도로 많은 암기를 소지하고 다녔던 그였지만 지난 며칠간의 격전을 통해 독은 이미 바닥이 났고 암기 역시 끝을 보았다. 계속 추격을 당하는 입장이라 필요한 암기를 준비한다거나 하는 여유가 있을 리 없었다.

거기에 요긴하게 쓰던 섭선마저 관정을 노린 염관척의 공격을 막기 위해 들이댔다가 망가지고 말았으니 남아 있는 무기라곤 고작 단검 하나가 전부였다. 익숙하지도 않은 단검을 들고 해일처럼 쏟아지는 공격을 감당해 내는 서무궁의 모습은 망망대해에 떠 있는 일엽편주(一葉片舟)와 다름없이 위태롭기만 했다.

그럼에도 서무궁은 공격을 하는 염균, 염관척 형제는 물론이고 포위 공격을 하는 웅비보의 무인들로 하여금 부끄러움에 절로 얼굴을 붉히게 만들 정도로 위험한 순간을 잘 넘기고 있었다.

하지만 인간에겐 한계가 있는 법이었다.

"놈! 끝장이다!"

염관척이 회심의 미소를 지으며 검을 휘둘렀다. 피가 역류할 정도로 얄밉게 피해내던 서무궁이 마침내 허점을 드러냈기 때문이었다.

염관척의 검은 순식간에 서무궁의 좌측 허리를 파고들었다.

"제길!"

뻔히 다가오는 공격, 마음만 먹으면 충분히 막을 수 있는 공격이었다. 하지만 서무궁은 움직일 수가 없었다. 아니, 한다고만 하면 못 움직일 것도 아니었다. 다만 그러기 위해선 뒤에서 다가오는 공격은 포기해야 했다. 그것은 곧 염균의 칼에 노출된 관정을 포기하는 것이나 마찬가지였다.

'죽일 놈.'

서무궁은 죽어가면서까지 자신을 지금의 위기로 몰아넣은, 가슴에 박힌 검을 양손으로 움켜쥔 채 두 눈을 부릅뜨고 죽은 웅비보의 무인을 바라보며 욕설을 해댔다. 그로 인해 지체한 찰나의 시간이 최대의 위기를 만든 것이었다.

죽어가는 관정에게 또다시 치명상을 입힐 수 없었던 서무궁은 몸을 돌려 염균의 공격을 막았다. 남은 것은 염관척의 공격이었다.

'우라질!!'

서무궁은 불과 몇 치의 거리로 접근한 칼을 보며 두 눈을 질끈 감았다. 곧 엄청난 고통이 옆구리에서, 그리고 전신으로 퍼질 것이다. 어쩌면 그 한 번의 공격으로 목숨을 잃을 수도 있었다. 하나 후회하는 마음은 없었다.

"큭!"

비명은 서무궁이 아닌 전혀 엉뚱한 사람의 입에서 흘러나왔다. 순간 번쩍 눈을 뜬 서무궁은 눈앞에 벌어진 일을 이해하지 못했다. 옆구리를 가르고 지나갔어야 할 칼은 주인을 잃고 땅에 굴러다녔고 염관척은 뼈가 훤히 드러난 손등을 붙잡고 고통의 신음성을 흘리고 있었다. 그리고 주변에는 무려 십여 명이나 되는 웅비보의 무인들이 나뒹굴고 있었다.

"도대체가……."

두 눈을 껌뻑이며 영문을 몰라 하던 서무궁은 문득 모든 이의 시선이 한쪽을 향해 쏠려 있다는 것을 느꼈다. 자신의 목이 붙어 있는 이유가 바로 그곳에 있을 것이라 느끼며 사람들의 시선을 따라 조심스레 고개를 돌렸다.

그러자 눈에 들어오는 한 사람.

철그렁.

들고 있던 단검이 땅에 떨어졌다. 하지만 서무궁은 그것을 의식도 하지 못했다. 검을 잡던 손으로 자신이 잘못 본 것은 아닌지 또 눈앞의 인물이 환영(幻影)은 아닌지를 확인하기 위해 연신 눈을 비벼댔다.

눈물이 날 정도로 비벼댔지만 꿈도, 환영도 결코 아니었다.

"호, 혹시……."

"늦어서 미안하다, 무궁."

"너… 너……!!"

이제 정말 끝장이라 생각하며 죽음을 각오했던 서무궁이었다. 그런데 난데없이 혁련휘가 나타났으니… 서무궁은 제대로 말을 잇지 못했다.

반가움과 놀람이 뒤섞인, 웃는지 아니면 우는지도 분간이 안 가는 어정쩡한 표정으로 서 있는 서무궁에게 다가간 혁련휘가 땅에 떨어진 단검을 집어 들었다.

"그리고 이렇게 살아 있어줘서 고맙다."

입가에 미소를 지으며 단검을 건네주었지만 돌아온 것은 난데없는 주먹이었다.

"이 자식!!"

퍽!

그토록 기다리고 찾던 사람이었건만 어째서 욕설이 먼저 나오는지 또 그 욕설보다 먼저 주먹이 날아갔는지 이해를 못했지만 머리로 생각하기에 앞서 서무궁의 주먹은 혁련휘의 안면을 훑고 지나갔다.

혁련휘의 고개가 옆으로 틀어질 만큼 크게 흔들렸다.

"많이 당했구나. 옛날의 주먹이 아닌걸."

난데없는 주먹에 놀랄 만도 했건만 혁련휘의 입가에 걸린 미소는 사라지지 않았다.

"홍, 누구 때문에 이 지경이 됐는데!"

서무궁은 한 대 더 칠 듯이 주먹을 흔들며 소리를 질렀다. 그러나 머리끝에서 발끝까지 타고 흐르는 벅찬 감격은 억지로 감춘다고 감추어지는 것이 아니었다. 서무궁의 음성은 어느새 울먹임으로 변해 있었다.

"빌어먹… 을 놈 같으니… 네… 놈 때문에 얼마나……."

혁련휘는 죽일 듯 노려보던 눈빛에서, 치켜든 주먹에서, 그리고 아무렇게나 지껄이는 말속에서 서무궁이 자신의 생존을 얼마나 기뻐하고 반기고 있는지 알 수 있었다.

말이 끝나기도 전에 가만히 다가간 혁련휘가 서무궁의 어깨를 감쌌다.

"알아. 미안하다, 정말."

"……."

"그런데 관정은……."

혁련휘가 손끝으로 느껴지는 관정의 차가운 감촉을 느끼며 물었다. 서무궁이 볼을 타고 흐르는 눈물을 재빨리 지우며 대꾸했다.

"아직은 괜찮아. 하지만 얼마나 버틸지는 모르겠다. 백령도 가히 좋은 상황은 아닌 것 같고. 둘 다 최대한 빨리 치료를 받아야 해. 최대한."

서무궁은 최대한 빨리라는 말을 강조하곤 턱으로 포위망을 갖추며 기회를 엿보는 웅비보의 무인들을 가리켰다.

그들은 약간의 거리를 두고 원형을 만들고 있었다.

혁련휘가 서무궁의 위기를 발견하자마자 걷어찬 돌멩이에 검을 쥐었던 손등이 완전히 박살난 염관척이 분노로 이글거리는 눈으로 노려보고 있었고, 이와는 대조적으로 유원학의 설명을 들은 염균의 낯빛은 상당히 어두웠다.

슬쩍 고개를 돌려 포위망을 살펴본 혁련휘가 간단히 말했다.

"그럼 빨리 가야지."

혁련휘는 그들의 모습이 눈에 들어오지도 않는지 성큼 걸음을 옮겼다. 당연히 그럴 줄 알았다는 듯 피식 웃음을 터뜨린 서무궁이 힘겹게 걸음을 옮기며 그 뒤를 따랐다.

"오고 싶으면 오고 가고 싶으면 간다? 이곳이 네놈들의 안방인 줄 아느냐!"

혁련휘의 앞길을 막은 염관척이 버럭 소리를 지르며 검을 치켜들었다. 혁련휘는 대꾸를 하는 대신 유원학과 염균을 바라보았다. 이미 그는 염균이 무리를 이끄는 수장임을 알고 있는 듯했다.

"네… 그대는 누군가?"

송백령과 서무궁에겐 대뜸 하대를 했던 염균은 그 자신도 모르는 사이에 말을 조심하고 있었다.

"알고 있을 것이오만."

"흑영대의 대주, 혁… 련휘… 맞는가?"

그런데 질문이 끝나기도 전이었다.

예기치 못한 기습에 당하고 분노를 키우고 있던, 더구나 시종 건방진 혁련휘의 태도를 참을 수 없었던 염관척이 전격적으로 기습을 했다.

물론 본인이야 최대한 신속하게, 또 효과적인 공격을 했다고 자부하겠지만 애당초 망가진 오른손 대신 왼손으로 검을 쥔 염관척의 공격은 혁련휘의 눈엔 들어오지도 않았다.

기습 따위나 하는 상대를 용서하고 싶은 마음은 없었다. 더구나 염관척은 조금 전까지 서무궁의 목숨을 노렸던 자였다. 조금만 늦었으면 돌이킬 수 없는 상황까지 이를 뻔했던 것을 떠올리자 사정을 봐주고 싶은 마음은 이미 천 리 밖으로 사라진 상태였다.

빠르게 다가오는 염관척과는 달리 혁련휘의 검은 느리기만 했다. 하지만 염관척은 자신의 검이 혁련휘에게 이르기도 전에 전신을 옭아매는 날카로운 기운에 기겁해야 했다.

염관척은 위험을 감지하자마자 재빨리 뒤로 몸을 날렸다. 무섭게 다가오던 속력을 감안하면 절로 탄성이 터져 나올 정도로 예민한 반응이었다. 급한 성격 때문에 앞뒤 재지 않고 달려들기는 했지만 그 역시 상당한 수준의 고수임을 보여주는 몸놀림이었다. 물론 혁련휘에겐 부질없는 발버둥으로 보였지만.

혁련휘는 이미 살의를 품고 있었다. 그 살의는 고스란히 검에, 그리고 검에서 뻗어 나가 염관척을 휘어 감고 있는 검기에 전달되었다.

"크아아악!"

외마디 비명과 함께 염관척은 미처 두 걸음도 떼어놓지 못하고 검기에 의해 난자당한 채 쓰러지고 말았다.

"ㅇ ㅇ ㅇ ㅇ ㅇ."

"검… 검귀다."

"천하제일인!!"

웅비보의 무인들은 난생처음 보는 무서운 광경에 넋을 잃고 말았다.

그들에게 염관척은 아득히 먼 곳에 있는 고수였다. 그런 고수가 변변한 반항도 해보지 못하고 처참하게 쓰러진 것이다.

염균의 말에 귀를 기울이던 웅비보의 무인들은 그제야 과거 혈성의 성주인 백무극을 쓰러뜨린 흑영대의 대주 혁련휘가 곧 천하제일임을 상기했다. 그리고 염관척의 모습이 곧 자신들의 미래라도 되는 양 겁에 질렸다.

"이것으로 대답이 되었는지 모르겠소."

혁련휘가 이를 악물고 노려보는 염균을 향해 말했다.

"충. 분. 히."

염균은 부들부들 떨리는 손으로 검을 잡고 있었다.

실력이 되든 안 되든 마음 같아서야 당장에 혁련휘와 자웅을 가리고 싶었지만 자신이 혁련휘를 공격했을 때 돌아올 뒷감당을 생각하면 함부로 공격하지 못했다. 자신과 비슷한 실력을 지닌 염관척이 한 번의 공격을 감당하지 못하고 목숨을 잃었다. 더구나 서무궁을 구할 때 보여주었던 무위, 단순히 스쳐 지나가는 듯한 동작에 아무런 반항도 하지 못하고 볏단처럼 쓰러지던 수하들의 모습은 악몽이었다.

자신이야 그렇다 쳐도 애꿎은 수하들마저 희생시킬 수는 없었다. 확실한 가능성이라도 있다면 모를까 막연한 생각으로 모험을 하기엔 상대가 너무 강했다. 인정하기는 싫었지만 상대는 천하제일인이었다. 그렇다고 그대로 물러나자니 무인으로서의 자존심이 용납을 하지 않았다. 염균은 쉽사리 결정을 내리지 못했다.

염균의 고민을 알기라도 하는 듯 혁련휘가 입을 열었다.

"이곳에서 오랫동안 떨어져 있던 친구들, 그리고 죽었다고 생각한 친구를 만나게 되었소. 어쩌면 그것이 당신들 덕분이란 생각을 하고 있소. 당신들이 친구들을 쫓고 있다는 소식, 그리고 거금의 현상금까지 걸었단 소식이 아니었으면 난 이 자리에 없었을 것이고 전혀 엉뚱한 곳에서 헤매고 있었을 테니 말이오. 비록 만신창이가 된 모습들이지만 살아 있으니 되었소. 그것에 감사하며 난 당신들을 그대로 보내고 싶소. 하지만 걸어오는 싸움은 피하지 않소. 당연히 용서도 없을 것이고. 어쩌면 그것을 바라고 있을지도 모르지. 애당초 일의 시작은 당신들 때문이니까. 내 길을 막는다면 후자를 원하는 것으로 간주하겠소.”

물론 싸움을 피하려는 이유가 자비를 베푸는 것보다는 친구들을 치료하기 위해 조금의 시간이라도 아끼고 싶은 마음이 더 큰 것이었지만 내색하지는 않았다.

말을 마친 혁련휘는 염균의 대답도 기다리지 않고 걸음을 옮겼다. 그리고 마치 도발이라도 하려는 듯 일부러 염균의 옆을 스쳐 지나갔다.

“밸도 없는…….”

서무궁이 비웃음을 흘리며 지나갔다.

“이… 이……!!”

모욕도 이만한 모욕도 없었다. 서무궁의 한마디에 염균의 이성은 순식간에 마비되고 검을 잡은 손에 힘이 들어갔다. 하지만 그의 움직임은 유원학에 의해 제지되었다.

“…….”

염균이 자신을 막는 이유를 대라는 듯 혁련휘에게 향했던 살기를 유원학에게 쏟아 부었다.

“개죽음이오.”

유학원이 고개를 흔들었다. 그리고 마치 바다가 갈라지듯 좌우로 길을 만들어 혁련휘를 보내고 있는 웅비보 무인들을 가리켰다.

"음."

염균의 입에서 절로 침음성이 흘러나왔다. 혁련휘를 바라보는 수하들의 눈에 어린 것은 무한한 공포와 두려움이었다. 거기에 천하제일인에 대한 막연한 동경과 경외심도 은연중 나타나 있었다.

"이미 안 되는 싸움이오."

당연했다. 공포나 두려움이라면 모를까 적을 향해 동경의 눈빛을 보내는 수하들을 데리고 어찌 싸움을 한단 말인가.

"크으으으."

검을 땅에 내동댕이친 염균은 차마 보지 못하겠다는 듯 몸을 돌렸다. 그리고 염관척의 시신을 수습하며 원수에게 도전도 하지 못하는 형을 용서하라며 통곡을 했다.

"후~"

유원학은 통곡을 하는 염균과 천천히 걸음을 옮기고 있는 혁련휘 등을 바라보며 나직이 한숨을 내쉬었다.

'천하… 제일인이라는 건가…….'

제29장

야우(夜雨)

야우

　　강서성 봉선현(奉仙縣) 남쪽에 위치한 계명(鷄鳴).

　　그다지 크지 않은 도시의 밤거리는 몹시 한산했다. 불야성을 이룰 정도는 아니었지만 늦은 밤까지 거리를 밝히던 주점이며 객점 등도 문을 연 곳을 찾기가 힘들었다. 거리엔 사람의 그림자는커녕 어슬렁거리며 쓰레기 더미를 뒤지는 도둑고양이 한 마리 보이지 않았다. 밤이 깊음을 지나 새벽을 바라보고 있다는 이유도 있었지만 직접적인 원인은 닷새째나 계속 이어지는 폭우 때문이었다. 하늘에 구멍이라도 났는지 빗줄기는 시간이 지나도 좀처럼 수그러들지 않았다.

　　끼끼끽.

　　천지를 진동시키는 빗줄기를 뚫고 나직이 들려온 소리는 계명은 물론 인근에서 용하다고 소문난 의원집의 뒷문이 열리는 소리였다. 그리고 모습을 드러내는 일단의 사람들이 있었으니, 웅비보 무인들을 따돌리고 도주에 성공한 혁련휘 일행이었다.

"그동안 고생 많으셨소. 은혜는 잊지 않으리다."

문을 열고 주변을 살피던 혁련휘가 뒤따라 나오는 의원을 보며 인사치레를 했다.

"아, 아니외다."

비교적 젊어 보이는 의원은 비굴한 미소를 지으며 손사래를 쳤다. 그러자 바로 뒤에서 관정을 등에 업고 문을 나서던 서무궁이 대뜸 소리를 질렀다.

"훙, 고생은 무슨. 한 게 뭐가 있다고!"

"그러지 마라, 무궁. 나름대로 열심히 노력했잖아."

송백령이 도끼눈을 뜨고 의원을 노려보는 서무궁을 달래며 말했다.

"노력? 관정을 치료한 것도 나고 네 몸에 난 상처를 치료한 것도 나다. 의원이랍시고 저 인간이 한 것은 그저 뜨거운 물이나 준비하고 약을 달이는 것뿐이었어. 순 돌팔이 같으니라고."

서무궁은 어쩔 줄을 몰라 하는 의원의 멱살을 붙잡고 얼굴을 들이밀었다.

"내 말이 틀리다면 어디 말을 해보시구려."

"그, 그게… 그러니까……."

숨이 막히는지 순식간에 얼굴이 창백해진 의원은 뭐라 대답을 못하고 간절한 눈빛으로 혁련휘만을 쳐다보았다. 지옥 같은 며칠, 야차와 같은 무리들 속에서 그나마 혁련휘만이 제정신이 박힌 인간처럼 보였기 때문이었다.

그의 기대는 어긋나지 않았다.

"그만 해. 어쨌든 우리 때문에 고생을 한 것은 사실이니까."

“홍.”

혁련휘의 말에 콧방귀를 뀌면서도 멱살을 잡았던 서무궁의 손에선 힘이 빠져나갔다. 물론 슬쩍 들어 의원의 몸을 땅에 팽개치면서 뺀 힘이었지만.

땅에 나뒹굴면서도 의원의 입에선 조금의 신음 소리도 흘러나오지 않았다. 상당한 고통이 엄습함에도 얼굴 표정 또한 변함이 없었다. 도리어 행여 어떤 소리라도 새어 나올까 양손으로 악착같이 입을 틀어막고 있었다.

정확히 열흘 전 유난히 병자가 많아 희희낙락하던 저녁, 갑자기 들이닥친 괴한들에 의해 느긋하게 즐기던 평화는 산산조각이 나고 그 이후엔 죽음의 공포와 싸워야 하는 나날들이었다. 일 년에 오직 두 번, 춘절(春節)과 중추절(中秋節)에만 걸어 잠그던 약방 문을 굳게 닫고 일체의 손님을 받지 못하는 것은 물론이려니와 집 밖으론 한 사람도 나가지 못했다.

그런데 바로 지금 그 악몽과도 같은 순간이 끝나려는 것이다. 고통 따위를 느낄 여유가 없었다. 그저 이 지옥 같은 시간이 빨리 지나가기만을 간절히 빌 뿐.

“혹시나 하여 말해 두는 것인데 우리가 떠난 이후에라도…….”

들어보지 않아도 다음 말을 알 수가 있었다. 재빨리 몸을 일으킨 의원은 혁련휘의 말을 자르며 고개를 흔들었다.

“무, 물론 그 누구에도 발설치 않을 것이외다.”

의원은 혁련휘 등이 혹여 딴생각이라도 하면 어쩌나 두려움에 떨고 있었다.

“천지신명께 약속하리다.”

이렇게 떠나주는 것만으로도 감지덕지한데 발설이라니… 있을 수 없는 일이었다. 하지만 서무궁은 의원과 조금 생각이 다른 듯했다.

"흥, 그 말을 어찌 믿을까?"

서무궁의 손은 어느새 품속으로 들어가 있었다. 그리곤 허락을 구하는 무언의 시선을 혁련휘에게 던졌다.

혁련휘가 입가에 고소를 지으며 고개를 흔들었다.

"의원만 아는 것도 아니고… 또 발설한다 해도 그다지 상관할 것도 없고."

"그래도…….."

"됐다니까. 이만 가자."

혁련휘는 더 이상 논쟁하기 싫다는 듯 말을 마침과 동시에 걸음을 옮겼다. 송백령이 떨떠름한 표정으로 서 있는 서무궁의 어깨를 치며 뒤를 따랐다.

"젠장. 어쩔 수 없지."

께름칙한 마음이 남아 있었지만 혁련휘의 말을 거부할 수는 없었다. 그렇지만 이대로 떠나는 것도 마음에 들지 않았다. 최소한 딴마음을 품으면 어찌 된다는 정도는 확실히 보여줄 필요가 있었다.

서무궁의 품에서 살짝 빛이 났다.

쉭.

나직한 소성을 내지르며 서무궁의 품을 떠난 두 개의 빛줄기가 의원의 양쪽 귓불을 꿰뚫고 지나갔다.

"윽."

의원은 갑작스레 밀려오는 고통에 짧은 신음성을 내뱉으며 자리에 주저앉았다.

"운이 좋구려."

서무궁이 겁에 질려 떨고 있는 의원을 향해 한마디를 던졌다. 그리곤 비릿한 미소를 지으며 몸을 돌렸다.

혁련휘와 서무궁 등이 떠나고도 의원은 한참 동안이나 움직이지 못했다. 조금만 움직이기라도 하면 어디선가 무기가 날아와 목을 베어버릴 것만 같은 느낌에 석상이라도 된 듯 굳어버렸다.

"후우~"

마침내 모든 것이 끝났다는 것을 의식한 의원이 땅이 꺼져라 한숨을 내쉬었다. 혁련휘 일행이 떠나고도 무려 반 시진이란 시간이 더 흘러간 이후였다.

*   *   *

"떠났느냐?"

"그렇습니다."

"관정의 치료가 모두 끝난 모양이구나?"

"꼭 그런 것 같지만은 않습니다."

"하면?"

눈이 부시도록 예리한 비도들을 매만지던 몽연적의 고개가 처음으로 돌려졌다. 몽연적의 품에서 빛을 내고 있는 비도들은 보는 것 자체만으로도 몸서릴칠 정도의 한기를 내뿜고 있었다.

"더 이상의 치료가 불가능하거나 아니면 보다 안전한 곳을 찾고자 함이 아닌가 합니다. 사제들의 보고에 따르면 관정은 물론이고 다른 녀석들도 몸 상태가 가히 좋아 보이지는 않는다고 합니다."

몽연적의 물음에 마서륜은 조금도 지체없이 사제 노관이 보내온 서찰을 전하며 대꾸했다.

"흠, 그렇단 말이지……."

몽연적은 마서륜이 올리는 서찰을 쳐다볼 생각도 하지 않고 몸을 일으켰다. 그리곤 매일같이 갈고 닦으며 소중히 관리한 여섯 자루의 비도와 한 자루의 단검을 챙기며 말했다.

"어쨌든 움직였다니 나 역시 가만히 있을 수는 없지. 놈을 데려오너라."

"예?"

"듣지 못했느냐? 혁련휘를 데리고 오란 말이다."

하지만 몽연적의 명령이 떨어졌음에도 마서륜은 움직이지 않았다.

"불안한 것이더냐?"

"……."

"네가 나를 믿지 못하는구나?"

몽연적이 빙그레 웃음 지으며 말했다.

"그, 그것이 아니오라……."

"아니라면… 따르거라."

그러나 마서륜은 그저 복잡 미묘한 시선으로 몽연적을 응시할 뿐 명을 행동으로 옮기지는 못했다. 몽연적도 더 이상 채근하지 않았다. 그저 무심한 눈빛으로 마서륜을 쳐다보았다. 감히 마주치지 못하고 눈을 피하던 마서륜은 몇 번을 망설이다 입을 열었다.

"진정 혼자 상대할 생각이십니까?"

"무슨 말이더냐?"

"놈은… 강합니다."

가볍게 떨리는 마서륜의 음성은 어느새 높아지고 있었다.

"정말 강합니다."

"흠."

수십 년 동안 자신을 따르는 마서륜이었다. 지금껏 단 한 번도 명령을 거스른 적이 없었고 아무리 다급한 일이 있어도 함부로 목소리를 높이지 않았다. 그런 마서륜이 명령을 정면으로 거부하고 있는 것이다. 그 의미를 모를 몽연적이 아니었다.

"내가 당하기라도 한단 말이더냐?"

마서륜을 응시하는 몽연적의 눈빛은 이미 차갑게 가라앉아 있었다.

"그것이 아니오라……."

"충분히 알고 있다. 놈이 강하다는 것은 다른 누구보다 내가 더 잘 알고 있다. 그 옛날 놈에게 살수의 기예를 전수하면서 이미 그것을 알고 있었다. 두려움을 느꼈을 정도니까. 하지만!"

몽연적의 전신에서 마서륜으로선 감히 감당하기 힘든 투기(鬪氣)가 서서히 흘러나오기 시작했다.

"나는 몽연적이다. 지금껏 목표로 하여 거두지 못한 목숨이 없는 천하제일 살수 몽연적!"

"그, 그렇습니다."

몽연적의 기세에 눌린 마서륜이 자신도 모르게 고개를 끄덕였다.

"그것이면 충분하지 않느냐? 너는 도대체 무엇을 두려워하는 것이더냐?"

'그렇다. 사부님께서는 천하제일의 살수. 놈이 아무리 무공이 강하고 당대 최고의 고수라 하더라도 사부님이시라면 놈의 목숨을 취하실 수 있으리라. 진정한 살수에게 있어 무공의 고하는 그다지 큰 장애가

되지 못함을 알면서도… 마서륜아! 어리석구나. 명색이 대제자라는 놈이 사부님의 능력을 의심하다니.'

마서륜의 낯빛이 붉게 물들었다. 재빨리 무릎을 꿇은 그는 땅에 머리를 찧으며 용서를 구했다.

"어리석은 제자를 용서하십시오! 사부님의 능력을 감히 의심한 죄 죽어 마땅합니다!"

"그만 하여라."

마서륜의 어깨를 잡아 일으킨 몽연적이 천천히 고개를 흔들었다.

"그렇게 정색할 것은 없다. 네가 걱정하는 의미를 알고 있거늘. 그리고 나 또한 놈의 능력을 제대로 아는 것은 아니다. 상대하기 버거운 것 또한 사실이지. 해서 미리 준비를 한 것 아니더냐. 놈을 상대하기에 가장 적합한 장소를 선택해서 말이다."

몽연적의 몸에서 뿜어져 나오던 투기는 이미 씻은 듯 사라지고 없었다.

"네 말대로 놈은 강하다. 하나 이제 결판을 낼 때가 되었음을 부인할 수가 없구나. 놈을 데리고 오너라."

마서륜은 더 이상 망설이지 않았다.

"알겠습니다. 당장 놈을 데리고 오겠습니다. 그렇지만 놈이 과연 순순히 응할는지는……."

조금 전까지 몽연적의 목숨을 걱정하던 마서륜은 전혀 엉뚱한 걱정을 하고 있었다. 바보가 아닌 이상 자신의 목을 노리는 사람의 말을 믿지는 않을 것이다. 어쩌면 위험을 느끼고 다른 곳으로 몸을 숨길 수도 있었다. 하지만 그 또한 기우였음을 몽연적이 일깨워 주었다.

"이것이면 오지 말라고 하여도 올 것이다."

“무엇입니까? 무엇이 들었… 음…….”

마서륜은 자신의 발 아래에 놓인 작은 함을 살피며 묻다 재빨리 입을 다물었다. 함에는 익숙하지만 따로 떨어져 있으면 실로 소름 끼치는 물건이 담겨 있었다.

“또 도주를 하려 했습니까?”

잠시 놀란 가슴을 다스린 마서륜이 어이가 없다는 듯 되물었다.

함에 담겨져 있는 물건은 아직도 피가 굳지 않아 핏물이 흐르고 있는 인간의 한쪽 귀였다.

마서륜은 그 귀의 주인을 알고 있었다.

“허허, 기운이 있는 한 놈은 계속해서 시도를 할 것이다. 물론 그것을 바라고도 있지만 말이야. 어쨌든 그것과 이것을 보여주면 충분할 것이다.”

몽연적이 또 하나의 물건을 마서륜에게 건넸다. 다름 아닌 구겸창, 몽연적에 의해 부서져 이제는 손잡이만 남아 있는 구겸창이었다.

“제자가 잠시 잊고 있었습니다. 놈이 아무리 오고 싶지 않아도 와야 하는 절대적인 이유가 있다는 것을 말입니다.”

귀가 들어 있는 함과 구겸창을 챙기며 대꾸하는 마서륜의 입가엔 비릿한 조소가 담겨 있었다.

“시간이 없구나. 이 밤이 끝나기 전, 그리고 이 비가 그치기 전에 놈을 이곳으로 데려오너라.”

“알겠습니다.”

“아, 또 하나…….”

몸을 돌리던 마서륜이 자세를 바로 하고 다음 말을 기다렸다.

“행여나 딴생각은 하지 말거라. 네가 말했다시피 놈은 강하다.”

사부를 위한답시고 함부로 도발하지 말라는 말이었다. 마서륜은 조금도 주저없이 대답을 했다.

"명심하겠습니다."

하지만 대답과는 달리 마서륜은 전혀 엉뚱한 생각을 하고 있었다.

'제가 아무리 말려도 사제들은 듣지 않을 것입니다. 물론 저 또한 마찬가지지요. 그것은 사부님의 능력을 믿고 안 믿고의 문제가 아닙니다. 죄송합니다, 사부님.'

*   *   *

"나쁜 놈들 같으니!"

"더러운 놈들!!"

서무궁과 송백령이 핏대를 올리며 소리쳤다.

"함정이야."

"당연하지. 뻔한 수작이야."

서무궁이 혁련휘를 바라보며 말했다.

"딴생각하지 마라. 절대로 가서는 안 돼."

그러나 혁련휘는 그들을 보고 있지 않았다. 그의 눈은 오직 피가 엉겨 붙어 있는 홍자성의 귀와 부러진 구겸창에 고정되어 있었다.

'자성……'

"듣고는 있는 거냐? 안 된다고!"

혁련휘가 자신의 말을 전혀 귀담아듣는 것 같지 않자 서무궁이 버럭 소리를 질렀다.

"그렇게 크게 소리치지 않아도 알고 있어. 달라질 것도 없고."

"달라질 것이 없다니! 그럼 간다는 것이냐?"

"물론."

혁련휘가 간단명료하게 대구했다. 순간 서무궁의 얼굴엔 어이없어 하는 표정이 떠올랐다.

"함정인 줄 알면서, 어떤 위험이 기다리고 있는 줄 뻔히 알면서도 간다는 거냐?"

"자성이 놈들에게 잡혀 있고 또 괴로움을 당하고 있다."

"알아. 알고말고. 그 멍청한 놈이 당할 사람이 없어서 하필 그 악마 같은 늙은이에게 잡혀 있다는 것은 나도 알아. 어떤 고초를 겪고 있을지도 훤히 보이고. 아마 귀때기 하나로 끝나지는 않았을 거야. 하지만 말이지, 이건 아니라고 본다."

"뭐가 아니라는 거냐?"

싸늘히 되묻는 혁련휘의 눈초리와 음성엔 노여움이 묻어 있었다.

"함정인 줄 뻔히 알면서 보낼 수는 없다는 것이다. 자성이 놈도 중요하지만 지금으로선 너와 우리의 안전이 더 중요하다."

"닥쳐!"

혁련휘의 주변 공기가 미친 듯이 요동 치기 시작했다. 매섭게 내리꽂히던 빗줄기도 전신에서 피어오르는 기운을 감당하지 못하고 튕겨 나갔다. 하지만 서무궁은 혁련휘의 눈빛을 피하지 않았다.

"이 밤이 지나면 자성의 목숨은 없다."

"그래도 안 돼."

서무궁은 조금도 물러서지 않았다. 보다 못한 송백령이 둘 사이에 끼어들었다.

"진정해. 무궁의 말에도 일리는 있어. 그렇게 서둘 일만은 아닌 것 같다.”

“서둘지 않으면? 자성이 죽은 다음에 움직이자는 말이냐?”

혁련휘의 음성은 여전히 싸늘했다.

“그게 아니라는 것은 너도 알잖아. 무궁 또한 우리의 안전을 위해 자성의 죽음을 방관하자는 뜻은 아니라고 본다. 안 그래?”

송백령이 서무궁의 얼굴을 응시하면 물었다.

“그걸 말이라고 하냐? 당연하잖아. 어떻게 살아남은 우리들인데. 내가 걱정하는 것은 급한 마음에 서두르다가 놈들의 의도대로 끌려가지나 않을까 하는 것이다.”

굳을 대로 굳은 혁련휘의 얼굴을 정면으로 응시하던 서무궁이 나직이 한숨을 내쉬었다.

“우린 아는 것이 하나도 없다. 놈들이 몇 명인지 또 어떤 함정을 파 놓고 기다리는지. 아는 것이라곤 그 중심에 몽연적이라는 늙은이와 그의 제자들이 있다는 것뿐이다. 무림맹 놈들에 의해 구금되었던 그들이 말이다. 어째서지? 어떻게 그들이 지금 이곳에 나타날 수 있는지 생각은 해봤냐? 아니, 그전에 지금 네 모습을 봐라. 소름 끼칠 정도로 냉철하게 우리를 이끌던 예전의 모습은 어디로 간 것이냐? 앞뒤 재지 않고 무조건 달려들기만 하려는 네 모습을 보란 말이야.”

서무궁의 음성도 점점 싸늘하게 변해갔다.

“설마 내가 자성의 죽음을 이대로 외면하리라 생각하는 거냐? 속단하지 마라. 네가 자성을 생각하는 만큼 나 역시 자성을 걱정하고 염려한다. 하지만 서둔다고 될 일이 있고 안 될 일이 있는 법이다. 무턱대고 덤벼들었다간 자성은 물론이고 너까지 위험해진다. 네가 위험해지면 관정은 물론이고 나와 백령의 목숨 역시 무사하긴 힘들다. 어째서 그렇게 서두는 것이냐? 조금만, 제발 조금만 더 신중해지잔 말이다.”

“…….”

서무궁의 말이 끝났음에도 혁련휘는 아무런 말을 하지 않았다.

송백령이 쓴웃음을 지었다. 그는 알고 있었다. 혁련휘가 어째서 저리도 다급한 표정으로 서둘고 분노하고 있는지. 아니, 그만이 아니라 서무궁 또한 알고 있었다.

‘자책을 하는구나.’

이미 지나간 일이지만 혁련휘를 구하기 위해 노조린이 죽었다. 협맹의 포로가 된 관정은 치명적인 부상을 입고 아직도 회복하지 못하고 있었다. 자신과 서무궁 또한 엄청난 부상을 입고 죽을 고생을 했다. 친구이자 수하들의 그런 모습을 보며 혁련휘가 얼마나 괴로워하고 고통스러워했을지 눈으로 보지 않아도 알 수 있었다. 그런 그에게, 죽었다고 여겼던 홍자성의 소식이 들려온 것이다. 그것도 부러진 애병과 잘린 귀를 동반하여.

‘아무런 생각도 하지 못할 거다. 아니, 생각할 엄두를 내지 못한다고 해야 하나. 지금 녀석의 뇌리엔 오직 자성의 생사만이 차지하고 있을 테니.’

“내가 너무 심했다, 무궁. 네가 어떤 마음을 지니고 있는지 뻔히 알면서도 화를 냈다. 함정이라… 알아. 알고말고. 하지만 어쩔 수 없다. 차갑게 식은 머리가 수많은 경고를 보내며 냉정함을 되찾기 위해 필사적으로 애쓰고 있지만 뜨거운 심장은 그렇지 못하다. 몸이 따르지 않아.”

어느새 노기를 거둔 혁련휘가 서무궁을 향해 다가왔다. 그리곤 어깨 위에 손을 올려놓았다.

"계획 따위를 세울 시간이 없어. 그렇다고 무작정 서둘지는 않을 테니 염려 마라. 상대가 강하다는 것은 몸이 이미 느끼고 있다. 하지만 나도 강하다. 과거와 같은 일은 없어. 위험이 닥치면 부수면 된다. 그러니까 그런 표정은 짓지 마라."

"……."

"초대를 받은 것은 나뿐이다. 행여나 따라올 생각은 하지 마라. 사실 미안한 말이지만 지금의 너희들의 몸 상태론, 그리고 관정까지 데리곤 도움이 되지 않아. 안전한 곳으로 피하는 것이 나를 돕는 것이다. 곧 따라가마. 오래 걸리진 않을 거다."

묵묵부답인 서무궁에게 슬쩍 미소를 보인 혁련휘가 몸을 돌렸다. 서무궁이 무슨 말인가를 하려는 듯 손을 뻗었지만 송백령이 앞을 가로막았다.

"너……."

"틀렸어. 녀석의 귀엔 지금 아무런 말도 들리지 않아. 바짓가랑이를 붙잡고 매달리면 그대로 끌고 갈 기세야. 왜 그런지는 너도 알잖아."

"하지만……."

서무궁은 거의 울 듯한 표정으로 송백령을 쳐다보았다.

"믿자. 녀석이 자신을 믿고 있는데 친구들이라는 우리가 못 믿어서야 되겠냐? 어쨌든 서둘러야겠다. 돕지 못한다면 녀석 말대로 짐이나 되지 말아야지. 놈들 말고도 다른 적이 우리를 노리고 있을지도 모르고."

"젠장."

어쩔 수 없었다. 혁련휘를 말리기엔 이미 늦었고 송백령의 말에도 틀린 것은 없었다. 더 이상 토를 달 수 없었던 서무궁이 할 수 있는 것이라곤 애꿎은 나무나 후려치는 것이었다. 단숨에 나무 하나를 쓰러뜨린 서무궁의 눈은 이제는 희미해져 가는 혁련휘의 뒷모습을 좇고 있었다.

'빌어먹을 녀석, 맘대로 해라. 그러나… 믿는다.'

털컹.

낡디낡은 문이 열리며 한 사내가 관제묘 안으로 발을 들여놓았다. 문이 열리기만을 기다렸다는 듯 사내의 뒤로 세찬 비바람이 들이쳤다.

'왔구나.'

몸을 돌리지는 않았어도 몽연적은 관제묘 안으로 들어선 사내가 혁련휘임을 알고 있었다.

혁련휘가 관제묘의 문을 열어젖히기 전, 비록 천지를 진동시키는 폭우 때문에 현저히 떨어지기는 했지만 칼날과 같이 곤두선 전신의 감각이 십 장 밖에서부터 전해오는 그의 존재를 완벽하게 간파하고 있었기 때문이다.

관제묘 안으로 들어선 혁련휘는 들고 있던 보자기를 바닥에 내려놓았다. 그리곤 머리카락에 묻은 물기를 털어내기 시작했다. 마치 비를 피해 들어온 사람처럼 급할 것 하나도 없다는 태도였는데 그것은 중앙에 앉아 홀로 술잔을 기울이는 몽연적 또한 마찬가지였다. 기다리던 혁련휘가 도착했음에도 그는 아직 몸도 돌리지 않고 있었다.

더 이상 얼굴로 물기가 흘러내리지 않는 것을 확인한 혁련휘가 마지막으로 머리를 쓸어 올리곤 입을 열었다.

"오랜만이오, 사부."

막 잔을 비우던 몽연적의 움직임이 멈추는가 싶었으나 그것도 잠깐이었다. 몽연적은 개의치 않고 이내 술을 비워냈다.

"부름을 받고 왔소이다."

혁련휘가 재차 입을 열었다. 몽연적은 그제야 느릿느릿 몸을 돌렸다. 혁련휘와 몽연적의 시선이 허공에서 뒤엉켰다. 그러기를 잠시, 몽연적이 떨어져 나갈 듯 요란한 소리를 내며 흔들리는 문을 가리켰다.

"비바람이 거세다. 문을 닫는 것이 좋겠구나."

"훗, 어차피 사라질 문, 저렇게라도 자신의 존재를 알리도록 놔둡시다."

몽연적의 입가에 잔잔한 미소가 번졌다.

"사라질 문이라… 그럴지도. 하지만 그렇게 서두를 것은 없다."

몽연적이 또다시 술병을 기울였다. 몽연적은 단숨에 넉 잔의 술을 마시고야 술잔을 내려놓았다.

"네 사형들이더냐?"

몽연적이 혁련휘의 발 밑에 떨어져 있는 보자기를 응시하며 말했다. 주변은 보자기에서 흘러나온 피로 인해 이미 붉게 물들어 있었다.

"짐작하고 계시잖소? 나를 대신하여 넉 잔의 술이 대답을 한 것으로 합시다."

혁련휘가 담담하게 대답했다. 하나 듣고 있는 몽연적은 그럴 수가 없었다.

혁련휘가 관제묘 안으로 들어서는 순간 몽연적의 예민한 후각은 진하다못해 코를 마비시킬 정도의 피비린내를 맡을 수 있었다. 그리고 알 수 있었다, 어째서 혁련휘에게서 저렇듯 진한 피비린내가 전해져 오는지를. 분명 자신의 경고를 무시한 제자들의 피일 것이었다.

몽연적의 시선이 보자기에 고정되어 움직일 줄 몰랐다. 혁련휘의 손이 슬쩍 움직였다. 무형의 힘에 이끌린 보자기가 미끄러지듯 몽연적의 앞으로 밀려갔다.

"음."

보자기를 풀어본 몽연적의 입에서 짧은 침음성의 튀어나왔다. 보자기에 담겨 있는 것은 마서륜을 비롯하여 다른 세 제자들의 머리였다. 고통과 분노로 인해 일그러진, 얼마나 원한이 깊었는지 하나같이 두 눈을 부릅뜬 채였다.

'그렇게 말을 했건만……'

가슴이 저려왔다. 이런 일이 있을까 하여 일부러 경고를 하고 만류했지만 제자들은 자신의 말을 듣지 않았다. 애당초 들을 것이라 생각한 것부터가 잘못된 것일지도 몰랐다.

몽연적은 가슴 아래서부터 울컥 치밀어 오르는 기운을 억지로 참아내며 손을 뻗었다. 그리고 차례차례 제자들의 눈을 감겨주었다. 조용히 쳐다보는 혁련휘의 눈길을 의식했는지 손길은 거칠고 무심했다. 하지만 유난히 자신을 닮았던, 그래서 더욱 아끼고 믿음직스러워했던 마서륜의 눈을 감겨줄 땐 더 이상의 평상심을 유지할 수가 없었다.

"꼭 이렇게 해야 했느냐? 정녕!"

고개를 돌려 혁련휘를 노려보는 몽연적의 눈빛엔 처음과는 달리 살기가 깃들어 있었다. 반대로 어깨를 한 번 으쓱이며 대꾸하는 혁련휘에겐 여유가 있었다.

"사부답지 않소. '인정을 베풀지 마라'. 그것이 사부가 우리에게 늘 강조했던 마음가짐인데. 애당초 그들이 합공을 하며 덤비지 않았으면, 나를 죽이고자 미리 숨어 암습을 하지 않았으면 이리되지도 않았을 것이오."

순간 몽연적은 마치 커다란 망치로 뒤통수를 내려치는 듯한 충격에
할 말을 잃었다. 제자들의 죽음 때문에 미처 생각하지 못했던 것들이
뇌리를 스쳐 지나간 것이다.

'암습? 게다가 합공!!'

믿을 수가 없었다. 그들 개개인의 능력은 한 문파의 장문인이라도
정면 대결을 펼친다면 모를까 절대 함부로 할 수 있는 것이 아니었다.
자신의 제자라서가 아니라 그들이 지닌 살수로서의 능력은 최고였다.
그런데 혁련휘에게선 상처는 고사하고 싸움을 벌인 흔적이 조금도 없
었다.

'놈, 강하다더니!'

전신에 소름이 돋았다. 살수로서 최상의 능력을 지닌 네 명의 제자
들이 암습을 하고도 상처 하나 내지 못했다는 것, 그것이 의미하는 바
는 실로 컸다. 혁련휘의 강함을 직접적으로 보여주는 것이 아니고 무
엇이겠는가.

눈앞에 있는 혁련휘는 말 그대로 최강의 상대였다. 이성을 잃고 덤
벼서는 그야말로 어찌해 볼 수가 없는 상대. 혼신의 힘을 다한다 하더
라도 승리를 점칠 수 없는 그런 상대였다.

분노에 사로잡혔던 몽연적의 전신은 이미 싸늘하게 식어버렸다.

'큰 실기를 할 뻔했구나.'

몽연적은 자신도 모르게 흥분해 이성을 잃을 뻔했던 것을 자책했다.

어쩌면 약간은 얕잡아봤는지도 몰랐다. 혁련휘가 강하다는 것을, 그
리고 점점 더 강해진다는 것을 알면서도 그 바탕의 무공은 자신의 것
이라는 생각이 은연중 자리하고 있는지도 몰랐다. 하지만 이제는 그런
것은 완전히 지울 때였다.

“무척… 강해졌구나.”

몽연적이 여느 사부들처럼 만족한 미소를 지으며 고개를 끄덕였다. 혁련휘는 별다른 대꾸 없이 희미한 미소를 짓는 것으로 칭찬에 대한 답을 대신했다.

“한잔하겠느냐? 혼자 마시려니 흥이 나지 않는구나.”

몽연적이 술잔을 집어 들며 물었다. 피식 웃음을 터뜨린 혁련휘는 고개를 가로저었다.

“술은 독해야 맛이 나는 법. 향기로운 냄새만 풍기는 것은 진정한 술이 아니외다. 특히 사부가 권하는 술처럼 향기가 넘치다 못해 역겨운 냄새까지 풍기는 것을 어찌 술이라 하겠소. 괜히 마셨다가 탈이라도 나면 목숨을 대가로 지불해야 하는 것을. 그렇지 않소이까?”

혁련휘가 술에 든 독을 간파하곤 조롱을 했지만 몽연적은 혁련휘에게 건네려던 술을 단숨에 비우곤 천연덕스럽게 대꾸했다.

“겁이 많구나. 그저 몇 가지를 첨가했을 뿐이다. 맛이야 상관없지.”

“훗, 상관이 없는 것은 사부뿐이오.”

혁련휘는 냉소를 지었다. 그리곤 더 이상 대꾸하기 싫다는 듯 관제묘 안으로 들어오면서부터 눈여겨본 곳으로 고개를 돌렸다. 혁련휘의 시선이 머문 곳은 검은 천으로 가린 좌측 벽이었다.

‘살아는 있군.’

그곳에서부터 희미한 기운이 감지되는 것을 느끼며 내심 안도의 한숨을 내쉬었다. 미약하기는 하지만 전해져 오는 기운은 틀림없이 홍자성의 것이었다.

홍자성이 관제묘 안에 있다는 사실, 그리고 살아 있다는 것을 확인하자 심장 박동이 빨라지기 시작했다. 혁련휘는 떨리는 마음을 진정시키기 위해 일부러 화제를 돌렸다.

"그나저나 금마동에서 나온 것을 보니 우리를 잡으라고 무림맹에서 풀어준 모양이구려."

몽연적이 고개를 끄덕였다.

"그랬지. 처음엔 단순한 거래였다, 너희들만 제거하면 자유를 준다는. 하지만 이제는 아니다."

몽연적이 천천히 몸을 일으켰다. 동시에 세찬 비바람에도 나름대로 평온함을 유지하던 관제묘의 공기가 무섭게 요동 치기 시작했다.

"어째서 그리한 것이냐?"

"무엇을 말이오?"

무엇을 묻는지 어느 정도 짐작은 했지만 혁련휘는 태연스레 되물었다.

"시치미를 뗄 셈이냐? 환살문을 그리 만든 이유가 무엇이냔 말이다. 그런 짓을 하고도 무사할 줄 알았더냐?"

몽연적의 말 한마디 한마디가 칼날 같은 예기가 되어 쏟아져 나왔다. 그러나 혁련휘에겐 그다지 위협이 되지 않는 듯했다. 내심으론 어떨지 몰라도 겉으론 분명 여유가 있었다.

"아, 그 일 말이오. 하하! 시치미를 뗄 것이 따로 있지, 그 딴 일을 가지고 시치미를 뗄 것이라 보셨소?"

"그… 딴 일이라 했느냐?"

몽연적의 얼굴에 서서히 귀기가 어리기 시작했다. 혁련휘의 얼굴에도 냉기가 깔리기 시작했다.

"이유라 하셨소? 사부에게 그들이 중요하듯 우리에겐 어려서부터 함께해 온 동료들이 중요했소. 사부가 그들의 죽음에 분노를 느끼듯 우리 또한 어쩔 수 없이 친구들을 베어야만 하는 현실에 치를 떨었단 말이외다."

"그래서, 그래서 그들을 그토록 처참히 죽였단 말이냐? 나에 대한 원망으로?"

"어땠을 것 같소? 우리를 지옥 바닥까지 몰아넣고도 그 정도도 예측하지 못할 것이라곤 미처 생각하지 못했소이다. 크크크."

몽연적이 분노를 참기 위해 입술을 깨무는 것을 보며 혁련휘의 입에선 괴소가 터져 나왔다.

"자성은 어디 있소?"

순식간에 웃음을 거둔 혁련휘가 안색을 굳히며 물었다. 관제묘에 들어선 지가 벌써 일각여, 비로소 본론을 꺼낸 것이었다. 그리고 그것은 치미는 분노를 참느라 애쓰는 몽연적과 여유만만했던 혁련휘의 상황이 일거에 뒤집혀 버리는 것을 의미했다.

"내 느낌이 틀리지 않는다면 자성은 분명 저곳에 있을 것 같소만."

혁련휘는 좌측 벽을 향해 걸음을 옮겼다. 발걸음을 옮기되 눈은 몽연적에게 고정된 상태였다.

"정확하게 알고 있군. 하지만 어째서 네가 움직이는 것이더냐?"

"막을 생각이오?"

혁련휘가 느긋하게 움직이며 자신의 앞을 가로막는 몽연적을 노려보며 말했다.

"물론."

"막을 수 있다고 생각하시오? 장담하건대 사부는 나의 상대가 안 되오."

슬그머니 검을 잡으며 말하는 혁련휘의 몸에선 자신감이 넘쳐흘렀다. 몽연적도 지지 않고 대꾸했다.

"건방진… 하나 인정할 것은 인정해야겠지. 그래, 분명 너는 나보다 강할 것 같구나. 하지만 내가 저 녀석의 목숨을 취하는 것까지 막을 수 있다곤 생각하지 않는다. 물론 그만한 대가는 지불해야겠지만. 나는 충분히 각오가 되어 있다만……."

몽연적의 말에 뭐라 반박을 하고 싶었고 벽을 향해 걷는 걸음을 막고 싶었지만 혁련휘는 그러지 못했다. 몽연적이 목숨을 도외시하고 아무런 대항도 하지 못하는 홍자성만을 노린다면 과연 막을 수 있을지를 장담할 수가 없었다.

우선 몽연적과 홍자성과의 거리가 너무 가까웠고 무엇보다 현재 홍자성이 어떤 상태인지 전혀 파악이 안 된 상태에서 모험을 할 수는 없었다. 다른 사람이라면 혹 모르겠지만 상대는 천하제일 살수였다. 아차 하는 순간에 홍자성의 목숨이 위험할 수 있었다.

단숨에 벽으로 다가간 몽연적이 천천히 천을 제거했다.

"잘 선택했다. 우리에겐 아직 중요한 일이 남아 있지 않느냐? 이 녀석 때문에 망칠 수는 없지."

벽면을 가리고 있던 천이 아래로 떨어졌다. 그곳에 홍자성이 있었다.

온몸이 처참하게 망가진 상태로 벽에 고정되어 있는 홍자성을 보고 혁련휘는 참지 못했다.

"자성!!"

혁련휘가 자신도 모르게 큰 소리로 홍자성을 불렀다. 그러나 고개를 꺾고 있는 홍자성에게선 아무런 대답도 들려오지 않았다.

"무슨 짓을 한 것이오!!"

혁련휘가 일그러진 얼굴로 물었다. 부릅뜬 두 눈은 벽에 매달린 홍자성의 모습에 고정된 채였다.

"정확히 여섯 번이었다."

혁련휘가 무슨 소리를 하느냐는 듯 노려보자 몽연적의 입가에 여유 있는 미소가 감돌았다.

"처음엔 그냥 경고만 했을 뿐이었다. 하지만 두 번째엔 그냥 둘 수 없었다. 손가락 두 개를 잘랐지."

"무슨……!"

혁련휘가 발끈하여 소리를 지르려 했지만 몽연적은 아랑곳없이 말을 이었다.

"세 번째 탈출을 하려 했을 땐 팔목을 잘랐다. 네 번째엔 아예 팔을 잘라 버렸지."

홍자성에게 다가간 몽연적이 나름대로 안타깝다는 표정을 지으며 뭉툭해진 왼쪽 어깨를 툭툭 건드렸다.

"그래도 포기하지 않더구나. 다섯 번째엔 한쪽 눈을 대가로 받았다."

몽연적의 손길에 꺾였던 홍자성의 고개가 뒤로 젖혀졌다. 혁련휘는 치료도 제대로 받지 못하여 아직도 상처가 아물지 않고 고름이 흐르는 홍자성의 퀭한 눈을 볼 수 있었다.

"자… 성……."

혁련휘의 전신에서 격한 떨림이 시작되었다. 아무리 진정하려 하여도 떨림은 그치지 않았다. 그것을 간파하며 회심의 미소를 지은 몽연적은 마지막으로 깨끗하게 절단된 홍자성의 오른쪽 귀를 가리켰다.

"어제였다. 이 녀석의 포기할 줄 모르는 도전, 여섯 번째 탈출의 시도가 있었던 날은. 물론 실패였지만.”

“으으…….”

홍자성은 살아 있어도 살아 있는 것이 아니었다. 이 상황에서 무슨 말을 할 것인가. 혁련휘는 아무런 말을 하지 못했다. 대신 끔찍한 살기를 쏟아내며 몽연적을 노려보았다. 당장에라도 검을 뽑을 기세였다.

‘그래, 제대로구나. 조금만 더 흥분을 하여라.’

몽연적은 격렬히 떨며 흥분하고 있는 혁련휘를 지그시 응시하며 서서히 힘을 모으기 시작했다.

‘한 번으로 끝낸다.’

지금은 저렇듯 흥분하고 있지만 정작 싸움이 시작되면 어찌 변할지 모르는 일이었다. 혁련휘가 평상심을 회복하기 전에 단번에 끝내야만 이 승기가 있다고 판단한 몽연적은 빈틈을 예리하게 살피며 일격을 가할 준비를 마쳤다. 하지만 모든 것이 그의 뜻대로 되지는 않았다.

“어… 이, 오… 랜… 만… 이야…….”

갑자기 들려온 홍자성의 음성에 혁련휘의 움직임이 그 자리에서 멈췄다. 정신을 잃고 있던 홍자성이 남은 한쪽 눈을 지그시 뜨고 있는 것이 아닌가.

“자성!”

몽연적에게 향했던 살기는 씻은 듯 사라지고 없었다.

‘제기랄.’

맥이 탁 풀렸다. 혁련휘가 의식하지 못하는 사이 온몸의 힘을 끌어모으고 끝장을 보려 했던 몽연적은 갑작스레 돌변한 상황에 어찌할 바를 몰랐다. 홍자성으로 인해 맞이한 절호의 기회가 도리어 그로 인해 깨지고 만 것이었다.

'분명 혼혈을 짚어두었거늘.'

어떻게 깨어났는지 이해가 가지 않았다. 아니, 그것보다 어쩌면 그와 같은 기회는 다시 잡을 수 없을지도 모른다는 것이 안타까웠다.

어이없는 눈으로 홍자성을 쳐다보는 몽연적의 눈가에 살기가 돌았다. 천재일우(千載一遇)의 기회를 그대로 날려 버리게 한 분노가 그대로 담겨 있는 눈빛이었다. 그러나 몽연적은 별다른 행동을 하지 못했다. 그의 상대는 홍자성이 아니라 분명 혁련휘였기 때문이다.

"뒈지… 지 않았… 다는 소식은 저… 늙… 은이에게 들었다……."

힘들게 턱을 치켜 몽연적을 가리키는 홍자성은 그 상황에서도 분명 웃고 있었다.

"괜… 찮은 거냐?"

혁련휘가 슬픔이 가득 담긴 음성으로 물었다.

"미친… 놈. 이게 괜찮은 거로 보이냐? 하긴 어쨌든 살… 아는 있으니까. 늙은… 이에게 고맙다고 해야 하나. 크크크……."

홍자성의 웃음은 한참이나 이어졌다. 그렇게 웃고 나자 생기가 조금 도는지 거듭 되는 말에 힘이 실리기 시작했다.

"흐흐, 간교한 늙은이 같으니. 저 늙은이는 내가 도망치기만을 바라고 있었어. 그때마다 내 몸을 병신으로 만들면서 그것을 즐기고 있었지. 팔이 잘리고 눈이 파인 내가 다리만 멀쩡한 이유가 뭔지 알아?"

"다리가 잘리면 도망칠 생각도 못할 테니까."

혁련휘가 얼굴을 굳히며 대답했다.

"크크, 역시 정확하게 알고 있어. 그것을 알면서도 나는 탈출을 해야 했다. 내가 잡혀 있는 이유를 알고 있었으니까……. 결국은 실패했지만. 크크크."

홍자성은 뭐가 그리 좋은지 연신 낄낄대며 웃었다. 그것이 더욱 가슴 아픈 혁련휘의 눈빛이 처연하게 변했다.

"그런 표정 짓지 마라. 비참해지긴 싫다. 너만 살아 있으면 난 괜찮아."

"너……."

"됐다니까! 어쨌든… 늙은이!"

홍자성의 부름에 지금껏 조소(嘲笑)로써 둘의 대화를 듣던 몽연적의 고개가 돌려졌다.

"큰일 났군. 이제 당신 목이 달아날 차례인 것 같은데 말이야. 보아하니 기르던 개들은 이미 황천으로 간 것 같고 말이야. 퉤!"

홍자성은 보자기 위에 나란히 놓여 있는 마서륜 등의 머리를 발견하고 그곳을 향해 힘껏 침을 뱉었다. 멀리 떨어져 있는 그곳까지 침이 도착할 리는 만무한 일이었다. 하지만 그것을 바라본 몽연적은 자신도 모르게 손을 뻗었다.

"글쎄, 어찌 될른지는 두고 보면 알 것이고 그것까지 네놈이 걱정할 바가 아니다."

"크윽!"

얼굴을 움켜쥔 몽연적의 손에 힘이 가해지자 홍자성의 입에선 절로 신음성이 터져 나왔다.

"무슨 짓을……!"

"움직이지 마라!"

깜짝 놀란 혁련휘가 달려들자 몽연적이 재빨리 소리쳤다.

"한 발만 더 움직이면 이놈의 머리가 터져 나가는 것을 보게 될 것이다."

“그리되면 사부, 당신도 죽소.”

“녀석을 죽일 생각은 없다. 인질은 함부로 죽이는 것이 아니거든.”

몽연적이 홍자성의 머리를 툭툭 치며 말했다.

“인질은 함부로 죽이는 것이 아니다. 이용할 만큼 이용한 다음 죽여라. 분명 가르쳐 준 적이 있을 텐데.”

“뼛속까지 기억하고 있소.”

“알면 됐다. 난 그저 여전히 고쳐지지 않는 이놈의 입버릇을 고쳐 놓을 생각뿐이었어.”

“난 신경 쓰지 말고 당장 저 재수없는 늙은이를 죽여 버려. 어서!!”

몽연적이 손을 떼자마자 홍자성은 발작적으로 소리쳤다. 바로 그 순간 몽연적의 손이 홍자성의 전신을 두들겼다.

“*끄끄끅.*”

홍자성이 눈을 뒤집으며 몸을 뒤틀었다. 움직일 때마다 그를 구속하고 있는 쇠사슬이 요란한 소리를 내며 이리저리 흔들렸다.

“정녕!!”

“어허, 염려하지 말래도 그러는구나. 아직은 죽지 않아. 놈이 죽는 것은…….”

몽연적의 입가에 잔인한 웃음이 떠올랐다.

“정확히 반 시진 후다. 반 시진이 지나가기 전에 해혈(解穴)을 해준다면 살릴 수 있을 것이다. 물론 그전에 나를 쓰러뜨려야겠지만.”

혁련휘는 대답하지 않고 고통에 몸부림치는 홍자성만을 응시했다. 몽연적이 홍자성에게 시전한 수법은 자신도 익히 아는 것이었다.

시간이 지나면서 기혈이 뒤틀리고 피의 흐름이 막혀 끝없는 고통에 시달리다 죽음에 이르게 만드는 일종의 고문법. 반 시진이라고 말했지만 어쩌면 일각이 지나기도 전에 모든 게 끝날 수도 있었다. 시간이 없었다.

"이곳에서 하시겠소?"

혁련휘가 자세를 고쳐 잡으며 말했다. 몽연적은 급할 것 없다는 듯 희미한 미소를 지으며 고개를 가로저었다.

"이렇게 좁은 곳에서 싸우다간 반 시진은커녕 한 호흡도 되기 전에 숨이 끊어질지도 모르는 일이지. 밖으로 나가자꾸나."

"나오시오."

역시 급한 것은 혁련휘였다. 몽연적의 말이 끝나기가 무섭게 몸을 돌린 혁련휘는 단 한 번의 움직임으로 관제묘를 벗어났다.

'훌륭한 신법이로군.'

그것이 자신이 가르친 운연과안이라는 것을 알아본 몽연적은 쓴웃음을 짓고는 혁련휘와 마찬가지로 순식간에 관제묘를 벗어났다.

"원하는 대로 되었으니 마음대… 음."

몽연적이 따라오는 기척을 느끼며 몸을 돌리던 혁련휘는 연기처럼 사라지는 몽연적의 신형을 바라보며 입을 다물었다. 눈도 제대로 뜨지 못할 정도로 많은 비가 쏟아지고 거센 바람이 몰아치고 있었다지만 순간적으로 사라지는 몽연적의 신형을 제대로 쫓을 수가 없었기 때문이다.

혁련휘는 온몸의 감각을 극성으로 끌어올려 몽연적의 기척을 찾기 위해 노력했다. 하지만 들려오는 것이라곤 만물과 부딪치며 내뱉는 빗방울의 외침과 신경을 건드리는 바람 소리뿐, 관제묘를 빠져나온 몽연적은 실로 완벽하게 그 자취를 감추고 자연과 동화되어 있었다.

'이것이었군.'

그제야 몽연적의 의도를 파악한 혁련휘는 초조한 빛을 감추지 못했다.

몽연적이 아무리 천하제일의 살수라 인정받는다 하더라도 분명히 혁련휘의 상대는 될 수 없었다. 살수의 기예를 따진다면야 모를까 칠파일방의 무공과 특히 광검 조사의 진전을 이은 지금 무림에서 혁련휘와 손속을 겨룰 사람은 존재하지 않았다. 그리고 그것은 몽연적 또한 알고 있었다.

혁련휘는 문득 과거 몽연적이 자신들을 가리키며 했던 말을 떠올렸다.

"살수에게 있어 강한 무공은 최고의 조건은 될 수 있지만 절대는 될 수 없다. 상대가 아무리 강하다 하더라도 반드시 약점은 있기 마련이며 살수에겐 그 약점을 파고들 능력과 무기를 휘두를 한 줌의 힘만 있으면 된다."

다른 이들은 인정하기 싫겠지만 혁련휘는 지금의 흑영대가 있기까지 몽연적의 역할이 가히 절대적이라는 것을 알고 있었다. 어떤 이들보다 월등히 뛰어난 생존력, 잠입술, 목표에 대한 끈질긴 집념 등 모든 것이 몽연적에 의해 훈련받고 평가되었다. 그랬기에 운학 진인과 더불어 마음속으로나마 유이(唯二)하게 사부로 모시는 사람이 바로 몽연적이 아니던가.

'이대로 있다가는 당한다.'

누구보다 몽연적의 능력을 잘 알고 있는 혁련휘는 자신에게 닥친 절대적인 위기를 감지했다. 무공 따위가 문제가 아니었다. 상대는 언제 어디서 나타날지 몰랐다. 갑자기 땅을 뚫고 나올 수도 있었고 바람에

실려, 또는 비와 함께 다가올지 모르는 사람이 몽연적이었다. 그리고 그것을 눈치 챘을 땐 이미 당하곤 만 이후일 것이다.

위기라고 느낀 순간 혁련휘의 몸은 이미 움직이고 있었다.

피핏.

쿠쿠쿵!

검기가 춤을 추고 엄청난 강기가 주변을 휘감고 돌았다. 비바람이 그 힘을 감히 감당하지 못하고 튕겨 나갔다. 며칠 동안 폭우에 시달려 지칠 대로 지친 주변의 사물들과 질척한 흙이 일제히 자리를 이탈하더니 사방으로 비산하기 시작했다.

소란은 오래가지 않았다. 두어 번 숨을 쉴 정도의 시간이 지나자 언제 그랬냐는 듯 천지는 다시 폭우 소리와 바람 소리에 묻혀 버렸다. 하나 그 소란이 가라앉았을 땐 혁련휘의 신형도 자취를 감춘 이후였다.

'교묘하군.'

혁련휘가 있던 곳에서 칠 장 정도 떨어진 나무 위에 은신하고 있던 몽연적은 혁련휘가 그와 같은 방법으로 모습을 감출 것이란 생각을 하지 못했다는 듯 다소 황당한 표정을 지었다.

'흥, 그런다고 놓칠 줄 알았느냐?'

나무 위로 몸을 숨긴 몽연적은 혁련휘에게서 단 한 순간도 눈을 떼지 않았다. 몸을 숨기기 위해 빠르게 움직일 때는 물론이고 자신의 무게를 견디지 못한 나뭇가지가 흔들릴 때도 변함이 없었다. 심지어 시야를 가리며 몸을 숨길 시간을 벌기 위해 혁련휘가 날렸던 검기, 특별한 목표도 없이 사방을 휩쓸어가던 검기가 볼을 스치며 상처를 내고 옷자락을 잘라내도 몽연적의 시선은 오직 혁련휘에게 고정되어 있었다.

그 결과 그는 혁련휘의 움직임을 어느 정도는 파악하고 있었다.

'그렇지만 훌륭하구나. 후~'

완벽하게 뒤를 쫓았다고 생각했지만 혁련휘의 움직임은 그의 상상을 뛰어넘는 수준이었다. 그것이 극성의 운연과안임을 알아본 몽연적은 자신도 모르게 고개를 흔들고 말았다. 가장 자신이 있었던 경공마저 우위를 보지 못한다는 것을 비로소 느꼈기 때문이었다.

짧게 한숨을 내쉰 몽연적은 보다 정확한 위치를 파악하기 위해 전신의 감각을 극도로 끌어올렸다. 그리고 칠 장 정도 떨어져 있는 좌측의 나무들, 혁련휘가 몸을 숨긴 곳으로 예상되는 곳에 나란히 서 있는 세 그루의 나무를 집중적으로 탐색했다. 하나 혁련휘의 기운은 어느 곳에서도 감지되지 않았다.

'완벽하구나. 두려울 정도로……'

아무리 정신을 집중하고 혼신의 힘을 다해 찾았으나 하늘로 솟았는지 아니면 땅으로 꺼졌는지 몽연적은 자신의 기척을 완벽하게 숨기고 있는 혁련휘를 찾아내지 못했다. 그렇다 하더라도 싸움의 기선은 분명 몽연적이 잡고 있었다. 혁련휘가 대략 어디에 몸을 숨겼는지 파악하고 있는 몽연적에 비해 혁련휘는 그것마저 알지 못하고 있었다.

바로 그때였다.

몽연적과 혁련휘의 기세가 하늘에서 충돌한 것일까. 아니면 별다른 충돌 없이 탐색전만을 하는 것이 못마땅했던 것일까. 지금껏 없었던 뇌전(雷電)이 갑작스레 주위를 밝혔다.

웬만한 사람들이라면 한 치 앞도 볼 수 없는 깜깜한 밤이라도 무공을 익히고 명색이 고수라 불리는 몽연적과 혁련휘에겐 그다지 큰 장애가 될 수 없었다. 그러나 지금은 달랐다. 아무리 안력(眼力)을 키워도 내리다 못해 아예 쏟아 붓는 빗줄기는 고작 이삼 장의 시력을 허락할 뿐이었다. 그런 상황에서 주위를 밝히는 뇌전은 이들에게 처음이자 마지막으로 두 배 이상 먼 곳까지 꿰뚫어 볼 기회를 주었다.

먼저 쾌재를 부른 이는 몽연적이었다.

뇌전이 주위를 밝히던 그 짧은 시간에 몽연적은 맨 우측에 있는 나무 위의 무성한 잎 사이에서 삐죽이 드러나 있는 웃가지를 놓치지 않았다. 혁련휘가 몸을 숨기고 있을 것이라 확신하며 살피고 있던 곳에서 마침내 그 흔적을 찾은 것이다.

'역시 그곳에 있었구나!'

망설이지 않았다. 몽연적은 허리춤에 매달려 있던 여섯 개의 비도 중 두 개를 꺼내 들었다. 그리고 너무나 자연스럽게 팔을 휘둘렀다. 몽연적의 손을 떠난 비도는 폭우와 세찬 바람을 순식간에 뚫어내며 목표물에 접근했다.

몽연적은 고작 한 번의 공격으로 혁련휘의 목숨이나 치명적인 상처를 입힐 수 있다곤 생각하지 않았다. 어차피 그만한 공격에 당할 인간도 아니었고, 그저 몸을 숨겼다고 안도하고 있을 혁련휘에게 당황함을 안겨주는 것이면 충분하다 여겼다. 당황하면 긴장을 하게 되고 긴장을 하면 초조한 마음에 평소의 냉철한 사고를 할 수 없게 되는 법. 몽연적이 두 자루의 비도에 기대한 것은 바로 그런 것이었다. 목숨을 거두는 일은 그 이후였다.

살기는 없었다. 목표를 공격함에 있어 살기를 지우는 일은 살수로서 해야 하는 가장 기본적인 일. 몽연적의 손을 떠난 비도에선 자체가 지닌 날카로움만이 있을 뿐 몽연적의 살기는 내포되지 않았다. 공기를 가르며 내는 파공음도 폭우에 묻혀 버렸다. 비도는 소리없이 아주 은 밀하게 목표를 향해 나아갔다.

그런데 비도를 날린 몽연적의 표정이 이상했다.

혁련휘의 존재를 감지하고 비도를 날릴 때까지만 해도 여유가 있던 그였다. 그런데 바로 지금, 비도가 목표에 도달하기 일보 직전의 얼굴 에선 여유는커녕 다급함만이 남아 있었다. 비도는 혁련휘를 노리며 날 아갔으되 혁련휘는 그곳에 있지 않았다.

'이럴 수가!!'

비도가 손을 떠나고 비행을 시작하자마자 전해져 온 기척이 있었다. 전신의 감각을 끌어올렸기에 망정이지 그렇지 않았다면 놓치고 말았을 정도로 미약하면서도 빠르게 사라지는 기척은 분명 혁련휘의 것이었 다. 문제는 그 장소가 자신이 노리고 있던 곳이 아니라는 데 있었다. 혁련휘의 기운이 감지된 곳은 어이없게도 고작 삼 장밖에 떨어지지 않 은 덤불 속이었다.

목표가 잘못된 것이다.

머뭇거릴 여유가 없었다. 재빨리 몸을 일으킨 몽연적은 또다시 두 자루의 비도를 꺼내어 들더니 전력을 다해 덤불 속으로 던졌다. 그리 곤 반대 편 나무를 향해 몸을 날리며 단검을 꺼내어 이어질 혁련휘의 공격에 대비했다.

예상대로 혁련휘는 덤불 속에 있었다. 하지만 예상과는 달리 그 어 떤 반격도 없었다.

사방으로 검기를 뿌리며 주변을 혼란케 한 후 몸을 숨기려 했던 혁 련휘는 몽연적의 시선을 의식하지 않을 수 없었다. 아무리 이목을 숨 기려 노력한다 하더라도 몽연적에게서 완전히 벗어나는 것이 쉽지 않다고 여긴 혁련휘는 재빨리 윗옷을 벗어 검에 걸치고는 자신이 가는 곳과는 정반대되는 곳으로 검을 던졌다.

혁련휘의 손을 떠난 검은 그가 원했던 나무 위로 무사히 안착을 했고, 그사이 혁련휘는 몽연적에게서 얼마 떨어지지 않은 덤불 속으로 몸을 숨길 수 있었다. 평소라면 처음부터 말도 되지 않을 얕은 잔꾀였지만 꺾일 줄 모르고 점점 더 거세어만 가는 비바람은 혁련휘의 계획에 너무나 완벽한 조역(助役)을 해주었다. 그것으로 몽연적의 눈을 속였는지 어땠는지는 혁련휘 자신도 알지 못했지만 어쨌든 결과적으론 성공이었다.

덤불 속에 몸을 숨긴 혁련휘는 귀식대법(龜息大法)을 펼치며 인기척을 없애는 데 주력했다.

무공을 익힌 사람들은 다른 이들의 종적을 주로 호흡, 그리고 몸에서 뿜어져 나오는 기운을 통해 간파한다. 그러나 무공이 높을수록 호흡의 간격이 길어지고 미약해지며 밖으로 풍기는 기운도 안으로 갈무리하기 마련인지라 쉽게 발견되지 않는다. 하나 뛰는 자 위에 나는 자가 있는 법. 상대적으로 무공이 강한 고수들에겐 그마저 간파할 능력이 있었다. 그럴 때 사용하는 것이 바로 귀식대법이었다. 몸 안 모든 장기들의 움직임을 멈추고 마치 시체와 같은 존재로 있으며 상대의 눈을 속이는 것이었다.

귀식대법을 펼치며 완벽히 몸을 숨길 수는 있었지만 혁련휘는 여전히 몽연적의 존재를 찾지 못했다. 몽연적의 비도가 움직이기 바로 전까지는.

촉각을 곤두세우고 있던 혁련휘에게 비바람을 가르며 날아가는 비도의 존재는 마침내 몽연적의 흔적을 찾았다는 안도감과 동시에 그로 하여금 경악을 금치 못하게 만들었다. 거리가 고작 삼 장도 되지 않았던 것이다.

바로 그때 혁련휘는 치명적인 실수를 하고 말았으니… 몽연적이 그토록 가까이 있었음에 놀라며 무의식 중에 기척을 드러내고 만 것이다. 대가는 확실했다. 실수를 눈치 채고 재빨리 기척을 지웠지만 몽연적의 비도는 너무도 정확했다.

귀식대법은 말 그대로 모든 몸의 움직임을 정지하는 것을 의미했다. 최대한 신속하게 몸을 깨웠지만 그보다는 비도가 빨랐다. 미간을 노리며 날아오는 비도는 목을 틀어 겨우 피해냈지만 하체를 노리는 비도엔 속수무책이었다. 결국 왼쪽 허벅지에 일격을 허용하고 말았다.

엄청난 고통이 밀려왔다. 허벅지에 깊숙이 박혀 끝이 겨우 보이는 손잡이와 반대 편으로 삐죽이 솟아 나온 날이 그렇게 소름 끼칠 수 없었다. 하지만 머뭇거릴 수는 없었다. 튕기듯 몸을 일으킨 혁련휘는 신속하게 자리를 이탈하여 몸을 숨겼다. 움직일 때마다 비도의 날이 뼈를 건드리며 괴롭혔지만 뽑을 엄두조차 내지 못했다. 다행히 혁련휘의 반격을 염려한 몽연적이 뒤로 물러났기에 망정이지 어쩌면 최악의 상황을 맞이할 뻔한 위기였다.

'기회를 놓쳤구나.'

몽연적은 비록 보이지도 않고 직접 손에 들고 있지는 않았지만 혁련휘의 몸속을 파고드는 비도의 감촉을 확실히 느낄 수 있었다. 무슨 이유로 비도를 피하지 못했는지 조금 의아하기는 했지만 어쨌든 또 한 번의 기회를 놓쳤다는 생각에 입맛이 썼다. 하지만 다급했던 공격에 비해 얻은 성과는 대만족이었다.

'크으.'

혁련휘는 이를 악물며 비도를 뽑아냈다. 피가 용솟음쳤지만 폭우로 인해 몸 밖으로 나오기가 무섭게 씻겨 내려갔다. 혁련휘는 자신에게 고통을 안겨준 비도를 살피며 안색을 굳혔다. 눈이 부시도록 하얗지만 광채는 나지 않는, 그러면서도 은근히 묵광까지 포함하고 있는 이상한 비도였다. 더구나 보통 비도와 비교하여 반도 되지 않을 것 같은 무게라니.

'뼈로 만든 거로군. 게다가 독까지……'

주변의 혈도를 짚어 지혈을 했음에도 어째서 피가 멈추지 않는지 그 이유를 알 수 있었다. 거의 만독불침의 경지를 이룬 자신의 몸을 파고드는 기분 나쁜 기운은 틀림없는 독이었다.

'어쩐다.'

피를 타고 들어오는 독은 신경도 쓰지 않았다. 그까짓 것은 태워 버리거나 한쪽으로 몰아 뽑아버리면 그만이었다. 단기간에 위협이 될 것 같지는 않았다. 문제는 서서히 바래지고 있는 주변의 살과 검게 변하고 있는 뼈였다.

[제법 훌륭한 물건이로구려.]

혁련휘는 너털웃음을 터뜨리며 말했다. 혁련휘의 말은 사방팔방을 울리며 주변에 메아리를 만들었다. 육합전성이었다.

한 번의 충돌로 몽연적의 위치는 어느 정도 짐작하고 있었지만 혁련휘는 몹시 주의를 기울였다. 몽연적이 언제 어디서 소리없이 다가와 치명적인 살수를 가할지 몰랐다. 특히 그에겐 상대가 어떤 기운을 감지하기도 전에 다가와 상대의 목을 벨 수 있는 능력이 있었다. 물론 그것은 혁련휘 또한 지닌 능력이었다.

[너를 위해 특별히 만든 선물이다. 환살문 식솔들의 뼈로 만들었지.]

몽연적의 대답 역시 주변을 울리며 들려왔다. 그 역시 혁련휘와 마찬가지로 대략의 위치만 파악하고 있을 뿐 정확한 위치를 아는 것은 아니었다. 대꾸는 자연히 조심스러울 수밖에 없었다.

[나름대로 수습한다고는 했지만 그래도 빠진 것이 있는 모양이구려.]

[흐흐, 그러기에 너를 위한 선물이라지 않느냐?]

혁련휘는 피식 웃음을 터뜨렸다.

[선물치고는 고약하지 않소. 또 독하기도 하고.]

몽연적과 말을 나누면서도 비도를 치우고 자신의 단검을 꺼낸 혁련휘는 순식간에 괴사(壞死)를 하고 있는 살을 깎아냈다.

[독이 독한 것이 아니라 그 뼈 주인의 의지가 담겨서 그런 것일 게다.]

[준… 비를 많… 이 했구려.]

혁련휘의 음성이 잠시 떨렸다. 썩은 살을 도려내는 고통은 참을 수 있었지만 순식간에 뼈에 침투한 독기를 긁어낼 때의 고통은 상상을 초월했다. 필사적으로 참았지만 목소리까지 완전할 수는 없었다.

[비굴함, 비열함, 교활함은 살수가 지녀야 하는 미덕(美德)이요 기본적인 자세라 했다. 이용할 수 있는 것은 혈육의 간이라도 이용할 줄 아는 것이 살수다. 살수에게 최고의 선은 목표를 제거하는 것이라 누누이 말하지 않았느냐. 잊은 것이더냐? 과정은 어떠해도 상관이 없다고 그렇게 강조했거늘.]

몽연적의 음성이 조금 커졌다.

'다행이군.'

혁련휘는 내심 안도를 했다. 몽연적은 지금 자신의 상황을 제대로 파악하지 못하고 있었다. 몽연적은 그저 자신이 그의 비겁함에 분노하고 있는 줄 착각한 것이 분명했다.

[어찌 잊었겠소. 하나도 잊지 않고 있소이다.]

어느새 독을 제거하고 상처 주변을 옷으로 질끈 묶으며 대답하는 혁련휘의 음성은 조금 전과 달리 매우 침착했다. 하나 바로 그 순간 혁련휘는 뭔가를 감지한 듯 고개를 돌렸다. 그리고 아주 은밀히 거리를 좁히며 다가오는 몽연적을 볼 수 있었다.

"너는 틀림없이 잊었다."

혁련휘가 자신의 존재를 감지했다는 것을 알자마자 몽연적의 움직임은 이해가 되지 않을 정도로 빠르게 변했다.

"제길!"

혁련휘의 입에서 다급한 외침이 터졌다. 바로 코앞이었다. 무서운 속도로 육박하는 몽연적은 혁련휘의 어떤 반응도 용납하지 않겠다는 듯 빠르고 매서웠다.

최악의 상황이었다. 딱히 막을 방법이 없었다. 하지만 그냥 당할 수는 없었다. 피할 수가 없다면 상대에게도 같은 피해를 줘야 했다. 되로 주고 말로 받지는 못한다 하더라도 최소한 되로는 받아내야 했다.

단검을 쥔 혁련휘의 손에 힘이 들어갔다. 그에게 상처를 입힌 비도는 이미 몽연적을 향해 날고 있었다.

"크윽!"

불로 지진 듯한 화끈한 통증이 가슴 어귀에서 밀려왔다.

혁련휘도 반격을 했지만 몽연적의 움직임을 잡지는 못했다.

터져 나오는 비명을 억지로 틀어막은 혁련휘는 벌써 오 장여나 떨어져 몸을 숨기려 하는 몽연적의 뒤를 쫓았다.

허벅지에서 밀려드는 고통과 가슴의 극통, 그나마 비도를 날려 시야를 가리고 몸을 틀며 반격을 했기에 망정이지 조금만 안쪽으로 파고들었어도 심장이 갈라졌을 상처는 뇌리에서 지운 지 오래였다.

한 치 앞도 보기 힘들 정도로 쏟아지는 폭우, 웬만한 장정쯤은 그대로 날려 버릴 것 같은 세찬 바람은 살수에겐 최상의 조건이었다. 이와 같은 상황에선 천하의 어떤 고수라도 공격을 예측하기 힘들었다. 더구나 그 살수가 몽연적과 같은 최고의 살수라면 더 더욱 불가능했다. 그것은 이미 허벅지와 가슴의 상처가 증명하고 있었다.

'여기서 잡아야 한다.'

끔찍한 통증에 혁련휘는 이를 악물었다. 가슴에 입은 상처 주위로 심각한 괴사가 시작되었지만 부상을 돌볼 여유가 없었다. 이번 기회에 몽연적을 잡지 못하면 다시는 기회가 없을 것 같았다.

파스스스—

날카로운 파공성과 함께 단검에서 푸르스름한 검기가 쏟아져 나오기 시작했다. 시간에 쫓기는 혁련휘의 초조함과 고통, 그리고 분노가 고스란히 담긴 검기들은 주변의 사물을 초토화하며 몽연적을 노렸다.

몽연적 역시 운연과안을 극성으로 시전하며 필사적으로 몸을 움직였다. 비록 두 번의 공격으로 상당한 이득을 보았지만 정면으로 부딪쳐서는 도저히 승부가 되지 않는다는 것은 몽연적 또한 알고 있었다.

주변을 휩쓰는 검기의 해일 속에서 둘의 거리는 조금씩, 아주 미약했지만 조금씩 좁혀지고 있었다.

바로 그때였다.

"이런!"

몽연적과의 거리를 이 장여까지 좁힌 혁련휘의 입에서 당황한 음성이 터져 나왔다. 허공으로 도약하던 몸은 중심을 잃고 땅으로 떨어졌다.

혁련휘는 어이가 없는 표정으로 자신이 밟았던, 힘없이 부러져 껍질의 힘으로 매달려 있는 나뭇가지를 쳐다보았다. 반면이 반듯하게 잘린 것으로 보아 자신의 무게를 견디지 못한 것이 아니라 틀림없이 누군가 먼저 손을 쓴 것이었다.

'그렇다면……'

재빨리 고개를 숙여 발 밑을 살폈다. 아무런 이상도 없었다. 하나 뭔가 꺼림칙한 것이 있었다.

혁련휘는 지면을 향해 검을 휘둘렀다. 비록 중심을 잃고 아래로 내려서는 중이었지만 검기의 위력엔 변함이 없었다. 순식간에 지면을 강타한 검기로 인해 땅이 울리고 흙이 파였다.

"역시."

혁련휘는 흙과 함께 이리저리 날아오르는 거무튀튀한 물건을 발견하고 입술을 깨물었다. 흙 속에 숨어 있다가 허공으로 튀어 오르는 것은 다름 아닌 철질려였다. 언뜻 보아도 수십 개가 넘는 수였다.

철질려를 제거한 혁련휘가 땅에 내려섰다. 그리곤 더 이상 도주하지 않고 나뭇가지에 걸터앉아 있는 몽연적을 응시했다. 교묘하게 숨겨진 철질려와 부러진 나뭇가지는 누군가에 의해 준비된 것이고 그런 것을 준비할 사람은 몽연적뿐이었다.

"준비를 많이 하셨구려."

"그 정도 가지고 준비는 무슨. 그냥 장난을 좀 쳤을 뿐이지."

몽연적의 얼굴에선 두려움이나 초조함은 찾아보기 힘들었다. 일견 여유까지 있어 보였다.

"장난 정도가 아닌 것 같소. 그래, 이곳에서 승부를 볼 셈이오?"

"글쎄, 아마도……."

몽연적이 고개를 끄덕이자마자 혁련휘는 조금도 주저함없이 들고 있던 단검으로 가슴의 살을 도려내기 시작했다. 지금까지 몸을 숨기고자 정신이 없던 몽연적이 승부를 본다는 것은 무엇을 의미하는가. 그만한 자신이 있다는 소리였다. 모르긴 몰라도 숲 전체에 어떤 거대한 함정이 펼쳐져 있을 것이다. 나름대로 최상의 상태를 준비해야 했다.

하지만 몽연적은 정면으로 맞붙을 것이라 여기는 혁련휘의 생각과는 조금 다른 듯했다. 그는 갑작스런 혁련휘의 행동에 흠칫하다가 피식 웃음을 터뜨렸다.

"허허, 급했던 모양이구나."

비도와 단검에 묻은 독의 위력을 누구보다도 잘 아는 사람은 그것을 사용한 몽연적이었다. 살을 도려내는 혁련휘를 조금은 안쓰럽다는 듯 쳐다보던 몽연적이 고개를 흔들며 말했다.

"흠, 이제 이각 정도가 남은 셈인가."

이각이 지나면 홍자성의 목숨이 끊어진다는 말. 그 의미를 혁련휘가 모를 리 없었다.

"이각이면 충분하다고 여기오만."

애써 고통을 참으며 상처 부위를 치료하던 혁련휘가 담담하게 대꾸했다.

"그럴지도. 하나 만만치는 않을 것이다."

의미심장한 미소를 지은 몽연적이 느릿느릿 몸을 일으켰다. 무게를 이기지 못한 나뭇가지가 요란하게 흔들렸다.

"어디를 가려는 것이오?"

혁련휘는 몸을 일으킨 몽연적이 공격하는 것이 아니라 오히려 몸을 돌리자 괴이하게 여기며 물었다.

"자성이 놈에게 간다."

"무슨… 뜻이오?"

"말 그대로다. 지금쯤이면 고통이 많이 심해졌을 것, 사부가 돼서 어리숙한 제자 놈을 돌보려는 것이지."

"가능할 것 같소?"

혁련휘의 눈에서 뇌전과 같은 살기가 쏟아져 나왔다.

"나를 막으려면 부지런히 쫓아와야 할 것이다."

몽연적은 마치 사람을 소개시키는 듯 손을 들어 숲을 가리켰다.

"이 숲을 지나서 말이지."

준비한 함정으로 걸어 들어오라는 소리였다. 혁련휘의 입가에 조소가 지어졌다.

"사부는 명색이 천하제일 살수라는 사람이오. 나 또한 그것을 인정하고 있었는데… 부끄럽지 않소?"

듣고 있던 몽연적의 미간에 주름이 잡혔.

혹시나 하는 마음에 제자들과 함께 숲 전체에 함정을 만들기는 하였지만 애당초 몽연적은 그 자신이 여기까지 오리라곤 생각도 하지 않고 있었다.

아무리 혁련휘의 무공이 강해도 그는 자신이 있었다. 더욱이 며칠째 이어진 폭우와 거센 바람은 떨어지는 무공을 상쇄시키고도 남을 큰 아군이었다. 그는 필승을 자신했다. 하나 한 가지 간과한 것이 있었으니 혁련휘 역시 그에 못지않게 살수로서의 능력을 지니고 있다는 것과 그가 생각하는 것보다 최소한 서너 배의 무위를 지니고 있었다는 점이다.

정면 대결로는 승산이 없었다. 비록 두어 번의 효과적인 공격을 성공시켰다지만 기습이 아니었으면 어림도 없는 일이었다. 무엇보다 그런 기습을 더 이상 허용할 혁련휘가 아니었다.

안색을 굳힌 몽연적이 무거운 음성으로 대꾸했다.

"목적을 달성하면 그 과정은 어떤 것이라도 정당하다."

어찌 부끄럽지 않겠는가!

말은 그렇게 했지만 혁련휘의 비난이, 다른 누구도 아니고 어쩌면 자신의 능력을 가장 많이 이어받고 자신을 닮은 혁련휘의 비난이 폐부를 찔러왔다.

상대가 천하제일인이라면 자신은 천하제일의 실수, 그 역시 정당하게 손속을 겨루고 싶은 마음이 있었다. 하나 그의 어깨엔 환살문의 식솔들과 혁련휘의 손에 죽어간 제자들의 원한이 무거운 짐이 되어 매달려 있었다.

"나를 막지 못하면, 그리고 시간이 지체되면 네가 보게 되는 것은 고통에 몸부림치다 죽은 자성의 시체일 것이다."

"그럴 일은 절대 없소!!"

대답이 끝나기도 전에 지면을 박찬 혁련휘의 몸은 오 장이라는 거리를 무색케 만들며 단숨에 몽연적의 코앞까지 육박했다.

반응조차 하기 힘들 정도로 빠른 기습에도 몽연적은 동요하지 않았다. 대신 기다렸다는 듯 발끝으로 무엇인가를 건드릴 뿐이었다.

슈슈슉!

크지는 않았지만 날카로운 소리와 함께 무엇인가가 날아들었다. 육안으로 확인은 못했지만 혁련휘의 예리한 감각은 그것을 놓치지 않았다.

"제길."

손만 뻗으면 닿을 듯한 거리에 몽연적이 웃고 있었지만 더 나아갈 수가 없었다. 재빨리 몸을 돌린 혁련휘는 일 장 정도나 되는 공간을 완전히 뒤덮으며 날아오는 척전(擲箭)을 향해 검을 휘둘렀다.

따따땅!

더러는 뒤의 나무에 박히기도 하였지만 대부분의 척전은 혁련휘의 검을 뚫지 못하고 부러져 지면에 처박혔다. 일반적인 척전보다 크기가 반에도 못 미치는 작은 크기에 독을 발랐는지 새까맣게 변색된 촉은 보는 것만으로도 위협적이었다.

그것이 끝이 아니었다.

혁련휘가 몸을 돌리는 것을 확인한 몽연적이 딛고 있던 나뭇가지를 크게 흔들며 도약하더니 또다시 뭔가를 건드렸다. 그러자 조금 전보다 훨씬 많은 양의 척전이 몽연적의 다리 아래를 스치며 혁련휘에게로 향했다.

첫 번째 닥쳐온 공격을 다 막아내기도 전에 또다시 이어진 너무나 시의 적절한 공격, 더구나 몸은 여전히 허공에 뜬 상태였다. 아무리 무공이 뛰어난 고수라도 인간인 이상 언젠가는 땅으로 내려서기 마련인 법이고 특히 다리에 힘을 받지 못하기에 지니고 있는 무공도 십분 발휘할 수가 없었다.

누가 보아도 혁련휘의 위기였다. 몽연적도 어느 정도의 피해는 줄 수 있다고 생각하는 듯 회심의 미소를 지었다. 하나 정작 공격을 당한 본인은 그렇게 생각하지 않는 듯했다. 이미 첫 번째 공격을 당하면서 제이, 제삼의 공격이 있을 것이라 예상한 혁련휘는 생각보다 많은 척전에 놀라기는 했지만 당황하지는 않았다.

처음 날아든 척전의 위협에서 완전히 벗어났다고 생각하는 순간 재차 날아오는 척전을 향해 검을 움직인 혁련휘는 그가 할 수 있는 최대한의 속도로 검을 회전시켰다.

순간, 검의 주변에 강한 기류가 생기며 주변의 사물을 끌어당기기 시작했다.

척전이라고 예외는 아니었다.

최초 무시무시한 속도로 날아오던 척전이 혁련휘와의 거리를 불과 삼 척(三尺) 앞두고 그 힘에 이끌려 들어가 버렸고 뒤따라오던 척전들 역시 점점 거세지는 강기의 회오리에 모조리 휩쓸려 버렸다.

"차핫!"

어느새 지면에 내려선 혁련휘의 입에서 힘찬 기합성이 터지고 맹렬히 회전하던 검이 돌연 한 방향으로 향했다. 동시에 검이 만든 강기에 휩쓸렸던 온갖 물건들이 검봉(劍鋒)이 가리킨 방향으로 일제히 날아갔다.

콰콰콰쾅!

몽연적이 앉아 있던 나뭇가지며 그 주위의 숲이 초토화되는 데 걸린 시간은 찰나에 불과했다. 그렇지만 혁련휘의 목표는 나무도 숲도 아니었다. 또한 단순히 공격을 막아내기 위함도 아니었다. 그의 목표는 오직 몽연적, 공격을 당하면서도 무수히 날아오는 척전을 막아내면서도 혁련휘는 오직 몽연적만을 쫓고 있었다.

그물처럼 숲을 에워싸고 있는 그의 감시망에 몽연적의 기척이 감지되었다. 마치 자신을 기다리는 듯 느릿느릿 이동하는 몽연적의 발걸음은 분명 관제묘를 향해 있었다. 혁련휘는 조금도 주저없이 몸을 날렸다.

어떤 위험이 기다리는지 뻔히 알면서도 걸음을 옮기는 그의 얼굴엔 그 어떤 동요나 두려움이 없었다. 오직 친구를 구하겠다는 굳은 신념 뿐이었다.

"헉헉."

거친 숨소리, 힘겹게 내딛는 발걸음, 비틀거리며 숲을 빠져나오는 혁련휘는 몹시도 지친 모습이었다.

"후~ 정말 지독한 곳이었어."

혁련휘는 눈앞에 관제묘가 들어오자 비로소 숲에서 빠져나왔다는 것을 실감한 듯 길게 한숨을 내쉬었다.

홍자성을 구하겠다는 일념으로 함정인 줄 알면서도 몽연적의 뒤를 쫓았던 혁련휘에게 닥친 위기는 필설로 형용할 수가 없는 끔찍한 것이 었다.

시도 때도 없이 날아드는 무수한 암기들, 발 밑에서 치솟는 날카로 운 창, 곳곳에는 깊은 웅덩이가 파여 있었고 대부분의 나무에도 몽연적 의 손길이 미쳐 있었다. 그것들은 각각 독립된 것이 아니라 마치 큰 기 계의 부속품처럼 하나가 되어 혁련휘를 노렸다.

웅덩이가 있는 듯하여 몸을 도약하면 위에서 암기가 쏟아져 내렸고 그것을 피할라 치면 제삼, 제사의 공격이 연이어 이어졌다. 하다못해 나뭇가지만 건드려도 암기가 쏟아져 내렸다.

혁련휘가 어떤 행동을 할지, 어느 곳으로 몸을 피할지 모두 다 예상 이라도 한 듯 몽연적이 안배한 함정은 치밀하면서도 철저하게 계산된 것이었다.

하지만 거기까지는 괜찮았다. 대부분의 공격이 위협적이되 치명적

이진 않았다. 문제는 그런 함정에 편승해 펼치는 몽연적의 기습 공격
이었다.

암기들과 함께, 웅덩이 아래서, 때로는 전혀 예상치 못한 은잠술을
선보이며 노리는 몽연적의 살수는 혁련휘에겐 큰 부담이었다. 눈앞에
닥친 함정을 피해내도 연이어 이어지는 또 다른 함정을 생각해야 했고
그 틈을 노려 집요하게 달려드는 몽연적의 살수를 경계해야 했다.

한 걸음 한 걸음 내딛기가 보통 힘든 것이 아니었다. 보보(步步)마다
위험이 넘쳤고 조금씩 전진할 때마다 혁련휘의 몸에는 상처가 늘어갔
다.

숲의 삼 분지 일에 들어섰을 땐 미약하지만 약간의 부상을 입었고
절반을 통과했을 때 일곱 군데의 범상치 않은 부상에 신음했다. 그리
고 수많은 함정을 헤치며 마침내 관제묘에 이른 혁련휘는 머리에서 발
끝까지 성한 곳이 없었다.

양쪽 어깨에는 각각 두 개, 세 개의 화살이 박혀 부러져 있었다. 팔
뚝에는 몽연적의 비도가 꽂힌 채 혁련휘를 괴롭혔다. 걸음을 떼어놓을
때마다 발자국에 피가 묻어나는 것을 보니 발바닥에도 많은 상처를 입
은 것 같았고 옷을 찢어 대충 묶은 허리에서도 상처들이 아우성을 치
는 듯했다.

그럼에도 혁련휘는 숲을 빠져나온 것에 만족해하는 모습이었다.

"이제 마지막인데……."

눈앞에 관제묘가 있었다. 몽연적이 경고한 반 시진에도 아직 약간의
여유가 있었다. 그러나 언제부턴가 끈질기게 이어지던 몽연적의 공격
이 멈춘 것이 못내 불안했다.

몇 번의 충돌이 있었고 혁련휘는 그때마다 큰 부상을 입어야 했다.

몽연적이 공격을 하는데 다른 곳에 신경 쓸 여유가 있을 리 없었다. 몸에 입은 대부분의 상처가 몽연적의 직접적인 공격이라기보다는 몽연적을 막다가 어쩔 수 없이 허용해야만 했던 것들이었다.

물론 몽연적이라고 무사한 것은 아니었다. 여타의 함정에 몸을 숨겨 공격했다지만 다른 것에 신경 쓰지 않고 오직 그만을 노리는 혁련휘의 검을 완벽하게 피해낼 수는 없었다. 특히 옆구리에 무려 네 개의 척전을 허용하면서 몽연적의 가슴을 가른 것은 혁련휘가 얻은 최대의 성과였다.

그 이후 몽연적의 공격은 사라지고 없었다.

잠시 걸음을 멈춘 혁련휘는 물끄러미 관제묘를 쳐다보았다. 낡디낡은 관제묘는 거세게 불어닥치는 비바람에 유린을 당하면서도 꿋꿋이 자리를 지키고 있었다.

그 안에 고통과 싸우는 홍자성이 있을 것이고 몸을 감춘 몽연적은 분명 최후의 한 수를 노리고 있을 것이다. 어쩌면 지금까지의 함정은 아무것도 아닐 만큼의 위험이 기다리고 있을지 몰랐다.

‘어쨌든 가야겠지.’

혁련휘는 지금까지 자신을 지켜온 단검을 굳게 움켜쥐고 천천히 발걸음을 움직였다. 몸에서 거의 유일하게 성한 두 눈은 예리하게 주변을 살폈고 수많은 상처와 싸우느라 무디어진 전신의 감각도 그럭저럭 제 역할을 해냈다.

숲에서 빠져나와 관제묘까지의 거리는 약 십여 장, 관제묘의 북쪽에 도착해 벽을 따라 정문으로 다가갈 때까지 공격은 없었다.

정문에 이른 혁련휘는 크게 심호흡하고 발을 내디뎠다. 막 발을 들여놓는 순간이었다. 사방에서 엄청난 살기가 밀려들었다.

‘헛!’

그 즉시 혁련휘의 신형이 멈추었다. 엄청난 존재감이 느껴지는 살기, 이 정도의 존재감이 느껴지는 적은 오직 몽연적뿐이었다.

움직임을 멈춘 혁련휘는 살기가 일어난 곳을 찾기 위해 혼신의 힘을 기울였다. 하나 아무리 주의를 집중해도 살기의 근원지는 찾을 수가 없었다. 살기의 주인인 몽연적의 흔적 또한 찾을 수가 없었다.

그사이 질식할 듯한 살기가 천지를 감싸며 혁련휘의 몸을 옥죄어왔다.

두 가지 선택만이 남아 있었다.

하나는 몽연적의 위치를 파악할 때까지 움직임을 멈추고 공격에 대비하는 것이었고 다른 하나는 당장에라도 온몸을 갈기갈기 찢을 듯한 살기를 무시하고 관제묘 안으로 들어가 홍자성을 구하는 것이었다.

상식적으로 둘 다 불가능했다. 무디어진 감각으로 몽연적을 찾아내는 것도 힘들고, 더 이상 시간을 끌면 몽연적과의 싸움에 상관없이 홍자성의 목숨을 구할 수가 없었다. 어쩌면 혁련휘에게 가장 부담스러운 존재는 숲의 함정도, 몽연적의 살수도 아닌 바로 시간일지도 몰랐다. 그렇다고 살기를 무시하고 관제묘 안으로 들어서자니 몽연적의 살수에 목숨을 내놓는 것이나 마찬가지였다.

지금껏 수없이 많은 함정과 몽연적의 기습을 막아낸 혁련휘의 몸은 형편없이 망가진 상태였다. 상처 이곳저곳에서 침투한 독기도 제어하기 힘든 마당에 혁련휘는 몽연적의 빛살과 같은 빠름을 감당할 자신이 없었다.

‘몸이라도 정상이라면 모를까 이런 몸으론 잡기가 힘들다. 어찌해야 하는 것인가?’

자문(自問)을 해봤지만 선택의 여지는 없었다.

혁련휘는 느리지만 단호한 걸음으로 걷기 시작했다. 한 걸음이 억만 금의 힘을 싣고 있는 듯 무거우면서도 장중했다.

정문을 통과할 때까지 공격은 없었다. 그토록 무시무시했던 살기는 오간 데 없이 사라졌다. 대신 관제묘 안에서 들려오는 홍자성의 신음 소리만이 울려 퍼지고 있었다.

“으으으.”

혈도를 제압당했으면서도 홍자성은 연신 몸을 비틀며 고통에 신음 했다. 겉으로 드러난 피부 위로 지렁이와 같은 핏줄이 터질 듯 툭툭 튀 어올라 그가 처한 상태를 단적으로 보여주고 있었다.

‘조금만 더 버텨라, 자성.’

안타까움이, 고통이 절로 밀려들었다. 그렇지만 함부로 움직일 수는 없었다. 그것이 몽연적이 가장 바라는 일일 것이기에.

‘안이다. 분명 이 안에 있다!’

혁련휘는 몽연적이 관제묘 안에 있음을 확신했다.

기척을 감지하지는 못했지만 오랫동안 살수로 익혀왔던 본능이 그 것을 말해 주고 있었다. 전신의 세포 하나하나가 그의 존재를 느끼며 계속해서 경고를 보내왔다. 하지만 아무리 애를 써도 찾아낼 수가 없 었다.

보이기만 한다면 당장에 갈기갈기 찢어버리고 싶은 적막감이 이어 졌다. 금방이라도 몽연적의 살수가 날아들 것 같았다. 그럼에도 가야 했다. 잠시 멈췄던 혁련휘의 몸이 움직였다.

혁련휘는 천천히, 최대한 천천히 전진했다.

삐그덕.

바람을 견디지 못한 정문이 연신 흔들리며 요란한 소리를 냈다. 혁련휘의 귀에는 문소리가 들리지 않았다. 그의 귀는 전혀 다른 세계의 소리를 찾고 있었다.

툭.

천장으로 스며들어 관제묘 안을 적시던 물방울이 혁련휘의 머리 위로, 어깨로 떨어졌다.

혁련휘의 어깨가 잠시 움찔했다. 그러나 발걸음이 멈춰진 것은 아니었다. 조금 더 더뎌졌을 뿐이었다.

번쩍.

거센 비바람을 뚫고 또 한 번의 뇌전이 천지를 밝혔다. 어둡기만 했던 관제묘에 일순 밝음이 밀려왔다. 그것도 잠시, 환해졌던 관제묘엔 다시금 어둠이 찾아왔다.

바로 그때였다. 혁련휘가 막 지나간 곳으로 유령처럼 한 신형이 떨어져 내렸다. 머리부터 떨어지다가 중심을 바로 세우는 사람은 분명 몽연적, 천장에 매달려 혁련휘를 기다렸던 몽연적이었다.

육중하지는 않았지만 그래도 어른의 몸이었다. 아무리 은밀히 움직인다 하더라도 기척은 나기 마련이고, 그 기척마저 지운다 하더라도 최소한 공기의 흐름은 변하기 마련이었다. 하나 몽연적은 달랐다. 환상과도 같은 몸놀림에 공기마저 순응한 것 같았다.

몽연적의 손이 움직였다. 등을 보이며 걷는 혁련휘는 완전히 무방비였다.

쿠쿠쿠쿵!

혁련휘의 죽음을 애도하는 것인가. 아니면 싸움의 끝을 알리는 것인가. 뇌전에 이어 벽력(霹靂)의 울음이 천지를 울렸다. 그리고 바로 그 순간.

"커헉!"

어둠 속에서 들려오는 소리는 분명 신음, 누군가의 입에서 신음 소리가 터져 나왔다.

땡그렁.

곧 이어 검 하나가 바닥에 나뒹굴며 싸움의 끝을 알렸다.

벽력이 지상에 왕림하며 신위를 알리고 있을 때 인간의 시력으론 도저히 쫓기 힘든 짧은 충돌이 있었고 몽연적과 혁련휘의 싸움은 끝이나 있었다.

"말, 말도… 안 되는…….."

자신의 가슴에 어째서 혁련휘의 검이 박혀 있는지 이해를 못한 몽연적이 봉목을 부릅뜨며 경악하고 있었다.

"……."

혁련휘는 자신의 공격이 성공했음을 자축하며 안도의 한숨을 내쉬었다. 등으로 한줄기 식은땀이 흘러내렸다.

"으으으."

믿을 수 없다는 눈으로 혁련휘를 바라보며 힘겹게 걸음을 옮긴 몽연적이 기둥에 몸을 기대고 앉았다. 몽연적은 자신의 목숨이 얼마 남지 않았다는 것을 직감적으로 느끼고 있었다.

"어떻게… 알았느냐?"

검이 박힌 가슴에선 피 한 방울 흘러나오지 않았다. 고통도 없었다. 그러나 생명의 빛은 급격하게 시들고 있었다. 하나 목숨 따위는 문제가 아니었다. 자신의 공격이 어째서 실패했는지 도저히 이해할 수가 없었다.

"무시무종(無始無終)이었다. 아무에게도 알려주지 않은, 너희들은 물론이고 환살문의 그 어떤 제자에게도 알려주지 않은 운연과안의 마지막 절초였다."

몽연적은 혁련휘를 보고 있지 않았다. 그저 텅 빈 눈을 들어 허공만을 응시할 뿐이었다.

"그리고 난 확신을 했다, 이것이라면 완벽하게 끝낼 수 있다고. 아니, 꼭 확신을 했다고는 말하지 못하겠구나. 확신을 했다면 이런 함정 따위는 만들지 않았을 테니까. 확신을 못했기에 함정을 만든 것이겠지. 어쨌든 나의 의도는 성공이었다. 아무리 감춘다 하더라도 자성이로 인해 너는 평소의 네가 아니었다."

"……."

혁련휘는 부정도 긍정도 하지 않았다. 어차피 대답을 기대하지도 않았다는 듯 몽연적의 말이 이어졌다.

"네가 시간에 쫓겨 무리하게 숲을 벗어나면서 많은 부상을 입었을 때 비로소 확신했다. 평소라면 모를까 시간에 쫓겨 불안하고 상처 입은, 독에 중독된 몸으로는 나를 절대로 발견할 수 없다고."

"중독되진 않았소, 조금 불편하기는 하지만."

혁련휘가 담담한 어조로 대꾸했다.

"후후, 그랬느냐? 참으로 단단한 몸이로구나. 어쨌든 나의 의도는 성공이었다. 너는 틀림없이 나를 발견하지 못했다. 그렇지 않느냐?"

"그렇소."

꺼져 가던 몽연적의 눈빛에 갑자기 생기가 돌았다.

"그런데 어째서냐? 어째서 나의 공격을, 아니, 내가 공격하기도 전에 검을 날릴 수 있었던 것이냐? 나의 존재를 발견하지도 못했으면서."

"감지는 하진 못했으되 발견은 했소."

"그, 그게 무슨 소리냐?"

몽연적이 이해를 하지 못하겠다는 듯 되물었다. 그러자 혁련휘가 고개를 들어 천장에서 떨어지는 물방울을 응시했다.

"물방울이 가르쳐 주었소."

더욱 이해하지 못할 말이었다. 물방울이라니…….

"밖에서 내리는 빗방울은 차갑소. 대신 천장에 스며들어 떨어지는 물방울은 냉기가 조금 덜하오. 땅에 떨어지는 동안 냉기를 빼앗겼기 때문이오. 그런데 내 얼굴로 떨어지는 물방울은…….

"허허허."

혁련휘의 말이 끝나기도 전에 몽연적의 입에서 흘러나온 것은 경악과 놀람을 넘어 허탈하게만 들리는 웃음소리였다.

"그러니까 내 몸을 타고 흐르는 물방울 때문에 나의 존재를 알았다는 것이냐? 물방울이 내 몸에 냉기를 빼앗겼기 때문에?"

혁련휘는 고개를 끄덕여 대답을 대신했다.

"아, 아무리 그렇다지만 그 차이를… 그런 상황에서 그토록 미세한 차이를…….

"물론 확신한 것은 아니오. 다만 그럴 수도 있다고 생각했을 뿐이지."

"그런데 어찌?"

혁련휘가 조용히 손가락을 들어 몽연적의 가슴에서 빛나고 있는 단검을 가리켰다.

"의심은 했지만 확신은 없었소. 다만 준비를 했을 뿐이오. 사부는 물방울이 얼굴에 떨어지는 순간 내가 잠시 멈칫했던 것을 기억하오?"

"물론이다."

혁련휘의 움직임에 이목을 집중하고 있던 몽연적이 그것을 놓칠 리가 없었다. 당연하다는 듯 고개를 끄덕여 대답했다.

"그때 단검의 위치를 바꾸었소. 조금 아래로 내려서 위를 살필 수 있도록. 운이 좋게도 때마침 뇌전이 관제묘를 환히 밝혀주었소. 그리고 볼 수 있었소. 비록 희미하였지만 거꾸로 매달려 먹이가 지나가기를 기다리는 사마귀와 같은 사부의 모습을 말이오."

더 이상 무슨 말을 하겠는가!

"허허……."

몽연적은 망연자실 허탈한 웃음만 흘려댔다. 하지만 웃음도 오래가진 못했다. 모든 궁금증을 해소한 몽연적에겐 더 이상 삶을 지탱할 의욕도 힘도 없었다.

"뇌전이라… 하늘은 환살문의 원한을 저버렸구나."

"지난날 사부가 했던 일을 상기해 보시구려."

"그래, 그럴지도……."

몽연적은 혁련휘의 냉정한 말에 수긍하며 조용히 씁쓸한 미소를 지었다.

"질긴 인연이었다. 하나 이제는 쉬고 싶구나……."

혁련휘를 향해 엷은 미소를 지어 보인 몽연적이 눈을 감았다. 혁련휘는 조용히 삶을 마무리하려는 몽연적을 방해하고 싶지 않았다.

몽연적은 혁련휘가 몸을 돌리자마자 고개를 떨어뜨렸다.

십수 년 전, 전 무림을 공포에 몰아넣고 자신을 추격하는 무인들을 유린하며 그 이름을 천하에 알렸던 천하제일 살수 만뢰구적 몽연적. 결국 그는 제자들과 식솔들의 원한을 갚지 못하고 자신의 무공을 이어

받은 혁련휘에 의해 질곡의 삶을 마감하고 말았다.

'잘 가시오, 사부.'

몽연적의 죽음을 확인한 혁련휘는 정중하게 허리를 굽혀 마지막 예를 표했다. 그리곤 홍자성을 향해 급히 달려갔다.

고통을 견디다 못해 혼절한 홍자성은 기혈이 들끓고 피가 막혀 숨이 끊어지기 일보 직전의 상황이었다. 하지만 해혈을 하고 적절한 조치를 한다면 생명에는 지장이 없을 듯싶었다.

"후후, 역시 명줄 하나는 다들 질기단 말이야."

홍자성의 안전을 확인하며 혁련휘는 입가에 환한 미소를 지었다.

무당산(武當山)

무당산

"후우~"

무공을 시험한답시고 삼첩장의 좁은 연무장을 위태롭게 했던 홍자성이 검을 멈추고 숨을 골랐다. 이어 이마에 흐르는 땀을 닦으며 만족스런 미소를 지은 홍자성은 연신 하품을 해대는 송백령에게 고개를 돌렸다.

"어때? 이만하면 꽤 괜찮은 것 같지 않아?"

"뭐, 그럭저럭. 이제 겨우 사람 구실을 하게 되었구나."

코를 후비고 있던 송백령이 심드렁히 대꾸했다.

"젠장, 말하는 것 하고는. 그렇게밖에 말을 못하겠냐?"

홍자성의 핀잔에 송백령이 버럭 화를 냈다.

"흥, 도대체 내게 뭘 기대한 거냐? 새벽녘에 간신히 잠든 사람을 무슨 큰일이나 난 것처럼 깨워놓고는 한다는 짓이 고작 살풀이냐? 그것도 무려 반 시진이 넘게 말이야."

"깨운 건 미안하다만… 너무한 거 아냐? 죽을 고생을 하며 겨우겨우 예전의 무위를 회복했건만 돌아오는 대답이라니……."

홍자성은 잠시 동안 지옥과도 같았던 지난 몇 달을 떠올리며 고개를 흔들었다. 생각만 해도 치가 떨리는 나날이었다.

혁련휘에 의해 구출되고 다른 친구들과 함께 삼첩장에 도착한 홍자성은 부상이 완쾌되는 것을 기다리지 못했다. 적에게 쫓기는 것도 아니었고 안전에 큰 위협을 받는 것도 아니었지만 그는 밤낮을 쪼개가며 무공을 익혔다. 아니, 딱히 새로운 무공을 익혔다고는 말하기 힘들었다. 단지 과거에 지녔던 무위를 회복하고자 애썼을 뿐이었다.

과정은 너무나 험난했다. 내공이 소멸된 것은 아니었지만 한쪽 눈과 팔을 잃은 것이 치명적이었다. 인간의 몸이란 실로 예민하여 미세한 차이만 있어도 뭔가가 어색하고 몸이 잘 따르지 않는 법. 하물며 홍자성이 입은 부상은 몸에 크나큰 변화를 주는 것이었다. 시야가 좁아지는 것은 물론이고 당장 몸의 중심을 잡는 것조차 힘들었다.

홍자성은 칠 일의 시간을 버리고서야 새로운 몸에 겨우 적응할 수 있었다.

그것은 고생의 시작에 불과했다.

아무리 별 볼일 없는 무공이라도 그것을 사용하기 위해선 평소보다 몇 배나 강인한 체력과 순발력을 요구한다. 하물며 천하를 뒤흔들었던 홍자성의 무공은 어지간한 고수라 하더라도 흉내조차 내지 못할 정도로 고명한 것이었다.

그런 것을 이제 겨우 바뀐 몸에 적응을 해낸, 뛰다 못해 날아다니던 예전의 몸과 비교한다면 차라리 기는 것만도 못한 상태의 홍자성이 펼친다는 것은 무리였다. 과거엔 그의 무공이었을지 몰라도 지금은 아니었다. 머리는 기억하고 있을지라도 몸이 따르지 않았다. 다른 누구보다 홍자성 자신이 잘 아는 사실이었다.

하지만 그는 포기하지 않았다. 지금껏 악으로 버텨온 인생이었다. 더구나 그에겐 그를 도와줄 목숨과도 같은 친구들이 있었다. 고통에 신음하고 절망감에 좌절하기도 했지만 결코 포기하지 않았다.

홍자성은 대부분의 내공을 잃어버리고 극락초에 중독된 관정과 관정을 정상으로 되돌리기 위해 필사적인 서무궁을 제외하고 혁련휘, 송백령과 매일같이 비무를 했다. 말이 비무지 싸움이나 다름없었다. 아침에 눈을 뜬 순간부터 시작된 싸움은 해가 저물고 잠자리에 들어설 때까지 계속되었다.

혁련휘는 물론이고 송백령만 하더라도 정상적인 몸으로 싸워도 이기기 힘든 상대였다. 애당초 상대가 될 수 없었다. 그들의 싸움은 싸움이 아니라 일방적인 구타나 마찬가지였다. 혁련휘나 송백령은 손속에 추호의 인정을 두지 않았다. 그들은 홍자성이 온몸에 멍이 들고 상처투성이가 되어 완전히 늘어질 때까지 쉬지 않고 두들겼다.

하지만 모든 일에는 그 일을 해야 하는 그만한 이유가 있는 법이었다. 서로의 목숨을 자신의 목숨과 동일시, 아니, 그 이상으로 여기는 혁련휘나 송백령이 아무런 이유도 없이 구타를 할 리가 없었다. 그것을 알기에 홍자성은 둘의 손속이 지나칠 정도로 강하고 매서웠지만 기쁘게 받아들였다.

열흘이 지나지 않아 싸움의 효과가 나타나기 시작했다.

처음 시작할 때만 하더라도 거의 일방적으로 당하기만 했던 홍자성이 조금씩 몸을 움직이기 시작했다. 자연 일방적으로 두들겨 맞는 횟

수가 눈에 띄게 줄어들었다. 전에도 몸을 움직이긴 했으되 지금처럼 안정적이지 못하고 어딘가 어설펐던 것을 생각하면 열흘 만에 장족의 발전을 이룬 것이었다.

다시 열흘이 지나자 홍자성은 공격을 피하는 것은 물론이고 비로소 반격을 할 수 있게 되었다. 한 팔을 잃고서도 예전과 같은 몸놀림을 회복한 것이다. 하지만 아직 완벽한 것은 아니었다. 몸놀림은 회복했으되 시야는 여전히 좁았다.

두 눈으로 보는 것과 한쪽 눈으로 사물을 바라보는 것은 각도, 거리감, 속도 등에서 하늘과 땅만큼이나 큰 차이를 보인다. 애당초 한쪽의 눈이라면 모를까 두 개로 바라보다 하나를 잃었을 때 그 차이를 극복하는 것은 결코 쉬운 일이 아니었다. 그것을 극복하지 못하면 몸놀림을 회복한다 하더라도 소용이 없었다.

홍자성의 몸에 놀라운 변화가 있던 것은 또다시 보름이 지나고서였다.

힘차게 놀리는 발걸음은 한쪽 팔로도 능히 감당을 해냈고 눈을 잃어버린 대신 과거와 비교도 할 수 없을 정도로 놀랍게 발달한 전신의 감각이 그 눈을 대신했다. 혁련휘 등과 손속을 겨루기를 한 달여, 홍자성은 마침내 자신을 구속하고 있던 몸의 제약을 저 멀리 던져 버렸다.

더 이상의 싸움은 의미가 없었다.

홍자성은 싸움 대신 구겸창 때문에 한동안 쓰지 않았던 검을 다시 잡았다.

이후로는 혼자만의 싸움이었다. 예전의 몸을 회복했다지만 검을 잡는다는 것은 또 달랐다. 홍자성은 끼니를 때우거나 잠을 자는 최소한의 시간을 제외하고는 오직 검의 수련에만 매달렸다.

　그러기를 또다시 한 달, 홍자성은 마침내 스스로의 실력에 만족하고 송백령을 깨운 것이었다. 자신을 위해 애쓴 친구들에게 조금이라도 빨리 수련의 성과를 보여주려는 마음에서였다. 그런데 송백령은 만사가 귀찮다는 듯 하품이나 해대고 있으니…….

　홍자성의 표정이 샐쭉해지는 것을 살핀 송백령이 실없는 웃음을 흘리며 대꾸했다.

　"흐흐흐. 사내놈이 그만한 일에 삐치기는. 어쨌든 고생은 했다."

　"치워라. 엎드려서 절을 받지."

　말은 그리 하면서도 홍자성이나 송백령 둘 다 가슴속에 치미는 뜨거운 기운을 주체하지 못하고 있었다. 그저 표현하지 않을 뿐이었다.

　바로 그때 나지막하면서 힘이 실려 있는 음성이 들려왔다.

　"엎드려서라도 받을 가치가 있었다."

　홍자성과 송백령의 시선이 음성이 들려온 고개 반대 편으로 시선을 던졌다. 연무장을 향해 천천히 걸어오는 사람은 서무궁의 헌신적인 노력으로 간신히 몸을 회복한 관정이었다.

　"너도 봤냐?"

　홍자성이 물었다.

　"다는 아냐. 하지만 한 번의 동작만 봐도 알 수 있지. 더 강해진 것 같다."

　관정이 희미하게 미소 지으며 고개를 끄덕였다. 그 순간 홍자성의 고개가 송백령을 향해 엄청난 속도로 돌려졌다.

　"들었냐? 달고 있다고 다 같은 눈이 아니라니까. 같이 봤으면서도 어째 이리 다르냐?"

　"흥, 다르긴 뭐가 달라. 관정이 저리 말하는 것은 그저 네놈이 안돼 보여서, 그리고 하도 발광을 해서 그러는 것이지."

송백령도 지지 않고 대꾸했다.

"이게!"

홍자성이 발끈하여 소리를 질렀다.

"그만들 해."

둘의 말싸움이 다시 시작될 듯하자 관정이 서둘러 진화에 나섰다.

"자자, 그만들 하고 들어가자. 휘가 찾는다. 결정을 내린 모양이야."

관정은 둘의 대답도 듣지 않고 몸을 돌렸다.

"음, 결정을 내렸군. 재밌겠는데."

고개를 끄덕인 송백령이 관정의 뒤를 따르려 하였다. 그러자 그동안 무공을 회복하느라 돌아가는 사정을 알지 못하는 홍자성이 어리둥절한 표정으로 물었다. 화를 냈던 조금 전의 표정은 어느샌가 사라지고 없었다.

"결정? 무슨 결정?"

"그런 게 있어. 가보면 알아."

송백령은 홍자성의 어깨를 툭 건드리며 걸음을 옮겼다.

"그런데 말이야……."

종종걸음으로 관정을 좇던 송백령이 고개를 돌리며 물었다.

"저 녀석 조금 이상하지 않아?"

"뭐가?"

"무궁의 말대로라면 녀석이 지닌 내공 중 육 할은 사라졌다고 하거든. 아무리 노력을 해도 회복시키지 못했다고 했어."

"그랬지."

"그랬지라니! 육 할이면 그게 보통 내공이냐? 한데 저게 어디 내공을 잃은 놈의 모습이냐고!"

홍자성의 태연스런 대답이 답답했는지 송백령은 한참이나 앞서 걷는 관정을 가리키며 가슴을 두드렸다.

"옛날도 그랬고 지금도 내가 더 강하다고 생각하는데 어째 싸우면 질 것 같아. 요즘 들어 부쩍 그런 생각이 들어. 이상하단 말이야."

송백령은 마치 물이 흐르듯 유연하게 발걸음을 옮기는 관정의 뒷모습을 보며 괴이한 표정을 지었다.

"그래? 난 잘 모르겠는데. 억측 아냐? 관정이 자리를 털고 일어난 지 이제 겨우 보름이다, 보름."

송백령의 시선을 따라 관정을 살피던 홍자성은 아무리 살펴도 이상한 점을 찾지 못하겠다는 듯 고개를 흔들었다.

"아니야, 이상해. 분명 뭔가가 있어."

"그럴 리야 없겠지만 더 강해진 것 같으면 다행이지 뭘 그래. 사서 고민하지 말고 걷기나 해. 가자고!"

홍자성이 송백령의 태도에 변화가 없자 옆구리를 주먹으로 내지르며 소리쳤다. 그제야 천천히 걸음을 옮기는 송백령, 그러나 그는 여전히 호기심 어린 눈으로 관정을 살피고 있었다.

"뭐야, 그러니까 무림맹 놈들하고 혈맹하고 또 붙었다는 거야?"

홍자성이 어이가 없다는 듯 혀를 내두르며 묻자 송백령이 고개를 끄덕였다.

"난 언제고 다시 붙을 줄 알았다. 원래 싸움이란 끝장을 봐야 끝나는 법인데 그렇지가 않았잖아. 크게 패하기는 했다지만 무림맹 놈들은 아직도 힘을 가지고 있어. 산발적이기는 해도 혈맹이 완전히 장악한 곳에서까지 대항을 한다고 하고. 협맹으로선 참을 수 없는 일이겠지.”

“미친놈들일세. 그렇게 싸우고도 아직 더 할 뭐가 남았단 말이야?”

과장되게 떠드는 홍자성의 반응에 서무궁이 피식 웃음을 터뜨렸다.

“그놈들 하는 짓이 그렇지 뭐. 끝없는 야욕에 휩싸여 앞뒤 가리지 않고 달려드는 멍청한 놈들. 어쨌든 개판이야. 무림맹에 협맹, 그리고 혈성까지 끼어들어서 그야말로 난리도 아니다.”

서무궁은 현 무림의 상황을 이전투구(泥田鬪狗)라 단정 지었다.

그랬다. 서무궁의 표현대로 그들이 삼첩장에 은신하고 있던 지난 몇 개월 동안 무림은 엄청난 혼란에 휩싸여 있었다.

형산에서의 대패 이후 여러 곳으로 흩어져 농성하던 무림맹은 힘의 열세를 깨닫고 결국 그들이 경원했던, 과거 무림맹의 주역이며 전통적으로 혈맹의 관계였지만 흑영대의 처리 문제를 놓고 관계가 악화된 무당파로 힘을 집결시켰다.

처음부터 협맹의 야욕을 경계했던 무당파는 힘을 함께하자는 무림맹의 제안을 흔쾌히 받아들였다. 반대가 없었던 것은 아니었다. 하나 그것은 대세를 뒤집을 수 없는 소수의 의견이었다. 또한 무림맹의 무인들은 물론이고 협맹에 의해 문을 닫거나 굴복당한 여러 문파의 제자들이 무당산을 올랐다. 거기에 강남무림에 이어 다음은 곧 자신들의 차례라는 위기의식을 느낀 문파들이 속속 합류하니 무림맹의 힘은 하루가 다르게 점점 거대해져 갔다.

협맹은 이와 같은 사실을 알면서도 애써 무시했다. 대신 그동안 힘으로써 굴복시키거나 동맹을 맺은 문파들과의 결속을 보다 공고히 하며 내실을 다졌다.

그러기를 얼마간, 마침내 때가 되었다고 생각한 협맹은 무림맹의 세

력이 더 이상 커지는 것을 참지 못하고 무당산을 향해 일제히 북상을
시작했다.

처음엔 금방 끝날 것 같은 싸움이었다. 워낙 압도적인 전력의 차이
가 있었기에 누구나 협맹의 손쉬운 승리를 점쳤다.

무당파가 합류하고 많은 문파들이 무림맹에 힘을 실었지만 무림맹
의 힘은 강남무림은 물론이고 하남의 일부와 산동, 안휘성을 완전히 장
악한 협맹에 비해 초라하기까지 했다. 하지만 싸움은 머릿수로 하는
것이 아니었다. 비록 전체적인 전력에선 현격한 열세를 보였지만 무당
파를 중심으로 무당산에 최후의 방어선을 구축한 무림맹의 방어벽은
철벽과 같았다. 협맹이 아무리 많은 인원을 동원하여 공격하여도 방어
벽은 좀처럼 뚫리지 않았다.

하루에도 수십 명의 인원이 죽어 나가는 혈전 속에서 어느 한쪽도
우위를 잡지 못하고 싸움은 어느덧 한 달 하고도 보름이 지나고 있었
다.

"썩어도 준치라고 협맹이 아무리 막강한 힘을 지녔다곤 해도 무림맹
의 저력 또한 만만치 않지. 암."

서무궁으로부터 현 무림의 상황을 전해 들으며 홍자성은 무림맹의
선전에 놀라움을 표했다.

"준치는 무슨. 애당초 무림맹은 협맹의 상대가 아니야. 지난번 싸움
에 그들이 지닌 모든 전력을 쏟아 붓다시피 하고도 깨지지 않았냐? 협
맹이 전력을 분산시키지 않았으면 끝나도 벌써 끝났을걸."

"응? 그건 또 무슨 소리야?"

홍자성은 송백령의 말을 이해할 수가 없었다. 아무리 자신이 있어도
그렇지 무림맹을 상대하면서 전력을 분산시키다니… 그건 자신감이

아니라 만용이었다.

"말해 봐. 전력을 분산시키다니? 미치지 않고서야……."

"혈성이 끼어들었다."

송백령이 물을 줄 알았다는 듯 재빨리 대답했다.

더욱 가관이었다. 난데없이 혈성이란 이름이 튀어나오자 홍자성은 머리를 쥐어뜯고 말았다.

"혈성? 그건 또 무슨 소리야. 혈성이 무림맹을 도왔단 말이야? 그놈들이 왜?"

"하하, 그렇게 황당해하지 마라. 사실 그들로선 그게 최선이었어."

서무궁이 웃으며 끼어들었다.

"어차피 무림맹이 무너지면 다음 차례는 혈성이야. 비록 실패는 했지만 협맹은 혈성을 공격한 전례도 있어. 무림맹을 무너뜨리고 무림의 패권을 장악하고 나면 협맹은 자신들의 입지를 다지기 위해서라도 무림인들의 뇌리에 여전히 공포로 자리 잡고 있는 혈성을 치려고 할 거다. 뻔한 이치지."

"그래서 역으로 무림맹을 돕고 있다는 거냐? 그래도 그렇지. 솔직히 혈성이라면 협맹보다는 무림맹 쪽에서 더욱더 치를 떠는 세력 아니냐. 아무리 위급한 상황이라도 자존심이라는 것이 있는데 무림맹이 도움을 청했을까?"

"도움을 청했다고 보기는 어렵고 혈성에서 일방적으로 결정한 것이겠지."

"후~ 복잡하다, 복잡해. 정말 난리도 아니구만."

홍자성은 더 이상 생각하기도 싫다는 듯 고개를 절레절레 흔들고 입을 다물어 버렸다.

“그건 그렇고, 결정을 했다고?”

홍자성의 반응에 웃음 짓던 송백령이 지금껏 묵묵히 침묵을 지키고 있던 혁련휘에게 물었다.

“그래, 결정을 했다. 무당파를 돕기로. 하지만 우선 의견을 들었으면 좋겠어. 이건 내가 일방적으로 정할 것이 아니라고 본다.”

혁련휘에게 모두의 시선이 집중됐다.

“내가 무당파를, 절대로 무림맹은 아니다. 무당파를 돕고자 하는 이유는 딱 세 가지 때문이다. 하나는 지난날 대파산에서 나의 목숨을 구해준 곳이 무당파였기 때문이다.”

“목숨의 빚은 갚아야겠지.”

서무궁이 고개를 끄덕이며 동의했다.

“두 번째는 무당파에서 얻은 무공 때문이다. 광검 조사께서 남기신 무공이 아니었다면 내가 너희들을 만나고, 또 위험에서 구할 수 없었을 것. 또한 언젠가 그 무공을 돌려주기로 스스로 다짐을 했다.”

“도와주는 것은 좋지만 그 아까운 것을 일부러 돌려줄 필요까지야…….”

유난히 무공에 집착이 강한 송백령이었다. 하나 슬쩍 눈치를 보며 말을 꺼낸 송백령은 빙긋이 웃고 있는 혁련휘와는 달리 도끼눈을 치켜뜨고 노려보는 다른 친구들의 기세에 눌려 말끝을 흐렸다.

“마지막으로, 어쩌면 앞의 이유보다는 이것이 우선할는지도 모르겠다.”

“운학 진인 때문이냐?”

관정이 말을 자르며 조용히 물었다.

“그래, 그분 때문이다. 그분이 살아 계신 이상 나는 무당파의 위기를 두고 볼 수는 없다. 해서 무당파를 돕고자 한다."

"난 찬성. 운학 진인께서 계신다는데 당연히 도와야지."

가장 먼저 손을 든 홍자성이 찬성했다. 그 즉시 송백령의 핀잔이 튀어나왔다.

"흥, 우리가 네놈의 속셈을 모를 줄 아냐? 그것을 핑계 삼아 무공을 시험해 볼 심사 아냐? 입에 침이나 바르던지… 어쨌든 나도 찬성."

송백령은 기가 차다는 듯 쳐다보는 홍자성의 시선을 무시하고 손을 들어 찬성을 표했다.

"잘들 논다. 대주가 가면 따라가는 것이지 이유는 무슨. 너는 어때, 관정?"

둘의 대화를 들으며 고개를 흔든 서무궁이 관정에게 물었다. 관정은 희미한 미소로써 대답을 대신했다. 마주 웃음을 지어 보인 서무궁이 고개를 돌렸다.

"내 말이 맞지? 반대할 놈은 아무도 없다니까."

"그래. 그럼 결정한 것으로 하겠다."

"언제 떠날 건데?"

홍자성이 손이 근질거리는지 주먹을 쥐락펴락하며 물었다.

"오후에."

"그렇게나 빨리?"

"결정되었으면 바로 행동으로 옮기는 게 우리들이잖아. 시간 끌어서 좋을 것도 없고. 저렇게 버티고는 있지만 힘들어. 싸움이 끝난 다음에 도착해서야 갈 이유가 없지. 그리고……."

혁련휘가 서무궁을 쳐다보며 잠시 말을 흐렸다.

"무궁은 우리와 함께 가지 않는다."

"그건 또 무슨 말이야? 함께 안 가면 이곳에 남겠다는 거냐?"

홍자성이 깜짝 놀라 되물었다.

"그것도 괜찮기는 해. 우리가 올 때까지 집이나 보고 있어라. 오래돼서 그런지 은근히 손볼 곳이 많단 말이야."

송백령이 짓궂은 웃음을 보이며 서무궁의 옆구리를 툭 건드렸다.

"흥, 모르면 잠자코 있어."

서무궁이 눈을 부라리며 대꾸했다.

"그러니까 그게 뭔데?"

궁금증을 참지 못한 홍자성이 재차 물었다. 다들 궁금해하는 눈치였지만 혁련휘와 서무궁은 서로 의미심장한 시선만을 교환할 뿐 더 이상 설명은 하지 않았다.

"하하, 무궁은 따로 할 일이 있다니까. 우선은 그렇게만 알고 있어. 자, 다들 떠날 준비를 하는 것이 좋겠다. 바쁘게 움직여야 할 거야."

혁련휘가 벌떡 몸을 일으키며 말했다.

흑영의 재출도가 결정되는 순간이었다.

*　　　*　　　*

무당산에서 북쪽으로 약 사십여 리 떨어진 육리평(六里坪).

협맹이 비록 남쪽에서 북상을 했다지만 무당파의 본거지인 자소궁을 치기 위해선 천주봉(天柱峰)을 비롯하여 옥녀봉(玉女峰), 금동봉(金童峰), 오로봉(五老峰) 등 넘어야 할 봉우리가 너무나 많았다. 더구나 이들 봉우리는 무당산에서도 높고 험하기로 유명한 봉우리들, 비록 거

리는 가까울지 몰랐지만 무리하게 산을 넘다간 얼마의 피해를 당할지
몰랐다.

협맹은 어쩔 수 없이 산을 크게 우회하여 무당산에서 북쪽으로 약
사십여 리 떨어진 육리평에 진영을 구축했다.

늦은 저녁, 장원이라고 부르기도 민망한 청운장(靑雲莊)을 중심으로
반경 백 장을 완전하게 뒤덮은 협맹의 진영은 저잣거리처럼 소란스러
웠다. 오랜 싸움에 지치고 향수를 달래기 위해 이곳저곳에서 술판이
벌어졌고 수뇌들은 수하들의 사기를 위해 적절한 음주가무(飮酒歌舞)
는 애써 모른 척 용인하고 있었다.

다만 수뇌들의 거처이자 회의실로 사용되는 청운장만은 삼엄한 경
계 속에서 늘 긴장감에 휩싸여 있었는데 오늘따라 유독 그 정도가 심
했다. 뭔가 심각한 문제가 발생한 듯했다.

탕!

협맹의 맹주 영호용이 탁자를 치며 벌떡 몸을 일으켰다.

"또 놓쳤다는 말이냐?"

"죄송합니다."

영호용의 엄한 질책에 영호무현은 어쩔 줄을 몰라 했다.

"이번이 벌써 몇 번째더냐? 그토록 많은 인원을 동원했음에도 막지
못하다니!"

아버지와 아들이 아닌 맹주로서 명을 제대로 수행하지 못한 영호무
현을 다그치는 영호용의 음성은 가히 추상과 같았다.

"면목없습니다."

영호무현은 침통한 표정으로 고개를 숙였다.

"허허, 진정하시지요. 너무 그렇게 몰아세우실 일은 아니라 생각합

니다. 천주봉을 이용했던 놈들은 놓쳤으나 그 외의 지역에서 빠져나간 자들은 없다고 하지 않습니까?"

영호무현의 처지가 안돼 보였는지 염파가 말리고 나섰다. 하지만 영호용은 쉽사리 노여움을 풀지 않았다.

"아무리 많은 쥐를 잡으면 무엇 합니까? 그중 한 마리라도 놓치면 만사가 도로아미타불이거늘."

영호용의 역정에 염파도 입을 다물고 말았다. 영호무현을 두둔하기는 하였지만 그 역시 영호용의 심정과 다를 바가 없었기 때문이다.

사실 무림맹에 비해 압도적인 전력의 우위를 자랑했던 협맹의 수뇌부들 중 싸움이 이토록 장기전이 되리라고 예상했던 사람은 아무도 없었다. 처음 장강을 넘어 북상하고 육리평에 진영을 갖출 때만 해도 모두들 승리에 대한 확신이 있었다. 하나 그러한 자만이 처참히 뭉개지기까진 그다지 많은 시간이 걸리지 않았다.

막상 싸움이 시작되자 무당산의 험난한 지세를 이용한 무림맹의 저항은 소름이 끼칠 만큼 악착같았고 집요했다. 지형지물을 이용한 매복은 물론이고 소수를 이용한 기습에 얼마나 많은 피해를 입었는지 몰랐다. 물론 협맹이라고 앉아서 그냥 당한 것은 아니지만 무림맹이 입은 피해에 비할 바가 아니었다.

특히 협맹을 괴롭힌 것은 식수난(食水難)이었다.

육리평은 물론이고 인근 수백 리에 있는 하천은 모두가 무당산에서 발원한 것이었다. 무림맹은 협맹이 도착하는 것과 때를 같이 하여 모든 하천과 연못, 호수 등에 독을 풀었다. 비록 인근 백성들 때문에 치명적인 극독 대신 얼마간 지나면 물에 희석되어 사라지는 약한 독을 풀고 또 몇 개 안 되는 우물은 그대로 놔두었으나 무당산에 집결한 협맹의 인원이 어림잡아 삼천, 그것만으로도 충분했다.

음식이야 며칠 굶어도 죽고 사는 데 크게 지장은 없지만 물은 달랐다. 사태의 심각성을 파악한 수뇌부들이 부랴부랴 대책을 마련하고자 애를 썼다. 하나 부족한 물을 갑작스레 조달할 방법이 있을 리 만무했다.

단 사흘 만에 삼 분의 일이 넘는 인원이 배앓이를 했고 어떤 이는 심한 탈수(脫水)로 인해 목숨을 잃기까지 했다. 다행히 몇몇 인가(人家)에서 안전한 우물을 확보했기에 망정이지 그렇지 않았다면 그 피해는 상상조차 하기 힘들 만큼 커졌을 것이다.

인가에서 확보한 우물 외에 수십 개의 우물을 더 파고 나서야 어느 정도 식수난을 해결할 수 있었던 협맹은 곧 전력을 정비하여 대대적인 공세에 나섰다. 그리고 닷새 만에 무당파 제이의 도관, 어쩌면 규모만큼은 자소궁을 능가하는 옥허궁(玉虛宮)을 점령했다. 그 대가로 무려 이백의 목숨을 지불했지만 옥허궁은 무림맹을 치기 위한 교두보로써 그만한 가치가 있었다.

옥허궁을 점령한 협맹은 그 여세를 몰아 자소궁으로 향하는 두 개의 능선, 오룡행궁(五龍行宮)을 통하는 동쪽 능선과 옥황각(玉皇閣)을 지나는 서쪽 능선으로 병력을 나누더니 노도와 같은 기세로 공격을 시작했다.

무림맹도 그냥 당하고만 있지는 않았다. 전력의 열세로 인해 정면 대결은 가급적 피했지만 결코 쉽게 길을 내주지는 않았다. 이번 싸움까지 패한다면 그야말로 끝장이라는 위기감으로 무장한 무림맹의 무인들은 실로 놀라운 투지를 보였고, 특히 개파 이래 처음으로 적에게 옥허궁을 빼앗긴 무당파 제자들의 활약은 눈이 부실 정도였다.

무당산에 존재하는 나무 한 그루, 풀 한 포기까지 자신들의 손금 보듯 훤히 꿰고 있는 무당파의 제자들은 지형을 이용해서 적당히 치고 빠지는 방식으로 싸움을 했고 그들이 어디서 나타났는지 또 어디로 도주를 하는지 알 길 없는 협맹은 그저 속수무책으로 당할 수밖에 없었다.

쫓고 쫓기는 지루한 공방이 열흘 가까이 이어졌다. 무림맹의 필사적인 저항에도 불구하고 협맹은 차근차근 점령지를 넓혀갔다. 그리고 마침내 두 갈래로 갈라졌던 병력들도 자소궁을 앞두고 하나로 합쳐졌다. 이대로 얼마간만 더 공세를 펼치면 자소궁을 점령하고 무림맹을 괴멸시키는 것은 문제도 아닐 것 같았다. 그런데 협맹의 수뇌들은 돌연 회군을 결정했다.

승리를 눈앞에 둔 협맹의 수뇌들이 눈물을 머금고 회군을 결정한 이유는 바로 혈성 때문이었다.

백사휴의 사후, 혈성은 공석이었던 성주의 지위에 백청을 추대하고 무림맹과 협맹의 틈바구니에서 살아남기 위해 무림의 정세를 낱낱이 살피며 차근차근 힘을 길러갔다.

그러던 중 두 세력의 움직임을 예의 주시하던 혈성은 협맹이 무림맹을 치기 위해 무당산으로 향하는 틈을 타 고수들을 대거 동진(東進)시켜 무주공산(無主空山)이나 다름없는 강남무림을 접수하기 시작했다. 이미 어느 정도 영향력을 행사하고 있던 귀주는 물론이고 순식간에 호남성의 절반이 혈성의 손에 떨어졌다.

반대가 없었던 것은 아니었다. 지금은 저렇듯 싸우고 있지만 혈성은 무림맹과 협맹의 공통된 적, 자칫 잘못하면 싸움을 중지하고 칼끝을 자신들에게 돌릴지도 모른다는 우려가 만만치 않게 대두되었다. 하지만 새로이 성주가 된 백청의 생각은 달랐다. 자존심이 뭉개질 대로 뭉개진 무림맹이 협맹과 손을 잡는 일은 절대로 없을 것이라 단정한 백청은 주위의 반대에도 불구하고 전격적인 동진을 명령했다.

성주의 명령은 절대적이었다. 아무리 이견이 있다 하더라도 결정이 되면 따르는 것이 율법이었다. 물론 혈성의 최고 어른이라 할 수 있는 엽청문의 지지와 비상단의 단주 운무의 보이지 않는 힘이 있었기에 가능한 것이었지만 혈성의 고수들은 백청의 명령을 충실히 수행했다.

혈성의 동진으로 급해진 것은 협맹이었다. 자신들의 안방이라 할 수 있는 강남무림이 무참히 무너진다면 무당파를 점령하고 무림맹과의 싸움에서 승리를 거둔다 한들 무슨 의미가 있겠는가.

혈성의 동진 소식을 전해 들은 협맹의 수뇌들은 그 즉시 무림맹에 대한 공격을 중지하고 대책 마련에 고심했다. 그나마 다행인 것은 동진을 한 혈성의 인원이 생각만큼 많지 않다는 것과 혈성이라면 자다가도 경기를 일으키는 강남무림의 무인들이 필사적으로 저항하고 있다는 것이었다.

그 소식에 강남으로의 퇴각을 고려하던 협맹의 수뇌부들은 안도의 한숨을 내쉬며 모든 병력을 회군시키는 것보다는 다소 무리를 해서라도 병력을 나누어 상대하자는 쪽으로 의견을 모았다. 그리고 염파의 장남인 염전(廉轉)을 수장으로 하여 약 삼백 명의 고수들을 파견했다.

이후 혈성의 출현으로 자소궁의 코앞까지 밀고 들어간 병력을 옥허궁까지 후퇴시키고 구원병을 파견하는 등 난데없는 홍역을 치른 협맹의 수뇌부는 또다시 무림맹과의 싸움을 준비했다. 하지만 힘으로써 밀어붙였던 지난번과는 달리 그들의 움직임은 몹시 신중했다.

그 이유는 다음과 같았다.

첫째, 잠시 퇴각한 사이에 무너졌던 무림맹의 방어벽이 또다시 공고해졌고.

둘째, 첫 번째 싸움에서 입은 피해가 상상을 불허했다.

무림맹에 비해 거의 배나 더 되는 인원이 목숨을 잃었는데 거의 대부분이 무리하게 매복을 뚫다 벌어진 일이었다. 더구나 자소궁으로 통하는 길은 한 사람이 지나가기도 힘들 만큼 협소해 한번에 대규모의 인원이 이동할 수가 없었다. 험준하기가 이를 데 없고 좁디좁은 진입로는 수적으로 우위에 있는 협맹의 이점을 전혀 사용할 수 없게 만들었다.

셋째, 자소궁을 치기 위해선 무당산의 지형상 필연적으로 병력을 나눌 수밖에 없었는데 힘의 열세를 느낀 무림맹이 자소궁을 과감히 포기하고 한쪽으로 병력을 집중해 올 경우에 각개 격파를 당할 염려가 있었다. 더구나 혈성을 상대하기 위해 삼백이 넘는 정예들이 빠진 지금 그럴 가능성이 매우 농후했다.

이런저런 이유로 함부로 공격을 감행할 수 없었던 협맹의 수뇌부들은 고심 끝에 결국 한 가지 방법을 마련하게 되었다.

이름하여 고립무원계(孤立無援計).

무당파라 하면 장문인이 머물고 있는 자소궁을 중심으로 옥허궁, 오룡행궁, 오룡궁(五龍宮), 팔선당(八仙堂) 등 무당산에 산재한 많은 도관들을 통틀어 일컫는 말로 속가제자를 제외한 본산의 인원은 약 삼백 명에 이르렀다. 그중 자소궁에 상주하는 인원은 많아야 백여 명 안팎이었다.

협맹의 수뇌들은 바로 그 점을 이용하고자 했다.

　현재 자소궁에 모여 있는 인원은 적어도 천오백에서 이천 사이, 하루에 들어가는 식량의 양이 장난이 아니었다. 만일을 대비해 어느 정도 비축분을 쌓아두고는 있겠지만 싸움이 장기전의 양상을 띤다면 사정은 달라질 것이다. 비록 주변의 골이 깊어 물은 풍부하지만 그 많은 인원이 소모할 식량을 구하는 것은 결코 쉬운 일이 아니었다.

　협맹은 무림맹의 보급로(補給路)를 끊고자 했다.

　협맹은 산에서 내려오는 주요 길목을 완벽하게 차단한 후 웅비보, 은성장의 막강한 재력을 이용해 인근 마을의 모든 식량을 사들여 불태워 버렸다. 하지만 협맹의 인원이 삼천 명 남짓인 반면 무당산의 둘레는 오백 리가 넘었다. 삼천이 아니라 삼만 명을 동원한다 해도 보급로의 완벽한 차단은 불가능했다. 아무리 철저하게 감시를 한다 해도 빈틈은 있기 마련이었고 웅비보와 은성장이 인근 마을의 식량을 독점한 것처럼 보여도 구하고자 마음만 먹으면 필요한 양은 언제든지 구할 수 있었다.

　그것은 협맹 역시 알고 있는 것이었다.

　협맹은 지난번과 같은 전면전은 아니더라도 무림맹을 압박하기 위해 매일같이 공격을 가했고 거기에 신법이 탁월하고 무공 또한 높은 무인들만을 추려 일곱 명을 한 조로 하는 별도의 조직을 만들어 운용했다. 그들은 매일같이 마을과 무당산 주변을 돌며 혹여 몰래 산을 내려와 식량을 구해가는 이들이 있는지 철저하게 감시했다.

　협맹의 의도를 눈치 챈 무림맹도 필사적으로 길을 뚫어 식량을 구하려고 하였지만 쉽지 않았다. 식량을 구하기 위해 열을 보내면 칠 할은 실패하고 싸늘한 주검이 되어 돌아왔다. 그나마 삼 할도 무당산의 지리에 익숙한 무당파의 제자들이 성공한 것이었다.

한 달이 지나자 효과가 나타나기 시작했다. 애당초 비축했던 식량과 협맹의 포위망을 뚫고 조금씩 조달했던 식량이 떨어지기 시작한 것이다. 병력의 열세임에도 불구하고 무림맹에선 식량을 구하기 위해 더욱 많은 인원을 하산시킬 수밖에 없었다. 반면 자신들의 계획이 맞아 들어가고 있다고 생각한 협맹은 이를 필사적으로 막았다.

식량의 확보가 싸움의 가장 큰 변수로 등장한 것이었다.

영호용이 영호무현을 상대로 이렇듯 화를 내는 것은 주봉인 천주봉 쪽으로 식량을 구해 숨어들던 무당파의 제자를 발견하고도 잡지 못했다는 보고를 들었기 때문이다.

"하지만 이제는 모두 소용없게 된 일 아닙니까? 너무 다그치지 마시지요. 자네도 그렇게 죄인처럼 서 있을 필요는 없네."

전사림이 쓴웃음을 지으며 말했다.

"죄송합니다."

전사림의 말을 질책이라 여긴 영호무현은 더욱 고개를 들지 못했다.

"내 말을 오해했군. 자네의 잘못을 추궁하는 것이 아니라 그간 모든 노력이 수포로 돌아갔음을 안타까워해서 하는 말이네."

영호무현은 전사림의 말을 쉽게 이해할 수가 없었다. 비록 몇 번의 실패는 있었지만 거의 완벽하게 적의 보급로를 차단하지 않았던가.

"그게 무슨 말씀이신지……."

영호무현이 조심스레 고개를 들며 물었다.

"보겠나? 그동안 불철주야 노력했던 자네들의 노고를 한순간에 날려 버린 빌어먹을 명령서를!"

전사림은 꾸깃꾸깃해진 서찰을 영호무현에게 던지며 인상을 찌푸렸다. 일이 조금 이상하게 돌아간다고 느낀 영호무현이 서찰을 읽기 시작했다.

"아버님!"

자기도 모르게 서찰을 떨어뜨린 영호무현이 경악에 물든 눈으로 영호용을 불렀다.

"애당초 지난번 싸움에서 끝을 내야 했다. 그러지 못한 것이 못내 아쉽구나. 어차피 이렇게 될 것을 지난 한 달 동안 지루한 대치만 하고 있었으니……."

"이 모든 것이 가릴 것 못 가리고 끼어든 혈성 놈들 때문입니다. 이번 싸움이 끝나는 대로 아예 씨를 말려야 합니다!"

염파가 살찐 볼을 씰룩거리며 분노를 표했다.

"낄 곳 안 낄 곳을 가리지 못하는 것은 관도 마찬가지지요. 무림 일에는 왜 끼어드는지……."

쳐다보기도 싫은지 삼매진화(三昧眞火)를 일으켜 서찰을 태워 버린 전사림은 바닥에 떨어진 재마저 짓이겨 버렸다.

"어찌하실 생각입니까?"

격앙된 마음을 달랜 영호무현이 서찰에 적힌 내용을 상기하며 물었다.

영호무현이 영호용을 찾기 반 시진 전에 도착한 서찰의 내용은 놀랍게도 관에서 온 것이었다. 더 이상 충돌을 자제하고 서신을 받는 즉시 사흘 이내로 무당산에서 철수하라는 명령이 담긴.

"분명 무림맹 놈들의 농간이 틀림없습니다. 관은 무림의 일에 관여할 수 없습니다."

"관여할 수 없는 것이 아니라 안 하는 것이다. 서찰의 진위도 살펴보았다. 틀림없이 관에서 보내온 것이야."

영호용이 고개를 흔들며 말했다.

"하긴, 싸움을 시작한 지 벌써 한 달이 훌쩍 넘었습니다. 인근 백성들이 관에다 불안함을 하소연한다는 소리도 들려왔고. 관에서도 무조건 외면하기엔 무리가 있었을 것입니다."

"거기에 무당파가 태조(太祖) 이래 나라의 지원을 받았다는 것도 한 이유가 되겠지요."

전사림이 염파의 말에 맞장구를 쳤다.

"그렇다 하더라도 명령대로 따를 수는 없지 않습니까?"

영호무현이 인정할 수 없다는 듯 경악된 음성을 물었다.

"우리들도 이 나라의 백성이고 보면 관의 명령을 따르긴 해야겠지. 하지만 네 말대로다. 여기까지 어떤 고생을 하면서 왔는데… 이대로 물러난대서야 말이 안 되는 것이지."

영호용이 의미심장한 눈빛으로 염파와 전사림을 바라보았다.

"사흘 안으로 끝장을 봐야겠습니다. 그러자면……."

"그들을 써먹자는 말씀이십니까?"

영호용의 의중을 파악한 염파가 긴장된 음성으로 물었다.

"아무래도 그래야 되지 않겠습니까?"

"하지만 주위의 이목이……."

전사림이 조금은 저어하는 표정을 지으며 말끝을 흐렸다.

"이렇게 된 마당에 이목을 따질 필요는 없다고 봅니다. 이대로 물러난다면 지금과 같은 기회를 언제 다시 잡을 수 있을지 모릅니다. 물론 우리들의 힘만으로도 충분히 가능하다고 생각합니다만 저토록 필사적인 적의 저항에 애꿎은 수하들의 목숨을 버릴 수는 없지요."

"맹주님의 말씀이 맞는 것 같습니다. 어차피 이런 일에 쓰자고 그

많은 돈을 쏟아 부으며 모은 것이니까요.”

‘낭인(浪人)들 이야기로구나.’

혈성을 상대하기 위해 삼백이 넘는 고수들을 파견하고 그 빈자리를 채울 심산으로 끌어들인 낭인들.

대화에 귀를 기울이던 영호무현은 영호용과 염파 등이 거론하는 이들이 육리평에서 십 리 정도 떨어진 낮은 야산에 대기하고 있는 낭인들임을 직감적으로 알 수 있었다.

“두 분께서 그리 말씀하시는데 저 혼자 반대를 할 수는 없는 노릇이지요.”

내키지는 않았지만 영호용과 염파의 말에도 일리는 있었다. 한참 동안 고민을 한 전사림도 결국 그들의 의견에 따르기로 했다.

“고맙습니다, 장주.”

“별말씀을. 한데 그럼 언제쯤 공격을 시작할 생각입니까?”

“금방 정체가 드러나게 되겠지만 아무래도 낮보단 밤이 좋겠지요. 내일 저녁쯤이 좋겠습니다. 다들 준비를 해주시지요.”

“알겠습니다. 그리 알고 시간을 맞추겠습니다.”

염파와 전사림이 동시에 대답했다.

“그리고…….”

영호용의 시선이 영호무현에게 향했다.

“너는 이 사실을 즉시 각 문파의 수장들에게 알려 만반의 준비를 하도록 일러라. 원래는 그들을 불러 형식적이라도 상의를 함이 옳았겠지만 그럴 시간이 없었다. 이 점을 설명하여 오해의 소지를 없애도록 하고.”

“알겠습니다.”

"또한 무당산 주위에 배치된 모든 인원도 철수시켜라. 오랜 기간 동안 고생이 많았을 터, 충분한 휴식을 주는 것도 잊지 말아야 할 것이다."

"명심하겠습니다."

허리를 굽혀 명을 받은 영호무현이 조심스레 방문을 나섰다.

영호무현이 방을 나선 이후에도 염파, 전사림 등은 움직일 생각을 하지 않았다. 보다 세부적인 계획을 세우기 위해 나누어야 할 의견들이 많았기 때문이었다.

맹주의 집무실은 새벽까지 불이 꺼지지 않았다.

*   *   *

삼첩장을 떠나고 서무궁과 헤어진 지 정확히 칠 일 후, 혁련휘 일행은 무당산 인근에 도착할 수 있었다.

"혈성의 성주를 만나러 갔다."

홍자성의 끈질긴 질문에 견디다 못한 혁련휘가 마침내 입을 열었다.

"그, 그게 무슨 소리야? 혈성의 성주라니?"

간신히 대답을 듣기는 했지만 전혀 예상치 못한 대답에 홍자성은 황당함을 금치 못했다.

"내가 잘못 들은 거냐?"

홍자성은 혹여 자신이 잘못 들은 것은 아닌지 귀를 후비며 송백령에게 물었다.

"아니, 내 귀에도 분명 혈성이라 들렸다."

송백령 또한 믿지 못하겠다는 표정이었다.

“그럼 어찌 된 거야?”

“젠장, 물어볼 놈에게 물어봐야지. 네가 모르는데 나라고 별수 있
냐?”

아무런 잘못도 없는 홍자성을 향해 버럭 성질을 낸 송백령은 계면쩍
은 표정으로 서 있는 혁련휘에게 고개를 돌렸다.

“뭐냐? 무궁이 뭘 하러 그놈들을 만나러 가!”

“도대체 어떻게 된 일이야?”

송백령과 거의 동시에 관정의 질문이 이어졌다. 평소 침착하기 이를
데 없는 관정 역시 이번엔 제법 놀란 눈치였다.

“그렇게 됐다.”

“그러니까 왜 그렇게 된 거냐고?”

송백령이 언성을 높였다. 얼굴은 굳을 대로 굳어 있었다.

“미리 말 못해서 미안하다.”

“못하긴! 안 한 거지. 그리고 내 말은 그게 아니잖아.”

송백령이 화를 내는 이유는 간단했다. 뒤늦게 사실을 알게 돼서 화
를 내는 것이 아니라 그저 홀로 호굴(虎窟) 속으로 걸어 들어간 서무궁
의 안전을 걱정하는 것뿐이었다. 혁련휘가 그것을 모를 리 없었다.

“알아. 하지만 걱정하지 마라. 네가 생각하는 것만큼 위험하지는 않
아.”

“위험하지 않다니? 그건 또 무슨 소리야. 그놈들이 어떤 놈들인지
몰라서 하는 말이냐?”

여전히 화를 내곤 있었지만 음성은 한풀 꺾여 있었다.

“물론 알지, 그들이 우리를 얼마나 증오하고 미워하는지.”

“보자마자 눈에 쌍심지를 켜고 죽이려고 달려들 거다.”

퉁명스런 송백령의 대꾸에 혁련휘는 피식 웃음을 터뜨렸다.

"네 말이 맞다. 하지만 서무궁이 들고 간 선물을 본다면 생각이 달라질걸."

"선물이라니?"

호기심을 참지 못한 홍자성이 물었다.

"그런 게 있지. 아마 지금쯤 만나고 있을 것 같은데……."

*   *   *

"검은 치우는 것이 좋지 않을까? 싸우자고 온 것은 아니다."

서무궁은 자신의 목을 압박하는 시퍼렇게 날이 선 검을 살짝 밀어내며 말했다.

"함부로 움직이지 마라!"

다시금 검을 밀착시킨 운무가 싸늘히 내뱉었다.

"손님 대접을 제대로 할 줄 모르는군."

서무궁의 눈은 운무가 아니라 괴이한 표정으로 자신을 살피는 백청에게 향해 있었다. 백청의 주위엔 그녀의 그림자와도 같은 네 명의 수신호위가 서 있었고 좌측의 의자엔 태상장로인 흑예검존 엽청문이 앉아 있었다.

"닥쳐! 여기가 감히 어디라고!"

지난날 대파산에서 당했던 치욕을 잊지 못했던 운무는 당장에라도 목을 베어버릴 준비가 되어 있다는 듯 고개를 돌려 백청의 허락을 구했다. 하지만 백청은 묵묵부답, 대신 대답을 한 것은 엽청문이었다.

"손님이라… 그렇군. 손님도 손님 나름이긴 하지만 말이야. 어쨌든 제 발로 찾아온 손님이지 않는가. 검을 거두게나."

"태상장로님!"

운무는 있을 수 없는 일이라는 듯 엽청문을 불렀지만 재차 검을 치우라는 눈빛에 어쩔 수 없이 한 걸음 물러나야 했다.

"흠, 이제야 대화할 분위기가 된 것 같구려."

살기 어린 눈으로 자신을 쏘아보는 운무에게는 눈길조차 돌리지 않은 서무궁이 엽청문에겐 살짝 허리를 굽혔다.

"서무궁이라 합니다."

"알고 있네. 모를 리가 없지. 새삼스레 소개할 필요까지는 없네. 그래, 무슨 일인가? 자네들 흑영과 우리의 관계가 어떻다는 것을 뻔히 알면서도 손님을 자청하다니."

이름은 물론이고 이미 용모파기(容貌疤記)까지 완벽하게 작성을 해 논 상태가 아니던가. 엽청문은 시간 끌 것 없다는 듯 단도직입적으로 물어왔다.

"급하시군요. 하긴 저도 이곳에서 오래 머물고 싶은 생각은 없습니다. 오고 싶어서 온 것도 아니고, 친구 놈 부탁으로 그저 몇 가지 물건을 전하러 왔을 뿐입니다."

엽청문이 알기에 서무궁을 움직일 수 있는 사람은 흑영대의 대주 혁련휘뿐이었다.

"친구라면 혁련휘를 말함인가?"

"제게 이런 일을 시킬 놈은 그놈뿐이지요."

"그래, 우리에게 전할 물건이 무엇인가?"

서무궁이 품을 더듬었다. 순간 수신호위가 백청의 앞을 가로막고 뒤로 물러났던 운무도 어느새 서무궁의 곁으로 다가가 칼을 겨누었다.

"목숨이 아깝다면 수작 부리지 마라."

"쯧쯧, 수작을 부릴 생각이었으면 예전에 끝장이 났어. 아닌 걸 알면서 그렇게 과민 반응을 하는 것을 보니 부끄러웠던 모양이군."

사실, 혁련휘의 밀명을 받은 서무궁은 대담하게도 백청의 처소로 숨어들었다. 그리고 태연히 의자에 앉아 백청이 깨기를 기다렸다. 물론 그녀를 보호하는 수신호위는 그들도 모르게 제압된 이후였고.

서무궁이 마음만 먹었으면 백청의 목숨은 이미 이 세상의 것이 아닐 것이다. 서무궁은 바로 그 점을 말하는 것이었다.

"네, 네놈이……!"

발작적으로 운무의 검이 움직였다. 하지만 그의 검은 정확히 서무궁의 목 언저리에서 멈추었다. 아무리 화가 나더라도 인정하고 싶지 않지만 손님이라는 이름으로 찾아온 자를, 더구나 백청과 엽청문의 면전에서 함부로 베어버릴 수는 없었기 때문이다.

"그러니까 안 되는 거야. 한번 검을 뽑았으면 망설이지 말아야지. 나라면 베었다."

그럴 줄 알았다는 미소를 머금은 서무궁은 상기된 얼굴로 물러나는 운무의 염장을 질렀다.

"이……!"

운무가 또다시 화를 내려 하자 엽청문이 나섰다.

"뒤로 물러나 있게. 그리고 자네도 그만 하게나. 고작 그런 말을 하고자 이곳에 찾아온 것은 아닐 터."

엽청문이 조금은 짜증나는 음성으로 말했다.

"물론이지요. 저는 이것을 전하러 왔을 뿐입니다."

서무궁이 품에서 꺼낸 것은 세 권의 책자였다. 서무궁은 그중 두 권을 우선 건넸다.

"이, 이건!!"

그 어떤 상황에서도 흔들릴 것 같지 않던 엽청문의 입에서 경악성이 터져 나왔다. 백청이라고 예외는 아니었다. 다만 입으로 표현할 수가 없어서 그렇지 겉장에 적혀 있는 제목을 보는 순간 그녀의 전신에선 격렬한 떨림이 시작됐다.

"마환창과 도마의 무공이……!"

혁련휘에게 빼앗겼던 두 친우의 무공비급이 손에 들어오자 엽청문은 할 말을 잃었다. 그러나 백청의 눈은 어느새 서무궁이 들고 있는 한 권의 비급으로 향했다.

서무궁이 백청의 시선을 느끼며 너털웃음을 지었다.

"어차피 성주께 드리려고 가져온 것이오. 그렇게 쳐다보지 않으셔도 되오."

그 순간 백청의 손이 허공을 유영했다.

[할아버님의 무공인가요?]

백청의 행동에 조금 놀라기는 했지만 서무궁은 즉시 고개를 끄덕였다.

"그렇소."

서무궁의 대답이 끝나자 깊은 침묵이 찾아왔다. 엽청문은 아직도 흥분을 가라앉히지 못했고 백청 역시 멍하니 비급만을 쳐다볼 뿐이었다.

잠깐의 침묵이 지나가고 정신을 수습한 엽청문이 한결 부드러워진 음성으로 질문을 던졌다.

“자네가 가져온 것이 우리에게 어떤 의미라는 것을 모르지는 않을 터. 우리에게 무엇을 바라는가?”

서무궁은 그제야 자신이 무공비급을 가지고 온 이유를 말하기 시작했다.

“원하는 것은 아무것도 없습니다.”

“……”

“다만 하고 싶은 말이 있다면.”

서무궁의 음성이 점점 싸늘해지기 시작했다.

“이후 우리를 쫓지 마십시오.”

“……”

“지금 당장은 아니더라도 우리가 혈성의 무공을 가지고 있는 한 추격이 계속되리라는 것을 알고 있습니다. 최후의 한 사람까지 우리를 귀찮게 하겠지요. 단지 그것이 싫을 뿐입니다.”

“그동안 네놈들에게 흘린 피는 어쩌란 말이냐?”

운무가 버럭 소리를 질렀다.

“어리석은 질문이다. 그렇다면 과거 혈성에서 일으킨 피바람은 어찌 해결할 생각이지? 우린 그 당시 우리가 해야 할 일을 한 것뿐이고 혈성 또한 마찬가지. 그것이 강호(江湖)의 생리다.”

“그러니까 무공을 돌려줄 테니 모든 은원(恩怨)은 잊어라. 이 말인가?”

엽청문이 담담하게 물었다.

“그렇습니다.”

“만약 거부하면 어찌 되는가?”

“우리의, 아니, 나를 이곳에 보낸 혁련휘의 능력을 상기해 보십시오.

결론이 나올 것입니다."

"경고인가?"

"충고입니다."

"자네를 이곳에서 죽일 수도 있네."

"맘대로 하십시오. 그래도 들고 있는 이 비급을 없애거나 하는 짓은 하지 않을 것입니다. 대신 그만한 각오는 하셔야 할 것입니다."

서무궁과 엽청문의 시선이 허공에서 난마처럼 얽혔다.

잠시 후 엽청문은 백청에게 고개를 돌렸다. 자신이 비록 혈성의 태상장로라 하더라도 성주는 백청이었다. 모든 결정권은 백청에게 있었다.

백청의 고개가 천천히 끄덕여졌다. 예상했다는 듯 엽청문도 별다른 이의를 달지 않았다.

"자네들의 요구를 받아들이지. 오늘 이후 자네들과의 악연은 없었던 것으로 하겠네."

"고맙습니다."

서무궁은 손에 들고 있던 백무극의 비급을 전했다. 그리곤 엽청문과 백청에게 살짝 고개를 숙여 예를 표하더니 몸을 돌렸다.

"이대로 가려는가? 자넨 이제 혈성의 진정한 손님이 되었네. 술이라도 한잔하고 가는 것이 어떻겠는가?"

"하하, 말씀은 고맙지만 사양하겠습니다. 솔직히 등에서 식은땀이 흘러 더 이상 머물기가 거북하군요."

말은 그리했지만 서무궁은 조금도 겁을 먹은 눈치가 아니었다.

"허허, 그런가? 혈성의 성주와 태상장로를 쥐락펴락한 자네의 입에서 그런 말이 나오니 이상하군. 어쨌든 자네의 뜻을 알겠네. 그럼 잘

가도록 하게."

엽청문의 밝은 음성에 멋쩍은 미소를 지은 서무궁은 다시 한 번 예를 표하고 뒤로 물러났다.

그것으로 흑영과 혈성의 오랜 악연이 끝을 맺었다.

*　　　　*　　　　*

지상에 존재하는 모든 생물을 태워 버리겠다는 듯 맹렬히 내리쬐던 태양이 서산마루에 걸려 신음하고 맞은편 산등성이에서 성미 급한 반달이 모습을 드러낼 무렵, 무당파의 장문인실에선 무림맹의 수뇌들과 여러 문파의 우두머리들이 머리를 맞대고 있었다.

"그러니까 곧 공격이 있을 것이란 말입니까?"

한쪽 팔은 잃었지만 여전히 혈기 왕성한 위호가 물었다.

"확실한 것은 아니지만 그런 것으로 보이오. 제자들의 말에 따르면 길목길목에 배치되었던 무인들이 모조리 철수했다고 하는구려."

상경 진인이 어두운 얼굴로 대답했다.

"하지만 그것이 공격의 징조라고 보기엔 어렵지 않겠습니까? 무당산에서 즉시 철수하라는 관의 명령이 있었다고 들었습니다. 그들이 물러난 것은 그 때문이 아닐는지요?"

남궁욱이 조심스레 반문을 했다. 멸문지화를 당한 남궁세가의 마지막 후예이자 이십 대의 나이에 어쩔 수 없이 세가를 대표하게는 되었지만 모인 사람 모두가 까마득한 선배들인지라 영 어색한 표정이었다.

"그랬으면 오죽 좋을까. 하지만 지금껏 저들의 행태를 보면 그럴 가능성은 희박하다네. 더구나 정체를 알 수 없는 일단의 무리들이 새로이 합류했다고 하더군."

상경 진인을 대신해 두심언이 대답을 했다.

"새로운 자들이라 하시면……."

입을 연 사람이 모용현임을 알자 두심언의 태도가 한결 진지해졌다.

"모르겠소이다. 대략 삼사백 정도에 하나같이 기세가 흉험하다고 합니다. 그 이상은 알아내지 못했습니다."

두심언은 그들의 정체를 알아보고자 몰래 접근하다 희생된 제자들의 수가 이십이 넘었다는 것을 상기하며 고개를 흔들었다.

"이런저런 상황을 종합해 보면 놈들이 대규모의 공격을 감행하리라는 생각이 드는군요."

비록 지난 싸움에서 패퇴하여 무당까지 오게 되었지만 무림맹의 맹주는 여전히 조공루였다. 그가 입을 열자 모든 이들의 시선이 조공루에게 향했다.

"지금 이 상태로 보름만 더 지났으면 우리가 선택할 수 있는 길은 오직 하나뿐이었습니다. 산을 내려가 만반의 준비를 갖추고 기다리고 있을 협맹과 맞서 싸우는 것 말입니다."

벌써 며칠 전부터 무림맹은 심각한 식량난을 겪고 있는 터, 조공루의 말에 모두의 안색이 일그러졌다.

"그렇다고 관의 힘을 빌려 위기를 벗어난다고 해도 환영할 것은 못 됩니다. 세인들의 웃음거리가 될 뿐이지요. 협맹이 공격을 한다면 차라리 잘된 일일지도 모릅니다. 관의 힘을 이용했다는 비난도 면하게 될 것이고 최악의 상황에서 싸워야 하는 부담도 없습니다. 아니, 오히려 시간에 쫓겨 공격을 해올 협맹이 많은 부담을 갖게 되겠지요."

조공루가 좌중을 둘러보며 말을 이었다.

"물론 승리를 한다는 전제 하에서 말씀드리는 겁니다."

염파에게 목숨을 잃은 고역사의 뒤를 이어 형산파의 장문인 위에 오른 섭소능(葉昭綾)이 벌떡 일어나더니 흥분된 음성으로 소리쳤다.

"충분히 승산이 있습니다! 비록 옥허궁을 되찾지는 못했지만 자소궁까지 이르는 길은 가히 금성철벽이나 다름없습니다. 쉽게 뚫리지도 않을 뿐더러 혹여 뚫린다 하더라도 놈들의 피해는 엄청날 것입니다!"

"섭 장문인의 말씀이 맞는 것 같습니다. 하나도 불리할 것이 없는 싸움입니다."

모용황이 맞장구를 쳤다.

"두 분께선 어찌 생각하십니까?"

조공루가 아무리 맹주라지만 현 무림맹의 실질적인 기둥은 무당파와 소림사였다. 그들의 의견을 묻지 않을 수 없었다.

침묵을 지키고 있던 광료 대사가 손을 모았다.

"아미타불! 소승 또한 충분한 승산이 있다고 여겨지는군요. 좋은 기회입니다."

조공루의 시선이 상경 진인에게 향했다.

처음부터 안색이 좋지 않았던 상경 진인이 무거운 음성으로 자신의 생각을 말했다.

"산을 내려가 협맹을 치지 않는 한 어차피 선택권은 우리에게 없습니다. 포위망을 풀고 회군하는 것도 그들의 마음이고 공격을 하는 것 역시 그들의 마음입니다. 저들이 회군을 한다면 맹주님의 말씀대로 세인들의 비웃음을 사면 되는 것이고 공격을 해오면 격퇴하면 그만입니다. 지금으로선 후자의 상황이 될 가능성이 높겠지요.”

선택권이 없다는 말, 참으로 비참했지만 틀린 말이 아니었다. 상경 진인의 말이 중인들의 폐부를 찔렀다.

“물론 승리하리라 생각합니다. 아니, 꼭 그래야겠지요. 문제는 얼마나 큰 피해 없이 저들을 격퇴하느냐 입니다. 아무래도 불안합니다, 새로이 합류했다는 그 무리들이.”

상경 진인의 안색은 좀처럼 펴질 줄 몰랐다.

“살아남는 자 부귀를 얻게 될 것이다!”

“와와!!”

“나 전사림이 은성장의 이름을 걸고 장담한다! 공격하랏!”

“와아아아!!”

거대한 함성이 무당산을 울렸다. 동시에 삼백이 넘는 낭인들이 일제히 산을 오르기 시작했다. 가히 노도와 같은 기세로 돌진하는 그들을 바라보며 전사림은 자신의 명만을 기다리던 은성장의 무인들에게 고개를 돌렸다.

“앞으로 두 시진 안에 자소궁까지 도착해야 한다. 위험한 매복은 저들이 뚫을 것이다. 그래도 힘든 싸움이 될 것이고 많은 피해도 입을 것이다. 하지만 이겨내야 한다. 지금의 고비만 넘기면 과거 무림맹이 누렸던 지위가 우리에게 돌아오게 된다. 이름만으로 우리를 위축케 했던 그들의 지위가 말이다.”

“와아!”

“은성장 만세!!”

전사림의 말이 끝나기가 무섭게 은성장의 무인들이 함성을 터뜨렸다. 만족한 미소를 지으며 함성이 사그라지기를 기다리던 전사림이 입을 열었다.

"암혼대는 나서라."

천, 지, 현, 황의 조장들이 전사림의 면전에서 한쪽 무릎을 꿇었다.

"아무래도 최대의 격전지는 팔선당이 될 것 같다. 자소궁까지 제시간에 도착하기 위해선 반드시 이곳을 점령해야 할 터, 지금 즉시 산을 우회하여 팔선당을 공략하라. 낭인들의 공격을 막기 위해 상대적으로 방어가 취약할 것이다."

진입로를 우회하여 팔선당을 치기 위해서는 험하디험한 산세를 이겨내야 했다. 특히 곳곳을 가로막는 암벽들을 생각하면 엄두가 나지 않는 일이었다. 하지만 전사림은 암혼대의 능력을 믿고 있었다.

"가라."

"존명!"

명을 받은 네 명의 조장들이 그 즉시 자리를 떴다. 그리고 팔십여 명의 무인들이 은밀히 그 뒤를 따랐다.

"적사단(赤沙團)과 광풍단(狂風團)은 나서라."

전사림의 부름에 두 명의 중년인이 앞으로 나섰다.

"낭인들의 뒤를 따르라. 어차피 주력은 너희들이다. 즉시 공격하여 적을 섬멸하라."

"존명!!"

이번에 동원된 은성장의 무인은 총 칠백에 육박했는데 대부분이 적사단과 광풍단에 속한 무인들로 이들이야말로 은성장의 지닌 모든 힘이라 해도 과언이 아니었다.

명을 받은 적사단과 광풍단의 무인들은 암혼대와 마찬가지로 신속히 자리를 이탈했다.

그들이 사라지는 것을 물끄러미 바라보던 전사림이 십팔도객의 우두머리 좌풍익을 불렀다.

"다른 어떤 문파의 도움도 없이 우리 은성장만으로 이쪽을 책임지게 된 것을 어찌 생각하나?"

"……."

좌풍익이 조용히 다음 말을 기다렸다.

"영호세가나 웅비보에 비해 인원이 많은 것도 이유가 되겠지만 보다 큰 이유는 비밀을 유지하기 위함이네."

"하오시면?"

그제야 뭔가를 눈치 챈 좌풍익이 눈빛을 빛냈다.

"내가 낭인들에게 원하는 것은 매복을 제거하여 우리의 피해를 최대한 줄이는 것뿐 그 이상도 이하도 아니네. 살아남는 자가 있어서는 안 될 것이야. 끝까지 목숨을 부지할 놈들이 몇이나 되겠는가만 혹여 그런 자가 있다면 반드시 처리해야 하네."

"그것으로 비밀이 유지가 되겠습니까? 우리 은성장의 무인들이야 상관없지만 무림맹에서도 눈치를 챌 것입니다."

좌풍익이 조금은 회의적인 표정으로 되물었다.

"증거를 없애면 되네. 낭인들은 물론이고 우리와 싸운 무림맹의 무인들은 단 한 사람도 살아나선 안 되겠지."

"투항을 한다 해도 말입니까?"

"물론."

전사림의 음성은 냉혹하리만큼 단호했다.

"알겠습니다."

지금과 같이 대규모의 싸움에선 무인의 양심보다는 승리가 더 중요
했다. 좌풍익은 더 이상 말을 하지 않았다.

'후~ 맹주의 당부라 해도 이게 과연 잘하는 짓인지…….'

명령을 내리기는 했지만 전사림 역시 마음이 편치는 않은지 어둠 속
으로 사라지는 십팔도객을 바라보며 나직이 한숨을 내쉬었다.

무당회전(武當回戰)

무당회전

슈슈슉!

날카로운 파공성이 울리고 수십 개의 화살이 쏟아졌다.

"크아악!"

"크헉!"

갑작스레 날아온 화살에 손 한 번 써보지 못하고 쓰러진 낭인들이 대여섯. 하나 평생을 싸움터 속에서 전전한 그들의 반응은 섬전이 무색하리만큼 빨랐다. 비명성이 들리자마자 넓게 산개하더니 화살이 날아온 방향을 즉시 파악하고 반격에 나섰다. 그들은 마치 사냥을 하듯 좌우로 우회하여 암습자들을 포위해 들어갔다.

활로썬 더 이상 피해를 줄 수 없다고 생각했는지 무림맹의 무인들도 모습을 드러냈다. 이십이 되지 않는 소수의 인원, 매복하여 공격은 가능해도 지형의 특성상 어차피 도주는 힘들었다. 그들도 그것을 알고 있었다.

"공격하라!"

"이야야야!!"

명령이 떨어지자마자 검을 치켜들고 달려오는 그들에게선 죽음의
두려움이 없었다.

채챙!

검과 검이 부딪치면서 나는 불꽃이 어둠을 밝혔다. 싸움은 순식간에
혼전으로 치달았다. 하지만 그것도 잠시, 예상치 못한 기세에 밀리는
듯한 낭인들의 반격이 시작되자 전세는 금방 역전이 되었다.

"죽여라!"

"크헉!"

어차피 수적으로 상대가 되지 않았다. 낭인들의 공세가 거듭될수록
무림맹의 무인들은 그 수가 한 명씩 줄어들었다.

"크헉!"

마지막 비명을 끝으로 첫 번째 전투는 끝이 났다. 싸움이 끝나기까
지 걸린 시간은 반 각, 낭인 서른일곱 명과 무림맹의 무인 서른 명의
목숨이 사라졌다.

낭인들의 행보는 거기서 멈추지 않았다. 첫 번째 매복지를 비교적
무사히 뚫은 낭인들의 기세는 그야말로 폭풍과도 같았다.

위로 올라갈수록 매복의 인원도 늘었고 공격의 세기도 강했다. 그러
나 그들의 발걸음을 막지는 못했다.

낭인들은 죽음을 두려워하지 않았다. 바로 옆에서 동료들이 처참하
게 죽어 나가도 조금도 물러서지 않았다. 오히려 그런 죽음들이 살기
를 자극하는지 더욱 거칠고 흉포하게 달려들었다. 죽음을 각오하고 싸

움에 임하는 무림맹의 무인들조차 그 기세에 움츠러들 정도였다.

순식간에 다섯 곳의 매복지가 뚫렸다.

절반이 훨씬 넘는 낭인들의 목숨이 그 대가로 지불되었지만 그들의 전진 속도, 무림맹의 무인들을 무자비하게 제압하는 실력 등 빼어난 활약은 무림맹은 물론이고 협맹에서도 미처 예상하지 못한 것이었다.

협맹의 전격적인 공격으로 시작된 싸움은 시간이 갈수록 치열해졌다. 특히 자소궁으로 이르는 서쪽 능선의 중심에 위치한 오룡궁은 다른 어느 곳보다 많은 사상자를 내고 있었다.

공격의 선두에 서야 했던 협맹의 무인들은 대부분이 힘이 없는 군소 문파의 제자들이었다. 그들의 임무는 단지 주력이라 할 수 있는 영호세가, 웅비보의 공격에 앞서 길을 뚫는 것. 자연 무림맹으로부터 집중적인 공격을 받을 수밖에 없었다. 그 공격으로 몇몇 문파는 장문인 이하 전 제자들이 목숨을 잃었고 살아남은 대부분의 문파들 역시 쉽게 치유하기 힘든 피해를 입었다.

살아남은 자들의 눈동자는 살기로 번들거렸다. 몸에는 자신의 것인지 아니면 상대가 흘린 것인지도 구별이 안 될 정도로 많은 피를 이곳저곳에 묻히고 있었다. 수많은 매복과 험로를 뚫고 오룡궁까지 도착한 협맹의 무인들은 더 이상 인간의 모습을 하고 있지 않았다.

그것은 무림맹의 무인들 역시 마찬가지였다.

한 시진도 안 되는 사이에 벌써 세 번의 충돌이 있었다. 압도적인 전력의 차이에도 불구하고 무림맹은 협맹의 파상 공세를 기적적으로 막아내고 있었다. 그들은 이미 삶을 포기하고 있었다. 단지 죽을 때 죽더라도 한 명이라도 더 저승길의 길동무로 삼겠다는 각오로 싸움에 임하고 있었다.

"죽여라! 단 한 놈도 살려두지 마라!"

무림맹의 필사적인 저항에 막혀 잠시 뒤로 물러난 협맹의 무인들에게 누군가의 명령이 떨어지고 잠시 소강 상태였던 싸움에 다시금 불이 붙었다.

"죽여랏!"

"와아!!"

협맹의 무인들이 저마다 함성을 지르며 공격을 시작했다.

"두려워할 것 없다! 물러서지 마라!!"

오룡궁(五龍宮)의 방어를 책임지고 있는 왕지환이 목이 터져라 소리를 지르며 싸움을 독려했다.

"이곳은 반드시 사수해야 한다! 죽기를 각오하고 싸워라!"

왕지환을 돕고자 온 모용유 역시 불나방처럼 달려드는 협맹의 무인들을 마구 주살하며 세가의 제자들을 지휘하고 있었다.

하지만 상황은 좋지 않았다. 거의 세 배나 되는 적과의 싸움에 지칠 대로 지친 무림맹의 무인들은 끊임없이 밀려드는 협맹의 기세에 점점 밀리고 있었다.

아무리 강한 정신력으로 버틴다 하더라도 한계가 있기 마련인 법. 더구나 지금 공격을 하고 있는 협맹의 무인들은 그저 머릿수만 믿고 힘으로 밀어붙이는 별 볼일 없는 적들이 아니었다. 무림맹의 무인들과 마찬가지로 강한 정신력으로 무장된, 하나같이 사선(死線)을 헤치며 살아남은 자들로서 개개인의 무공은 약해도 삶에 대한 욕구나 승리에 대한 탐욕은 더욱 강하고 집요했다.

"놈들은 지칠 대로 지쳤다! 지금의 기회를 놓치면 안 된다. 공격, 공격해라!!"

형산파의 싸움에서도 선두에서 혁혁한 공을 세운 천룡문의 문주 나관목이 날카로운 검기를 뿜어내며 소리쳤다. 비록 지난 싸움에서 큰 피해를 입어 문파의 존립이 위태로울 지경이었지만 그는 이번 싸움에서도 가장 앞장서 무림맹을 공격하고 있었다.

"천룡문의 문도들은 나를 따르라!"

나관목은 아예 끝장을 보겠다는 듯 몇몇 제자들을 이끌고 왕지환에게 달려들었다. 왕지환은 피하지 않았다. 나관목이 왕지환을 잡아 싸움을 끝내려 했다면 그 역시 나관목의 목숨으로 불리한 전세를 뒤집고자 했다.

수뇌들의 싸움, 약속이라도 한 듯 왕지환과 나관목의 주변에 있던 이들이 모조리 자리를 피했다.

통성명은 필요없었다. 최대한 빨리 승부를 보고자 하는 그들에게 인사를 나눌 여유 따위가 있을 리 없었다.

선공을 취한 것은 나관목이었다.

단순히 실력을 겨루는 비무도 아니었고, 단 한 순간에 생과 사가 갈리는 싸움이었다. 나관목은 혼신의 힘을 다해 검을 휘둘렀다.

"타핫!"

힘찬 기합성과 함께 나관목의 검이 움직이고 강호일절로 꼽히는 천룡검법의 매서운 위력이 왕지환을 압박했다.

나관목의 공세가 생각보다 강맹하자 왕지환은 애써 부딪치지 않고 빠르게 발을 놀려 짓쳐들던 검기의 위협에서 벗어났다.

파파팍.

목표를 놓친 검기가 땅바닥을 할퀴며 섬뜩한 흔적을 남겼다.

“대단하군.”

칭찬과 동시에 왕지환의 몸이 엄청난 속도로 움직였다. 단 두 걸음으로 순식간에 거리를 좁힌 왕지환은 달려가던 탄력에 힘을 실어 검을 뻗었다. 일체의 동작이 배제된 직선상의 공격에 나관목은 긴장하는 빛이 역력했다. 그는 감히 경시하지 못하고 재빨리 검을 치켜들었다.

채챙!

왕지환의 검과 나관목의 검이 허공에서 부딪치며 불꽃을 일으켰다. 그런데 바로 그 순간 전혀 예기치 않은 상황이 벌어졌다.

왕지환의 검을 막았다고 여긴 나관목이 가장 효과적인 반격을 생각할 때, 왕지환의 검이 산산이 부서지며 나관목의 전신을 노리며 날아들었다. 너무도 급작스런 상황에 나관목은 피할 엄두를 내지 못했다.

“커헉!!”

나관목의 입에서 고통스런 비명성이 터져 나왔다.

“으으으.”

나관목은 중심을 잡지 못하고 비틀거리며 뒷걸음질쳤다. 나관목은 자신의 몸에 박힌 수십 개의 검편(劍片)을 믿을 수 없다는 듯 쳐다보았다.

“비… 겁… 한…….”

“잘 가시오.”

그나마 편하게 해주는 것이 상대에 대한 마지막 예의라고 생각한 왕지환은 두 눈을 부릅뜨며 노려보는 나관목의 천령개를 내려쳤다. 그리곤 천천히 무너지는 나관목의 신형을 바라보며 조용히 말했다.

“비겁했다는 것은 인정하오. 하나 어쩔 수 없었소.”

무인으로선 치욕스러울지 몰랐지만 형편없이 밀리며 위기에 빠진 무림맹의 무인들을 위해선 자신의 명예 따위가 문제가 아니었다. 최대한 빨리 승부를 보아야 했고 이겨야 했던 왕지환은 자신의 행동을 스스로 정당화시켰다.

그러나 그가 나관목을 쓰러뜨렸다고 해서 전세가 역전될 만큼 상황이 만만한 것은 아니었다.

왕지환이 나관목과 싸움을 벌였던 그 짧은 시간에도 무림맹의 무인들은 속절없이 쓰러지고 있었다. 칠십여 명에 육박했던 수가 이십도 채 남지 않았다. 퇴각하는 것도 생각해 보았지만 완벽하게 퇴로(退路)가 끊긴 상황이라 그것 역시 불가능했다.

'여기까지인가.'

절로 침음성이 흘러나왔다. 그렇다고 이대로 앉아서 죽을 수는 없었다. 이를 악문 왕지환이 나관목의 검을 집어 들었다.

"살고자 하면 죽고 죽고자 하면 산다는 말이 있으나, 잊어라! 생(生)의 가능성은 없다. 다만 우리의 희생이 협맹과의 싸움에서 승리의 반석(盤石)이 되리라는 것만은 믿어 의심치 마라! 정신들 차려라! 어차피 갈 저승길, 한 놈이라도 더 끌고 가야 하지 않겠나!!"

바로 그 순간이었다. 왕지환의 외침에 전혀 엉뚱한 소리가 호응을 해왔다.

"크아악!"

"적이다!!"

돌연 비명성이 터지고 왕지환 일행을 압박하던 포위망의 한쪽 축이 형편없이 무너져 내렸다. 그 틈을 헤집고 한 사내가 엄청난 속도로 왕지환의 곁으로 달려왔다. 몇몇 무인들이 그를 막기 위해 시도를 해봤지만 돌아오는 것은 죽음뿐이었다.

“늦었습니다. 용서하십시오.”

“자, 자네!”

그토록 노력을 했지만 뚫지 못했던 포위망을 단숨에 뚫고 들어오더니 태연히 예를 표하는 사람은 다름 아닌 남궁세가의 가주 남궁욱이 아닌가.

“남궁 현질, 자네였군.”

어느새 곁으로 다가온 모용유가 기쁜 얼굴로 남궁욱을 맞았다.

남궁욱이 지나온 길에 보이는 것은 오직 시체뿐, 너무나도 충격적인 등장에 싸움은 잠시 멈춘 상태였다.

“퇴로가 끊겨 있더군요. 길을 잇고 오느라 늦었습니다.”

“허!”

모용유와 왕지환의 입에서 동시에 감탄성이 터져 나왔다. 하나 그것도 잠깐이었다. 이내 안색을 굳힌 모용유가 고개를 흔들었다.

“자네는 이곳에 오지 말았어야 했네. 일시 포위망을 뚫긴 했지만······.”

모용유는 계속해서 북상하는 협맹을 바라보며 말을 잇지 못했다.

“힘내십시오. 포기하기는 아직 이릅니다. 하하! 저 또한 바보는 아닙니다. 급한 마음에 먼저 달려오기는 했지만 혼자 올 리가 있겠습니까?”

“그게 무슨 소린가? 하면!”

허공에서 눈을 마주친 왕지환과 모용유의 고개가 엄청난 속도로 돌려졌다. 그리고 그들은 볼 수 있었다. 남궁욱이 지나온 길을 똑같이 지나오는 일단의 무리들을.

“형님······.”

무리의 선두는 분명 모용황. 모용유의 눈가에 뿌연 습막이 어렸다.

"호, 정말 대단하군. 엄청난 무위야. 그렇지 않느냐?"

영호용의 시선이 자신에게 향하자 영호무현이 무표정한 얼굴로 대답했다.

"모용황의 무공은 석년의 모용현을 능가한다고 합니다."

"잘못 짚었다. 그자도 강하긴 하지만 내가 말하는 사람은 바로 저 녀석."

영호용의 손가락을 따라 영호무현의 시선이 움직였다. 영호용이 지적한 사람은 동에 번쩍 서에 번쩍이며 눈부신 활약을 펼치는 남궁욱이었다.

"창천백룡이라고 했느냐, 형산에서의 활약으로 얻은 별호가?"

"그렇습니다."

"모용황보다는 최소 배는 강할 것 같구나."

영호용은 절대 그럴 리가 없다는 듯 강한 부정의 눈빛을 하는 영호무현에게 빙긋이 웃음을 보이더니 염파의 의견을 물었다.

"염 보주께서는 어찌 생각하십니까?"

"강하군요, 나이에 걸맞지 않게."

뚫어져라 남궁욱을 응시하던 염파가 고개를 끄덕였다.

"들었느냐? 염 보주께서도 나와 같은 생각을 하시는구나."

영호용이 고개를 돌리며 웃었다. 하나 왠지 기분이 좋아 보이는 영호용과는 달리 염파의 안색은 좋지 않았다.

"그리 웃을 일은 아닌 것 같습니다. 제 눈이 틀리지 않았다면 지금 사용하는 무공은 틀림없는 무상검법입니다."

"그랬군요. 어쩐지… 한데 그것은 어찌 아십니까?"

"언제가 남궁 가주가 시전하는 것을 본 적이 있습니다."

염파가 잠시 말을 끊었다. 남궁 가주가 남궁세가의 전대 가주 남궁성을 말한다는 것은 영호용 또한 알고 있었다. 그는 조용히 다음 말을 기다렸다.

"그 당시 남궁 가주의 신위보다 더한 것 같습니다."

"아무래도 그런 것 같군요."

영호용이 담담히 대꾸했다.

'그 정도란 말인가!! 도저히……'

숨도 쉬지 않고 귀를 기울이던 영호무현은 거의 기절할 것만 같은 충격을 받았다. 아무리 많게 봐줘도 남궁욱의 나이는 이십 대 중반에 불과했다. 지금껏 많은 고수들을 만나보고 소문을 접해봤지만 저만한 나이에 일대종사(一代宗師)에 버금가는 무공을 지녔다는 말은 들어본 적도 없었다.

'하긴, 혁련휘란 놈도 삼십 전후라고 하지 않던가.'

잠시 잊고 있었던, 천하제일인이라 인정받는 혁련휘의 존재가 떠오르자 영호무현은 아예 생각을 접어버리고 말았다.

자괴감에 빠진 영호무현의 상념은 염파의 굵직한 음성에 의해 깨졌다.

"결과엔 변함이 없겠지만 너무 많은 피해가 발생하고 있습니다. 이대로 두고만 보실는지요?"

"그럴 리가요. 절대 그럴 수는 없지요."

염파의 시선을 받은 영호용이 엷은 미소를 띠며 고개를 흔들었다. 그런 영호용의 손엔 어느새 검 한 자루가 들려 있었다.

'역시, 다르다.'

남궁욱은 그동안 최선방에서 싸우던 무인들을 뒤로 물리고 마침내 싸움에 끼어든 웅비보와 영호세가의 무인들을 상대하며 감탄을 금치 못하고 있었다. 무림맹의 사기를 올리고 협맹의 기를 꺾고자 일부러 더 잔인하게 손을 쓰고 있었지만 두려워하는 기색이 없었다. 특히 개개인의 무공이 조금 전 상대하던 무인들과는 질적으로 달랐다.

"그래 봤자 다를 건 없지."

상대가 누구든지 적이라는 데엔 변함이 없었다. 그리고 덤비는 자는 베어버리면 그만이었다. 상대보다는 자신에게 들으라는 듯 혼잣말을 내뱉은 남궁욱은 조금의 인정도 없이 검을 휘둘렀다.

바로 그때였다. 미친 듯이 움직이던 남궁욱이 무언가에 놀랐는지 돌연 행동을 멈추고 고개를 돌렸다.

'뭔가? 누군가?'

막 영호세가의 무인으로 보이는 자의 목숨을 막 취하려던 찰나 전신을 찌르르 울리는 기운이 있었다. 남궁욱은 그 힘의 주인을 찾고자 눈동자를 굴렸다. 하나 애써 찾을 필요도 없었다. 상대는 이미 그 존재를 확연히 드러내고 있었다.

"영. 호. 용."

남궁욱은 자신을 향해 천천히 걸음을 옮기고 있는 영호용을 발견하곤 살짝 입술을 깨물었다.

"보면 볼수록 놀라워. 겨우 네댓 걸음을 내디뎠을 뿐인데."

남궁욱이 일체의 행동을 멈추고 자신을 노려보자 영호용은 어이가 없었다. 둘 사이의 거리가 무려 이십 장, 일체의 살기도 없었건만 남궁욱이 자신의 존재를 알아차린 것이다.

영호용의 손끝이 호승심으로 인해 떨리기 시작했다.

용형팔검에 관정을 통해 알아낸 백무극의 무공이 녹아 들어간 지금 영호용은 자신이 과연 얼마나 강해졌을지가 너무나 궁금했다. 그것이 수많은 수하들을 두고 그가 직접 싸움에 나선 이유였다. 그렇다고 방심할 수는 없었다. 나이는 어리지만 남궁욱은 지금까지 만나보지 못한 최강의 상대였다. 처음이자 마지막이 될지도 모르는 긴장감이 영호용의 얼굴에 나타났다가 사라졌다.

둘의 기운이 너무 강렬한 것이었을까. 남궁욱과 영호용의 사이에 하나의 길이 만들어졌다. 무림맹의 인원과 협맹의 수많은 무인들이 난마처럼 얽혀 있는 전장을 관통하여 둘의 사이를 일직선으로 잇는, 근 이십여 장에 달하는 연결로였다.

남궁욱은 크게 심호흡을 했다. 그리고 자신을 향해 다가오는 영호용을 맞이하기 위해 천천히 발걸음을 움직였다.

남궁욱이 정확히 두 번째 발을 내디디려는 순간이었다.

"지금은 아니네."

모용황이 불나방처럼 덤벼드는 무인의 머리를 날려 버리곤 남궁욱의 곁으로 다가왔다.

"무슨 말씀이십니까?"

"우리의 목적은 이들과 싸우는 것이 아니지 않은가. 더 이상 머뭇거리다간 간신히 확보한 퇴로마저 막히게 되네. 그만 퇴각해야겠어."

애당초 이곳에 오게 된 것은 위기에 빠진 왕지환 등을 구하기 위함. 모용황은 그들의 안전을 확보했으니 그만 물러나자는 말이었다. 물론 영호용과의 대결을 걱정하는 마음도 담겨 있었다.

남궁욱은 대답 대신 주변을 둘러보았다. 모용황의 말대로 협맹의 무인들이 끝도 없이 밀려오고 있었다. 자칫 시간을 더 끌다간 완벽한 포위망에 갇힐 것 같았다. 그렇다고 이대로 물러설 순 없었다. 자신을 향해 영호용이 다가오고 있었기 때문이다.

영호용이 누구던가. 남궁세가를 멸문지화의 참상으로 밀어 넣은 장본인이라는 것을 떠나 협맹이라는 거대 단체의 맹주였다. 그런 그가 무슨 이유에서인지 수하들을 물리고 직접 자신을 상대하려 하고 있었다. 기회도 이런 기회가 없었다.

"먼저 피하십시오. 저는 남겠습니다."

대답과 동시에 잠시 멈췄던 남궁욱의 신형이 움직이기 시작했다. 깜짝 놀란 모용황이 남궁욱의 팔을 붙잡았다.

"무슨 소리를! 자네의 심정은 나 역시 이해는 하지만 지금은 감정적으로 대처해서는 안 되는 상황일세."

"제가 지금 감정적으로 대처하는 것 같습니까? 천만에요. 절대로 그렇지 않습니다. 저자가 비록 대를 이어 갚아야 하는 세가의 철천지원수임에는 틀림없지만 지금 같은 상황에서 어찌 사사로운 감정을 앞세우겠습니까? 복수하기 위함이 아니라 협맹의 우두머리를 제거하고자 함입니다. 지금과 같은 기회가 다시는 안 올지도 모릅니다."

어느새 다가와 둘의 대화를 묵묵히 듣고 있던 왕지환이 질문을 던졌다.

"자신있는가?"

"그, 그건⋯⋯."

일순 말문이 막힌 남궁욱은 대답을 주저했다.

"자네는 강하네. 어쩌면 무림맹의 최고 고수가 자네일 수도 있어."

왕지환의 말에 모용황 역시 수긍한다는 듯 고개를 끄덕였다.

"감당하기 힘듭니다."

"겸양(謙讓)을 차릴 필요는 없네, 공치사가 아니라 사실이 그러하니."

왕지환이 어느새 십 장 가까이 다가온 영호용에게 시선을 한 번 던진 후 말을 이었다.

"무림맹에서 영호용이나 염파 등과 겨룰 수 있는 사람이 과연 몇이나 있겠는가? 맹주께서 패퇴하시고 형산파의 장문인은 목숨을 잃으셨네. 하지만 자네의 무공이라면 가능하네. 그 말인즉 자네는 이런 곳에 홀로 남아 적에게 포위된 상황에서 승산없이 싸우다 목숨을 잃어서는 절대로 안 된다는 것이지."

"……."

"자네가 남으려는 이유가 사사로운 감정이 아니라니 그나마 다행일세. 하지만 남자는 물러날 때를 알아야 한다고 하지 않던가. 지금이 아니면 기회가 없다고 했나? 천만에. 기회는 언제든지 있네. 저자를 상대할 사람은 어차피 자네뿐이야."

왕지환의 말은 상당히 설득력이 있었다. 협맹의 최후 목표이자 무림맹의 본진이라 할 수 있는 자소궁이었다. 협맹이 돌연 회군을 결정하여 싸움이 끝나지 않는 한 영호용과는 필연적으로 부딪칠 수밖에 없었다.

아무런 대답도 없이 한참이나 영호용을 노려보던 남궁욱은 구태여 불리한 상황에서 싸울 것까지는 없다고 판단했는지 결국 몸을 돌리고 말았다. 남궁욱의 입에선 짧은 한숨이 새어 나왔다. 그래도 힘이 빠지는 것은 어쩔 수 없었던 모양이다.

"물러나는 건가. 아쉽게 되었군."

전의를 거둔 상대와 싸워봤자 흥이 나지 않을 것 같았다. 영호용은 예리한 투기를 뿜어내며 자신의 기에 호응하던 남궁욱이 돌연 모든 기세를 거두고 돌아서자 발걸음을 멈추었다.

"어차피 다시 만나게 되겠지."

최후의 관문이라 할 수 있는 오룡궁도 사실상 점령한 것이나 마찬가지였다. 늦어도 한 시진 안에 다시 보게 될 것이다.

영호용 역시 조금의 미련도 없이 몸을 돌렸다.

"벌써 팔선당까지 뚫렸단 말인가! 그곳이야말로 방어를 하기에 가장 좋은 곳이거늘."

자리에서 벌떡 일어난 조공루의 얼굴에선 경악과 불신을 넘어 이제는 황당함만이 자리 잡고 있었다.

"팔선당이 그렇게 되었다면 그에 앞서 노군당(老君堂)이 뚫렸단 말인데, 하면 노군당을 지키는 이들은 어찌 되었나? 설마… 전멸인가?"

조공루가 떨리는 음성으로 물었다.

"그렇지는 않습니다. 비록 전력 차에 의해 퇴각은 했지만 노군당에 저지선을 마련했던 위호 장문인과 많은 무인들이 무사히 귀환하고 있습니다. 하지만……."

개방의 제자들을 이용하여 전황을 살피던 왕도려가 말을 흐리자 잠시나마 안색을 회복했던 조공루의 얼굴이 굳어졌다.

"말씀해 보시게나."

조공루의 곁에 있던 상경 진인이 물었다.

"노군당을 지키고 있던 무인들이 무사했던 반면……."

왕도려가 도저히 입이 떨어지지 않는 듯 망설이자 두심언이 버럭 소리를 질렀다.

"답답하구나! 지금은 인내력을 시험할 때가 아니다! 어서 말을 하여라!"

"아, 알겠습니다."

두심언의 호통에 찔끔한 왕도려가 힘겹게 입을 열었다.

"팔선당을 지키고 계시던 이… 양빙 장문인 이하 백이십여 명의 무인들이 모두 목숨을… 잃었습니다."

엄청난 충격이 좌중을 휩쓸었다.

털썩.

넋을 잃은 조공루가 힘없이 자리에 주저앉았다.

"그게 말이 되느냐? 한참 아래에 위치한 노군당의 무인들이 무사한데 어찌 팔선당을 지키던 이들이 전멸을 한단 말이냐!"

두심언은 도저히 믿기 어렵다는 듯 왕도려를 다그쳤다.

"산을 크게 우회한 일단의 무리가 노군당으로 지원 병력을 보낸 틈을 타 기습 공격을 했다고 합니다."

"팔선당이라면 지리적으로 공격하기가 몹시 힘든 곳이네. 우측으론 깎아지른 듯한 절벽이 가로막고 있고 좌측엔 검하(劍河)의 물줄기가 보호하고 있어 말 그대로 천혜의 요새라고 할 수 있지. 오죽했으면 협맹이 지난번 공격에서 팔선당을 제외시켰겠는가? 팔선당은 기습을 받아 지키는 자들이 전멸할 만큼 만만한 곳이 아니야. 결단코! 혹여 잘못된 정보가 아닌가?"

상경 진인의 음성엔 불신의 빛이 가득했다.

"저 또한 믿고 싶지 않습니다. 하나 팔선당이 협맹에 의해 점령했다는 것과 그곳을 지키는 이들이 전멸을 당했다는 것은 모두 사실입니다. 팔선당은 분명 암혼대의 기습에 의해 무너졌습니다.”

“허!”

두심언의 입에서 탄식성이 흘러나왔다.

무림맹으로 올라오는 모든 정보를 관장하는 두심언은 물론이고 무림맹의 수뇌들은 암혼대의 실력을 확실하게 인지하고 있었다. 과거의 흑영과 마찬가지로 혹독한 훈련 속에서 탄생한 실력자들, 왕도려의 입에서 암혼대의 이름이 거론되자 모두들 입을 다물고 말았다.

“그렇다면 그자들은 어찌 되었는가? 그들이 팔선당을 점령했다면 퇴각하는 노군당의 무인들 역시 무사하지 못했을 것인데.”

한참 만에 침묵을 깬 상경 진인이 질문을 했다. 팔선당이 점령당했는데 노군당의 무인들이 무사하다는 것이 이해가 가지 않았다.

상경 진인의 질문에 왕도려의 눈시울이 붉어졌다.

“비록 기습을 받았지만 일방적으로 당하지는 않습니다. 암혼대의 대원 중 살아남은 사람도 고작 열 명 내외였습니다. 특히 이양빙 장문인 주변엔 무려 십여 명이 넘는 적이 쓰러져 있었다고 합니다. 살아남은 놈들은 퇴각하던 위호 장문인 등에 의해 모조리 죽임을 당했고요.”

“무량수불!”

열 명도 넘는 적에게 둘러싸여 홀로 고군분투했을 이양빙을 생각하자 가슴이 찢어질 듯 아파왔다. 도호성과 함께 안타까움으로 물들었던 상경 진인의 눈이 감겼다.

“오룡궁 쪽은 어찌 되었는가?”

한참 동안이나 정신을 차리지 못하고 있던 조공루가 겨우 마음을 진정시키고 물었다.

"다행히 늦지는 않았다고 합니다. 남궁 가주와 모용 가주께서 왕지환 장로 이하 이십여 명의 생존자를 구하고 윤희암(尹喜巖) 쪽으로 무사히 퇴각했다고 합니다."

"그나마 다행이군."

조공루가 안도의 한숨을 내쉬었다. 하나 상경 진인은 고개를 흔들었다.

"팔선당이 점령을 당했다면 그쪽도 위험합니다. 이곳을 공격하기 위해 저들은 나누었던 병력을 곧 합칠 것입니다. 그리고 장소는 윤희암이 유력합니다. 자칫 잘못하면 양쪽에서 협공(挾攻)을 당할 수가 있습니다."

"하오시면?"

"철수해야 합니다, 그것도 당장."

상경 진인의 말이 끝나기가 무섭게 조공루의 명령이 이어졌다.

"모용 선배님께 당장 전갈을 하게, 최대한 신속히 퇴각을 하시라고."

어느새 일어선 왕도려가 명을 받고 몸을 돌렸다.

"행여 그곳에 남아 계실 생각을 하신다면 맹주의 명이라 전하시게. 당부가 아니라 반드시 명령이라 전해야 하네."

조공루는 선배에 대한 예의가 아니었지만 자존심이 강한 모용현이 고집을 부릴까 염려하여 맹주의 지위를 들먹였다. 하나 누구 한 사람도 그것을 탓하지 않았다. 그들 역시 모용현의 고집을 알고 있었기 때문이다.

*　　　*　　　*

천주봉에서 남서쪽으로 십 리 정도 떨어진 지점에서 능선을 타고 급히 산을 오르는 무리들이 있었다.

"저는 도저히 이해를 못하겠습니다."

선두에서 수하들을 이끌고 있는 초정이 고개를 돌렸다. 이해를 못하겠다는 말만 벌써 십수 번, 끝까지 침묵으로 일관하던 화악산이 처음으로 말문을 열었다.

"도대체 뭐를 이해 못하겠다는 말이냐?"

이때만을 기다렸다는 듯 재빨리 화악산의 곁으로 다가온 초정이 질문을 해댔다.

"지금쯤이면 무림맹 놈들하고 한창 싸움이 벌어지고 있을 것입니다."

"그렇겠지."

"지난번 형산에서도 그랬습니다. 다른 놈들이 신나게 싸움을 할 때 우리 주작대만 죽어라 절벽을 올랐습니다."

"그래서?"

되묻는 화악산의 음성에 짜증이 묻어났다. 그것을 못 느낄 초정이 아니었지만 이왕 내친걸음, 하고 싶은 말은 다 해야겠다고 마음먹고는 계속해서 불만을 토로했다.

"한데 우리만 여기서 무엇을 하는 것입니까? 싸움은 고사하고 고작 죽을 날만 기다리는 늙은이를 잡기 위해서 가고 있지 않습니까?"

"닥쳐랏!"

버럭 소리를 지른 화악산의 몸에서 엄청난 살기가 뿜어져 나왔다.

"죽어가는 늙은이라니! 아무리 막돼먹은 놈이라도 말버릇이 그게 뭣

이더냐! 지금은 비록 적이지만 운학 진인은 너와 나 같은 인간이 함부로 욕할 분이 아니다. 현 무림에서도 그분만한 어른이 없고 무림인은 물론이고 세인들에게까지 칭송을 받는 분이다. 그분을 모시라는 명을 내리신 맹주께서도 예를 다하라고 신신당부를 하셨건만, 어디서 그 따위 망발을!!"

"죄, 죄송합니다."

화악산의 분노가 의외로 대단하다고 느꼈는지 초정이 재빨리 용서를 구했다.

"행여나 그분 앞에서 그 따위 언행을 한다면 가만두지 않을 것이다!"

"명심하겠습니다."

기가 죽어 자라목처럼 움츠러든 초정이 기어들어 가는 음성으로 대답했다.

"알았으면 됐다."

사람이 보통 이 정도로 혼났으면 당분간은 말도 꺼내지 않을 것이건만 초정은 달랐다. 화악산의 화가 조금 누그러들었다고 생각한 순간 재빨리 질문을 던졌다.

"하지만 이해할 수가 없습니다."

"또 뭐가 말이냐!"

화악산의 눈에서 재차 불길이 치솟았다.

"그 늙… 아니, 운학 진인께선 무공을 잃으신 것으로 알고 있습니다."

화악산은 두고 보겠다는 식으로 노려보며 다음 말을 기다렸다.

"그런데 도대체 뭐가 무서워서 주작대원 전체가 움직이는지 모르겠습니다. 사십이 넘는 인원이 말이지요. 예를 차린다고 해도 너무 과한 인원이 아닌가 싶습니다."

자신의 의견이 나름대로 논리가 있다고 생각한 초정은 벌써부터 예전의 안색을 회복하고 있었다. 하나 돌아온 것은 화악산의 핀잔뿐이었다.

"너 같으면 어찌하겠느냐?"

"예?"

"지금과 같은 상황에서 집안의 가장 어른이자 정신적 지주이신 분의 안전을 그냥 내팽개치겠느냐?"

"그, 그게……."

초정은 딱히 답할 말을 찾지 못했다.

"우리가 그분을 모시기 위해 이렇듯 움직이듯이 무림맹 또한 그분 주변에 많은 무인들이 파견했을 것이다. 그렇지 않느냐?"

"그, 그렇습니다."

"그럼 뭣 하고 있는 것이냐? 당장 길을 재촉하지 않고!"

초정이 무안한 표정으로 몸을 돌렸다.

"도대체 그런 머리로 무공은 어찌 익혔는지… 쯧쯧쯧."

화악산의 혀 차는 소리가 무당산 전체를 울릴 정도로 넓게 퍼졌다. 여기저기서 키득거리는 소리가 들려왔다.

"이것들이!"

초정은 어디 웃어보라는 듯 두 눈을 부라리며 수하들을 위협했다. 바로 그때 화악산의 무시무시한 경고가 날아들었다.

"다시 한 번 쓸데없는 말로 시간을 지체하게 만들면 아예 그 혓바닥을 뽑아버릴 테니 그리 알아라."

눈을 부라리던 초정은 찍소리도 못하고 고개를 숙였다. 그리곤 운학 진인의 거처를 향해 황급히 걸음을 옮겼다.

그런데 운학 진인의 거처를 찾는 사람은 이들 주작대뿐만이 아니었다. 그들과 정반대되는 지점에서 움직이는 사내들.

삼첩장을 떠나 마침내 무당산에 도착한 혁련휘 등도 운학 진인을 만나기 위해 과거 혁련휘가 지내던 초가를 향해 걸음을 재촉하고 있었다.

"손님이 왔는데 대접할 것이 없군. 술이라도 있으면 좋겠지만 그것도 없고 있는 것이라곤 직접 재배한 차뿐이네. 들어보게."

"감사합니다."

화악산은 운학 진인이 따라주는 차를 공손하게 받아 들었다. 그리곤 잠시 차 향을 음미했다.

"향이 참 좋습니다."

"그런가? 좋다니 다행이군."

"빛깔은 더욱 좋군요."

"어차피 풀잎 색이네."

화악산은 뜨거운 차를 술잔의 술 비우듯 단숨에 마셔 버렸다. 운학 진인이 빈 찻잔을 다시 채웠다.

"사실 저는 차 맛을 잘 모릅니다. 남들은 한두 개도 아니고 여러 종의 차를 놓고 이러쿵저러쿵 말도 하지만 제가 느끼기엔 다들 그게 그것 같아서."

뜨거웠는지 두어 번 헛기침을 한 화악산이 겸연쩍은 미소를 지으며 말했다. 운학 진인도 넉넉한 미소를 지으며 대꾸했다.

"허허허, 나 역시 마찬가지라네. 그냥 향이 좋고 입가에 맴도는 뒷맛이 깔끔해서 즐길 뿐이지."

운학 진인과 화악산은 집주인과 그를 찾아온 손님처럼 평범한 대화를 한참이나 나누었다. 그렇게 반 시진가량이 흘러갔다.

"지금쯤 치열하게 싸우고 있겠군 그래."

화악산이 네 번째 찻잔을 비우는 것을 확인한 운학 진인이 지나가는 어투로 물었다. 이번 역시 단숨에 잔을 비운 화악산이 조심스레 잔을 내려놓았다.

"그렇습니다."

"어떠리라 생각하나?"

"지금까지는 협맹이 우위를 잡고 있습니다. 물론 앞으로도 그리되리라 봅니다."

운학 진인의 안색이 살짝 어두워졌다.

"그런가? 대충 돌아가는 얘기는 들어 알고 있었지만 협맹이 많이 강한 모양이군."

"협맹이 강한 것보다는 무림맹이 약해졌습니다."

"하긴, 당가와 남궁세가가 빠졌으니."

운학 진인은 흑영에 의해 초토화된 당가와 남궁세가를 떠올리며 씁쓸한 미소를 지었다.

"보아하니 혼자 온 것 같지도 않은데 너무 오래 기다리게 한 것은 아닌가?"

화악산이 정색을 하며 말을 받았다.

"아닙니다."

"이제 말해 보게, 자네가 이곳에 무엇 때문에 왔는지. 큰 싸움을 앞두고 이렇게 외진 곳까지 오게 된 이유를 말일세."

올 것이 왔다고 생각한 화악산이 벌떡 일어나더니 옷매무새를 만졌다.

“맹주님의 명을 받아 어르신을 모시러 왔습니다.”

“어르신은 무슨. 그냥 선배라 부르게. 어쨌든 나를 데리러 왔다는 말인가?”

“그렇습니다.”

“허허, 다 늙어 아무런 힘도 없는 나를? 무엇 때문에?”

힘이 없다는 운학 진인의 말에 화악산은 강하게 고개를 흔들었다.

“송구합니다만 물으시니 사실대로 말씀드리겠습니다. 어르신, 아니, 노선배님께선 부정하시되 선배님의 말씀 한마디에 아직도 천하가 움직입니다. 심지어 협맹에 힘을 보태고 있는 문파에서도 동요하는 기운이 생길 것입니다. 힘이 없으시다니요! 저희 맹주님은 수백의 무인들보다 선배님 한 분의 존재가 더욱 거대한 장벽이라 하셨습니다.”

“옛날이라면 모를까 지금은 그런 칭찬에도 별 감흥이 일지 않는군. 자, 얼굴에 금칠은 그만 하고 솔직하게 말해 보게. 내가 부담스럽다는 것인가? 다시 전면에 나설까 봐?”

정곡을 찌르는 질문이었다.

이번 무당파의 싸움으로 무림맹을 완전히 몰락시키고 무림을 장악할 생각이었던 협맹의 수뇌들이 가장 염려하며 두려워하는 것은 무당산에 모인 무림맹의 무인들이 아니라 이미 은퇴를 선언하고 은거한 운학 진인이었다.

문파를 떠나 전 무림인에게 존경과 추앙을 받는 운학 진인이 세를 일으켜 협맹과 대항할 마음을 먹는다면 그보다 골치 아픈 일은 없었다. 특히 잡초와도 같은 끈질긴 생명력으로 수백 년의 전통을 이어온 칠파일방이 운학 진인의 영도 아래 어떻게 변모할지는 지난 혈성과의 싸움이 명백하게 보여주고 있었다. 협맹으로선 가히 상상조차 하기 싫은

일. 해서 영호용은 운학 진인의 신병을 확보해 그와 같은 일은 사전에 막고자 한 것이었다.

"그렇습니다. 협맹에서는 노선배님께서 다시 무림에 나서는 것을 원치 않습니다."

"나갈 생각도 없네."

"……."

잠시 입을 다물었던 운학 진인이 질문을 했다.

"내가 자네를 따라가지 않으면 어찌 되는 것인가?"

"쉽게 응하시리란 생각은 하지 않았습니다. 사실 주변에 많은 무인들이 배치되어 힘든 싸움이 될 것이란 각오도 했었습니다만……."

화악산은 바짝 긴장하며 접근하던 초정이 허탈해하던 모습을 잊을 수가 없었다.

"그것만 보아도 자네들이 나를 과대평가하는 것을 알 수 있지 않은가. 무림맹에선 벌써 나를 잊었네."

하지만 그것은 사실이 아니었다.

상경 진인은 어떻게든 호위무사를 두려 했지만 운학 진인이 이를 거부했다. 곤란할 때마다 가끔씩 써먹었던 장문인의 지위도 이번 일에서만큼은 통하지 않았다. 운학 진인은 자신의 거처에 무인들이 배치되는 것을 발견할 때마다 상경 진인을 불러 호통을 쳤다. 협맹이 언제 도발할지 모르는 상황에 자리를 비우고 계속해서 불려 다닐 수만은 없었던 상경 진인은 결국 운학 진인의 고집에 두 손을 들고 말았다.

"노선배를 반드시 모셔오라는 맹주님의 명이 있었습니다."

"거부한다면 힘으로라도 끌고 갈 생각이군."

"부인하지 않겠습니다. 죄송합니다."

화악산이 살짝 허리를 굽히며 용서를 빌었다.

"뭐, 자네가 죄송할 것이 무에 있겠나. 명령이라 따르는 것이겠지. 하지만 그래도 거부한다면 어찌하라던가. 내 목숨이라도 거두라던가?"

"절대로 그런 일은 없습니다."

아무리 협맹의 세력이 강맹하다 하더라도 미치지 않고서야 그런 명령을 내릴 수는 없었다. 어쩌면 무림맹이 아니라 전 무림을 적으로 돌려야 할지도 모르는 일이었다. 사람들은 아직도 암흑의 구렁텅이에 빠졌던 무림을 구한 운학 진인의 업적을 잊지 않고 있었다.

"그럼 어찌해야 하는가? 나는 이곳을 떠날 생각이 없고 강제로 끌려가고 싶은 생각은 더 더욱 없네. 비록 내공을 폐하긴 했지만 이 한 목숨 거둘 정도는 되지. 자네들도 나를 해칠 생각은 없다고 하니……."

자신의 운명을 논하면서도 운학 진인은 마치 남의 애기를 하는 듯 담담하기 그지없었다.

"맹주님께서 명령을 내리시길 무슨 일이 있어도 노선배님을 모셔오라 하셨습니다. 하나 그것이 정히 힘들다면 아예 산을 내려오지 말고 노선배님을 편히 모시라 하셨지요."

돌려 말하기는 했지만 가택 연금(家宅軟禁)을 하겠다는 소리였다. 엷은 미소가 맴돌았던 운학 진인의 얼굴에서 웃음이 사라졌다.

"지금 이 시간부터 노선배님의 수발은 저희가 책임지겠습니다. 싸움이 끝난 이후 다른 이들이 노선배님을 좀 더 편안히 모시겠지만 당장은 어쩔 수 없습니다. 대신 심기를 불편케 해드리는 행동은 없을 것입니다. 부탁드리오니 제발 저희가 편히 모시도록 도와주십시오."

엄청난 자신감이었다. 화악산은 협맹이 승리를 거둘 것은 기정사실화하고 있었다. 자신들이 양보할 수 있는 최후의 선까지 조건을 제시

한 화악산은 운학 진인의 대답을 기다리고 있었다.

그런데 대답은 그의 뒤, 전혀 엉뚱한 사람에게서 들려왔다.

"웃기고 있군."

"웬 놈이냐!"

깜짝 놀란 화악산이 전광석화같이 검을 빼며 몸을 틀었다.

"몰라도 된다."

음성의 주인공은 홍자성이었다.

"남의 집에 와서 웬 놈이냐고 묻는다는 것이 우습지 않소?"

화악산이 검을 치켜세우거나 말거나 전혀 신경도 쓰지 않은 혁련휘가 옷에 묻은 먼지를 툭툭 털어내며 물었다.

'도대체 이자들은 누군가?'

화악산은 자신에게 벌어진 일을 이해하지 못하고 있었다.

아무리 방심을 하고 있었다지만 이토록 가까이, 그것도 한두 사람도 아니고 네 명이나 되는 인원이 접근하도록 눈치를 못 챘다는 것은 도저히 있을 수 없는 일이었다. 더구나 집 주변은 수하들이 철통같이 감시하고 있었다. 그런데도 아무런 소란이 없었다는 것은 그들 역시 이들의 존재를 감지하지 못했다는 것. 한마디로 눈앞에 나타난 괴인들이 주작대원들은 물론이고 자신의 이목까지 속일 만큼 고수라는 소리였다.

화악산의 등에서 벌써부터 식은땀이 흘러내렸다.

"누구냐고 물었다!"

화악산은 당장 검을 휘두를 듯 살기를 뿜어내며 소리쳤다. 하지만 돌아오는 것은 홍자성의 빈정거림이었다.

"곧 죽을 놈이 그건 알아서 무엇 하게."

너무 어이가 없으면 말을 잇지 못하는 법이었다. 화악산이 기가 막힌 눈으로 홍자성을 쳐다보았다.

그사이 화악산을 지나친 혁련휘가 반가움에 몸을 떠는 운학 진인에게로 걸어갔다. 막아야 한다는 생각을 하였지만 거대한 힘에라도 눌린 듯 화악산은 움직이지 못했다.

“오랜만에 뵙겠습니다, 영감님.”

의자에 털썩 주저앉은 혁련휘가 친근한 미소를 띠며 인사했다.

“그렇구나. 허허.”

운학 진인은 뭐라 말을 잇지 못했다. 그저 나오느니 웃음뿐이었다.

＊　　　＊　　　＊

자소궁에서 직선으로 이백여 장 아래에 위치해 있는 윤희암.

오룡궁을 점령하고 곧바로 북상하던 협맹의 무인들은 윤희암까지 아무런 피해도 보지 않고 점령할 수 있었다. 협공당할 것을 우려한 조공루의 명으로 그곳을 지키던 무림맹의 무인들이 일제히 퇴각했기 때문이었다.

그리고 정확히 이각 후, 동쪽 능선을 타고 북상하던 은성장의 무인들도 모든 길을 뚫어내고 합류를 했다.

잠시 휴식을 취하고 있던 영호용과 염파는 은성장이 도착했다는 말에 친히 나가 전사림을 반겼다.

“고생하셨습니다. 은성장의 무인들이 엄청난 활약을 했다고 들었습니다.”

“허허, 무슨 말씀을. 저희들이야 그저 낭인들을 이용해 손쉽게 승리를 거두었지요. 그다지 피해도 입지 않았습니다. 피해라면 팔선당을 공격했던 암혼대가 저들과 양패구사(兩敗俱死)한 것이 가장 큰 피해였습니다."

암혼대의 일을 거론하며 잠시 얼굴을 찡그린 전사림은 곧 힘찬 어조로 말을 이었다.

"오히려 이곳의 싸움이 치열했다 들었습니다. 적의 저항이 대단했던 모양입니다."

"제법 만만치 않았습니다. 피해도 꽤 보았지요."

"저들 역시 죽기 살기로 덤벼드니 어쩔 수 없는 노릇이지요. 그나마 다행이라면 전력엔 별 이상이 없다는 겁니다."

맞장구를 치는 염파의 음성이 다소 낮아졌다.

전력엔 이상이 없다는 말은 협맹의 주력이라 할 수 있는 영호세가와 웅비보의 피해가 거의 없었다는 것을 의미했다. 사상자가 얼마가 나오든지 두 문파의 제자들만 무사하면 협맹의 힘은 고스란히 보존된 것이나 다름없다는 염파의 말에 전사림은 쓴웃음을 짓고 말았다.

"그건 그렇고, 그들은 어찌 처리하셨습니까?"

영호용이 염파와 마찬가지로 음성을 낮추며 물었다. 영호용이 말하는 그들이란 다름 아닌 돈을 주고 고용한 낭인들, 이미 싸움 전에 그들을 제거하기로 결정을 보았기에 묻는 것이었다.

"따로 손쓸 필요도 없었습니다. 싸움이 끝나갈 무렵 생존해 있던 자들이 고작 스무 명도 안 되었으니까요. 다들 워낙 깊은 상처를 입어 그냥 놔두어도 살아남기 힘들어 보였습니다."

"그래도 마무리는 확실히 지어야 하는 법입니다."

영호용이 다소 염려스런 표정으로 말했다.

“물론입니다. 고통에 신음하느니 차라리 편히 보내주라고 명을 내렸습니다. 그것이 그들이나 우리들에게 좋은 일일 테니까요.”

담담한 전사림의 대꾸에 영호용이 멋쩍은 웃음을 흘렸다.

“허허허, 제가 공연한 걱정을 한 모양입니다. 장주께서 어련히 잘 처리하셨을 것을. 자, 어쨌든 이곳까지 왔습니다. 이제 마지막입니다.”

영호용의 고개가 어느덧 달빛 아래 지붕의 자취만 아련히 드러내고 있는 자소궁으로 향해지고 염파와 전사림의 시선도 그 뒤를 따랐다.

잠깐의 침묵이 흘렀다.

“언제 치실 생각입니까?”

침묵을 깨고 염파가 물었다. 천천히 고개를 돌린 영호용이 전사림을 바라보았다.

“우리들이야 충분히 쉬었지만 은성장의 무인들은 그렇지 못했습니다. 호흡을 가다듬을 여유는 있어야겠지요.”

하지만 전사림의 생각은 달랐다.

“어차피 해야 하는 싸움, 이 밤이 가기 전에 끝냈으면 좋겠습니다.”

“하면?”

“지금 즉시 공격을 했으면 합니다.”

“너무 빠르지 않겠습니까?”

염파가 즉시 반문을 했다.

“양쪽 합해 거의 사천에 이르는 인원입니다. 자소궁이 아무리 넓어도 그만한 인원이 한꺼번에 모두 다 싸울 수는 없습니다. 그렇다고 딱히 포위 공격을 하기도 좋지 않은 지형이라…….”

“하긴, 형산에서의 싸움도 그랬지요.”

염파가 좁은 지형 때문에 번갈아가며 병력을 투입했던 기억을 떠올리며 맞장구를 쳤다. 뒤를 이어 영호용이 질문을 했다.

"그렇다면 장주님의 생각은 우리가 먼저 공격하면 휴식을 취한 은성장이 그 뒤를 받치겠다는 말씀이십니까?"

"그렇습니다. 하나 어차피 선봉은 다른 이들이 서지 않겠습니까? 영호세가나 웅비보가 나설 때쯤이면 저희 은성장 또한 함께하게 될 것입니다."

"하하, 세 문파의 힘이라면 가히 천하무적이지요. 알겠습니다. 지금당장 공격의 명을 내리겠습니다."

영호용이 흔쾌히 말하며 고개를 끄덕였다. 그리고 정확히 반 각 후, 은성장을 제외한 협맹의 무인들이 자소궁을 향해 일제히 이동을 시작했다.

"동쪽 능선에서 이양빙 장문인 이하 이백십사 명, 서쪽은 칠십팔 명이 목숨을 잃었습니다."

보고를 하는 왕도려의 음성은 침울했다. 그것은 듣고 있는 사람들도 마찬가지였다.

"삼백에 가까운 인원을 잃었군. 실종자는 없나?"

영호용의 물음에 왕도려가 고개를 흔들었다.

"없습니다."

"적의 수는 얼마나 줄었느냐?"

왕도려는 이어지는 두심언의 말에 들고 있던 몇 장의 서찰을 바삐 넘기며 수를 헤아렸다.

"팔백이 조금 못 되는 것으로 보입니다."

"후~ 그나마 다행입니다. 생각보다 많은 피해를 입힌 것 같군요."

섭소능이 애써 밝은 얼굴로 말했다. 하지만 이어지는 왕도려의 말은 섭소능의 반응을 무안케 만들었다.

"드러난 사실로는 그렇지만 예상에 없던 괴인들, 협맹이 돈을 주고 고용한 것으로 보입니다만 아직 정체가 정확하게 드러나지는 않았습니다. 그들 삼백을 제외하고 나면 오백이 채 안 되는 수입니다. 더구나 협맹의 주력이라 할 수 있는 영호세가, 은성장, 웅비보 무인들의 피해는 극히 미미합니다."

"항상 그런 식이지요. 모르긴 몰라도 이번에도 자신들이 아닌 힘없는 군소문파의 무인들을 앞장세울 것입니다. 비겁한 놈들 같으니!"

이양빙의 죽음을 막지 못했다는 안타까움을 가슴속에 담아두고 있던 위호가 분통을 터뜨렸다.

"어쨌든 삼백에 팔백, 아니, 오백이라 했던가요. 그리 크게 손해 본 것은 아니니 실망할 필요는 없다고 생각합니다."

"손해라… 삼백이니 오백이니 하는 숫자놀음은 치우시게. 우리가 지금 물건을 사고파는 장사치들이던가. 사람의 목숨이야, 사람의 목숨."

모용현의 나직하면서도 은근한 분노가 실린 음성이 회의실의 분위기를 숙연케 만들었다. 괜히 입을 잘못 놀렸다가 망신을 당한 섭소능은 고개를 들지 못했다.

한참 동안 아무도 입을 열지 못했다.

"아미타불! 고정하시지요. 섭 장문인께선 다만 사태를 너무 비관적으로 보지 말자는 뜻에서 그리 말씀하신 것 같습니다."

보다 못한 광료 대사가 섭소능을 두둔하고 나섰다. 말을 해놓고도 자신이 조금 과했다고 여기던 모용현이 길게 한숨을 내쉬었다.

“후~ 미안하네. 내 어찌 자네의 마음을 모르겠는가? 하도 답답해서 그랬던 것 같네. 용서하시게.”

“아, 아닙니다. 제가 너무 함부로 입을 놀렸습니다.”

모용현의 사과를 받은 섭소능은 도리어 부끄러움에 몸 둘 바를 몰랐다.

“자, 다들 그만 하시지요. 지금은 곧 들이닥칠 협맹의 공격을 어찌 막아낼 것인지 대책을 세워야 할 때입니다. 모든 것이 계획대로만 되는 것이 아니나 계속 연구하고 논의하여 보다 완벽한 승리의 대책을 세워야 합니다.”

맹주인 조공루가 있었지만 장소가 장소이니만큼 싸움에 대한 계획은 대부분이 상경 진인의 의도대로 계획되고 준비되었다.

“우선 적의 힘이 집중될 중앙은 저희 무당파에서 책임을 지겠습니다. 좌측은······.”

상경 진인의 주도로 시작된 회의는 한참이나 이어졌다. 어차피 새로운 계획은 아니었다. 하나 혹여 흘려들은 것이 있지나 않은지 모두들 긴장된 음성으로 묻고 답했다.

“…하지만 모든 것이 우리의 예상대로 진행되리라는 법은 없습니다. 그저 최선을 다하되 결과는 하늘에 맡겨야겠지요.”

결과를 하늘에 맡긴다는 상경 진인의 말을 끝으로 회의는 끝이 났다.

상경 진인의 말이 끝나기를 기다렸다는 듯 몸을 일으킨 모용현이 남궁세가의 가주로서 회의에 참석은 했지만 회의실 한쪽 구석에 앉아 지금껏 한마디도 하지 않고 있던 남궁욱에게 다가갔다.

“자신있느냐?”

모용현이 대뜸 질문을 던졌다. 나이는 어려도 남궁욱은 엄연한 남궁세가의 가주였다. 이 자리의 그 누구도 함부로 하대를 하지 못했다. 하지만 모용현은 달랐다. 그에게 남궁욱은 친손자나 다름없었다.

"모르겠습니다."

"어쩨 자신없다는 말로 들리는구나."

모용현이 다소 짓궂은 표정을 지었다. 남궁욱의 입가에 슬쩍 미소가 그려졌다.

"그렇지는 않습니다."

"그래, 그런 자신감을 가져야 한다. 영호용이 강하다지만 너 또한 강하다. 그런 자신감이라면 능히 그자의 목을 베어 먼저 간 식솔들의 원수를 갚을 수 있을 것이다. 또한 너의 활약 여부에 따라 전황이 바뀔 수도 있음을 기억하여라."

"명심하겠습니다."

남궁욱이 공손히 대답했다.

"네게 이런 중책을 맡겨야 하는 우리의 무능을 용서해라."

"아, 아닙니다. 기대에 못 미칠까 그것이 두려울 뿐입니다."

당황한 남궁욱이 황급히 대답했다. 그런 남궁욱을 보는 모용현의 눈가에 안타까움이 스쳐 지나갔다.

바로 그 순간이었다.

멀리서부터 웅성거리는 소리가 들려왔다. 그리고 그 소리는 순식간에 거대한 함성으로 변해 버렸다.

덜컹.

화급하게 문을 열고 들어온, 모든 이의 시선을 받은 천강이 상경 진인에게 다가갔다.

"시작되었느냐?"

“그렇습니다.”

“알았다. 물러가거라.”

천강은 올 때와 마찬가지로 바람과 같이 회의실을 빠져나갔다. 몇몇 인원이 천강을 따라 회의실을 나섰다. 가장 앞선 사람은 단연 남궁욱이었다.

“생각보다 빠릅니다.”

급히 몸을 일으킨 조공루가 말했다.

“그만큼 저들도 조급한 것 아니겠나. 자, 이러고 있을 것이 아니라 모두들 나가세.”

말을 마친 두심언의 몸은 벌써 회의실을 벗어나고 있었다. 그의 뒤를 따라 무림맹의 수뇌들이 분분히 몸을 날렸다.

“조급함이 아니라 어쩌면 절대적인 자신감일지도…….”

두심언을 뒤따르기 전에 상경 진인이 남긴 말이었다.

제32장
결자해지 (結者解之)

결자해지

어이없는 표정으로 홍자성을 쳐다보던 화악산의 시선이 그의 등 뒤에 서 있는 송백령과 관정에게 향했다.

'저, 저자는……!'

화악산의 눈이 화등잔마냥 커졌다.

'관정! 관정이다!'

영호세가서 봤을 때보다 훨씬 깡마르고 수척했지만 지그시 눈을 감고 벽에 몸을 기대고 있는 사람은 틀림없는 관정이었다.

'그렇다면 이들은?'

경악에 물든 화악산의 눈이 혁련휘에게 향했다.

"설… 마 흑영인가?"

혁련휘가 피식 웃음을 터뜨렸다.

"그렇게 무서운 표정으로 물어보면 대꾸하기도 뭐하지 않소. 어쨌든

정확하오. 어찌 알아봤는지는 모르겠지만. 아, 관정이 있었군. 관정을
보고 우리를 알아본 모양이구려."

관정을 언급하는 혁련휘의 눈빛에서 순간적으로 살기가 스쳐 지나
갔다.

"그렇군. 역시 흑영이었어."

화악산은 그제야 한 가지 의문을 해결할 수 있었다. 이들이 어찌하
여 수하들은 물론이고 자신의 이목까지 완벽하게 속이고 접근했는지.
다른 사람은 몰라도 흑영이라면 문제도 아닐 것이다.

'어찌해야 하는가?'

앞으로가 문제였다. 무슨 이유로 이곳에 나타났는지 이유는 알 수
없었지만 자신들에게 좋은 일은 아니라는 것만은 확신할 수 있었다.
화악산은 초긴장 상태로 느긋하게 찻잔을 드는 혁련휘를 쳐다보았다.

바로 그때였다.

꽝!

안과 밖을 격리하던 문짝이 산산조각이 났다. 화악산의 외침에 단
한 번의 발길질로 문을 부수고 들어오던 초정은 방 안에 낯선 사람들
이 있는 것을 발견하고는 재빠르게 뒤로 물러났다.

"네놈들은 누구냐!"

초정이 검을 들이대며 물었다.

"하, 우두머리나 부하나 하는 짓들이 영."

"정말 궁금한 것도 많은 놈들일세. 조금만 기다리면 알게 될 것을
그사이를 참지 못하고 꼭 이렇게 귀찮게 해야 되겠냐?"

송백령의 짜증 섞인 음성에 이어 몇 개의 물건이 허공을 갈랐다.

쉬이익!

눈으로 따라잡기가 불가능할 정도의 빠른 속도였다.

자신을 향해 날아오는 것이 일종의 암기라 생각한 초정의 입에서 냉소가 터져 나왔다.

"감히 이따위 잔재주로!"

초정이 비스듬히 들고 있던 검을 휘둘렀다. 그 어떤 것의 접근도 용납하지 않겠다는 듯 빠르면서도 현란한 솜씨였다. 하지만 박살난 문을 통해 날아온 물건들은 단순히 암기와는 차원이 달랐다.

쿵쿵쿵!

초정의 몸이 단숨에 삼 장이나 밀려 나갔다. 중심을 잡기 위해 애를 썼는지 그가 지나간 자리엔 한 치나 되는 발자국이 생겨났다.

초정은 그렇게 열두 걸음이나 뒷걸음질치고서야 겨우 신형을 안정시킬 수 있었다.

"이, 이건!"

겨우 중심을 잡고 자세를 가다듬은 초정은 자신을 공격했던, 주변에 널린 나무 파편을 보며 경악했다. 자신의 검에 가로막혀 그리된 것인지 아니면 처음 발길질에 그리 잘게 부서진 것인지 손가락보다 조금 커 보이는 나뭇조각들이었다.

치욕감에 고개를 들 수가 없었다. 상대의 무기는 날카로운 예기를 뽐내는 검도 아니고 묵직한 힘의 도(刀)도 아니었다. 그렇다고 치명적인 극독을 지니고 있는 매서운 암기도 아니었다. 그런데 손아귀를 찢을 듯한 고통은 무엇이며 충돌의 여파는 무엇이란 말인가.

"호오, 대단한 실력. 그걸 막을 줄은 몰랐는데."

초정이 문을 박살 내는 순간 자신의 얼굴로 날아든 몇 개의 조각들을 낚아채 역으로 공격했던 송백령이 짐짓 놀랍다는 듯 엄지를 치켜세웠다.

"네놈이 하는 일이 그렇지 뭐. 그나저나 어떻게 할까? 낌새를 보아 하니 떼거지로 덤벼들 것 같은데."

그것 하나 제대로 못하느냐는 듯 못마땅한 표정으로 송백령을 흘겨 보던 홍자성이 혁련휘에게 물었다.

"알아서들 해."

혁련휘는 귀찮다는 듯 손을 휘휘 내저었다. 그러다가 한마디를 더했다.

"시간없다는 것은 알지?"

아무렇게나 툭 내뱉은 혁련휘의 말, 초정 이하 주작대원들에겐 사형 선고나 마찬가지였다.

홍자성을 필두로 송백령이 나서고 관정이 그 뒤를 따랐다. 그들이 밖으로 나가는 것을 확인한 운학 진인이 얼굴을 찡그리며 물었다.

"꼭 피를 봐야 하느냐?"

"그렇지는 않습니다. 우리를 귀찮게 하지만 않는다면……."

혁련휘는 대답과 함께 화악산에게 의미심장한 미소를 보냈다.

"지금 즉시 물러난다면 상관하지 않겠소. 짐작하고 있겠지만 절대로 승부가 되지 않는 싸움이오."

"……."

"늦으면 되돌릴 수 없소. 한번 손을 쓰기 시작하면 나도 말리기 힘 드니까."

하지만 화악산은 쉽게 결정을 내리지 못했다. 그도 힘든 싸움이 되 리라는 것은 알고 있었다. 흑영이 지금껏 지나온 길을 돌이켜 보건대 사십이 넘는 주작대의 인원은 결코 많은 수가 아니었다. 그렇다고 이대로 물러날 수는 없었다. 그리되면 반드시 운학 진인의 신병을 확보하라는 맹주의 명을 어기는 것뿐만이 아니라 지금껏 지켜온 주작대의 자존심을 깡그리 무너뜨리는 것이었다.

"주작대는 목숨을 구걸하지 않는다."

"잘났소."

그럴 줄 알았다는 듯 혁련휘의 냉랭한 음성이 뒤따랐다.

"그렇게 노려볼 필요 없소. 이곳에서 싸우고 싶은 생각은 없으니까. 영감님께 드릴 말씀도 있고… 정 싸우고 싶거든 집 밖으로 나가서 저 놈들과 싸우든지 아니면 끝까지 기다리든지 그건 당신 마음대로 하시구려."

"두고 보자."

화악산은 운학 진인과 혁련휘를 번갈아 쳐다보다가 몸을 돌렸다. 운학 진인의 안타까운 한숨이 그의 귓가를 어지럽혔다.

"크아악!"

"커흑!"

처절한 비명이 잠들어 있는 숲을 깨웠다. 깜짝 놀란 새들이 푸드덕거리며 날아오르고 산짐승들도 어슬렁거리며 자리를 피했다.

"이럴 수가!"

화악산은 도저히 믿기지 않는 상황에 몸을 떨었다. 혁련휘와의 대화를 마치고 밖으로 나선 그 짧은 시간 동안 쓰러진 인원이 벌써 여섯, 추풍낙엽이었다. 영호세가에서도 최고의 정예들로만 추려 조직한 주작대의 대원들이 손 한 번 제대로 써보지 못하고 쓰러지고 있는 것이다.

"이놈들!"

망설일 시간이 없었다. 놀랄 여유도 없었다. 화악산의 검에서 무시무시한 검기가 쏟아져 나왔다. 목표는 유난히 느릿느릿 움직이는 관정이었다.

화악산이 사라지자 혁련휘가 차분한 음성으로 입을 열었다.

"괴이한 분들을 만나뵌 적이 있습니다."

뜬금없이 무슨 소리냐는 듯 운학 진인이 살짝 고개를 쳐들었다.

"협맹과의 싸움을 하던 중이었습니다, 그분들을 뵈었을 때가."

"그들이 누구이기에?"

운학 진인이 조용히 물었다. 하나 혁련휘는 대답 대신 자기가 할 말을 계속했다.

"정말 강한 분들이었습니다. 지금껏 그토록 강한 상대와 싸워본 적이 없었습니다. 과거 백무극과의 싸움도 위험했지만 그때는 태청단도 복용을 하지 않았고 광검 조사님의 무공도 없을 때였습니다. 지금과 비할 바가 아니지요. 단언하건대 그분들의 합공이라면 백무극도 얼마 버티지 못합니다."

점점 더 모를 소리였다. 하지만 운학 진인은 괴인들의 합공이 과거 천하제일이었던 백무극보다 더 강했다는 말에 바싹 긴장하며 다음 말을 기다렸다.

"그분들이 사용하는 무공은……."

혁련휘가 말끝을 흐렸다. 그리곤 과연 말을 하는 것이 옳은지 고민하는 눈빛으로 운학 진인을 쳐다보았다.

"허허허, 뭘 그리 망설이는 것이냐? 너답지 않구나. 어서 말해 보거라."

뭔가 사연이 있다고 직감한 운학 진인이 허허로운 웃음을 흘리며 말했다.

잠시 말문을 닫았던 혁련휘는 운학 진인의 말에 결심을 굳힌 듯했다. 마른침을 한 번 삼키고는 재차 입을 열었다.

"태극혜검이었습니다. 그분들이 사용하신 무공은 분명 태극혜검이었습니다."

순간 운학 진인이 자리를 박차고 벌떡 일어났다.

"그게 무슨 소리더냐, 태극혜검이라니!"

태극혜검이 무엇이던가. 오직 장문제자와 몇몇 선택받은 기재만이 익힐 수 있는, 과거 혁련휘에게 전수를 하면서도 삼 일 밤낮을 고민하게 만들었던 무당파 최고의 검법이었다. 도저히 믿을 수 없는 말이었다.

한데 그것이 끝이 아니었다.

"또한 그분들이 저와 상대할 때 사용했던 검진은 양의합벽검진이었습니다."

산 넘어 산이었다. 태극혜검만으로도 놀랍거니와 양의합벽검진이라니!

오직 무당파가 누란의 위기에 빠졌을 때만 출현한다는 양의합벽검진, 비전 중의 비전을 외인이 익히고 있다는 말이었다.

"믿을 수 없구나. 태극혜검에 양의합벽검진까지!"

운학 진인이 불신이 가득 담긴 눈으로 혁련휘를 쳐다보았다. 한데 눈치를 보아하니 혁련휘는 아직 할 말이 더 남은 듯했다. 뭔가 모를 불길한 예감이 전신을 휘감고 돌았다. 어쩌면 지금까지의 말은 단순한 예고에 불과할는지 몰랐다. 운학 진인은 연거푸 두 잔의 차를 마시며 떨리는 몸을 진정시켰다.

"분명히 못한 말이 있는 것 같구나. 계속해 보거라."

이왕 나온 말이었다. 혁련휘는 주저 않고 말을 했다.

"그분들은 치와 광이라는 이름을 쓰셨습니다. 하지만 제 기억이 틀리지 않는다면 그중 한 분은 분명 운곡이란 도호(道號)를 쓰셨습니다."

꽝!

거대한 둔기로 뒤통수를 맞은 듯한 충격에 운학 진인의 몸이 휘청거렸다.

"영감님!"

몸이 사시나무 떨리듯 떨리고 텅 빈 눈동자는 운학 진인의 사고가 완전히 마비되었음을 증명하는 것이었다. 깜짝 놀란 혁련휘가 힘없이 무너져 내리는 운학 진인의 신형을 받쳤다.

"이런."

운학 진인은 어느새 정신을 잃고 있었다. 머뭇거릴 시간이 없었다. 재빨리 가부좌를 틀고 앉아 운학 진인의 명문혈을 통해 진기를 불어넣었다. 무공을 폐하고 더구나 정신을 잃은 운학 진인은 스스로 진기를 운용할 능력이 되지 않았다. 그 모든 것을 혁련휘가 해주어야 했다.

얼마의 시간이 흘렀을까?

"컥!"

고통스런 신음성과 함께 운학 진인의 입에서 한 사발이 넘는 핏덩이가 쏟아져 나왔다.

"괜찮으십니까?"

혁련휘가 안도의 한숨을 내쉬며 물었다. 진기의 흐름을 방해하던 울혈을 토해내면서 운학 진인이 힘겹게 고개를 끄덕였다. 그렇다고 완전한 몸으로 돌아온 것은 아니었다. 혁련휘의 도움을 받아 침상에 몸을

누인 운학 진인은 한참 동안이나 숨을 고르다가 처연한 음성으로 물었
다.

　“그들은… 어찌… 되었느냐?”

　“죄송합니다. 최선을 다할 수밖에 없는 상황이라…….”

　“그랬겠지. 태극혜검에 양의합벽검진이라… 네가 살아 있는 것이
신기하구나.”

　운학 진인은 대답을 예상했다는 듯 씁쓸히 웃었다.

　“아시는 분들입니까?”

　“그들은… 나의 사제들이다.”

　“음.”

　어느 정도 짐작은 했지만 그것이 막상 사실로 드러나자 혁련휘도 당
황하지 않을 수 없었다.

　“내가 장문제자로 내정되었을 때, 사제들은 나를 도와 무당파를 지
키라는 사부님의 명에 따라 태극혜검을 익히고 양의합벽검진을 수련했
지.”

　“그런데 어찌…….”

　“모든 것이 다 광검 조사님의 무공 때문이었다. 그곳에서 무당파의
제자들은 누구나 한 번쯤 큰 좌절을 맞는다. 나의 사부님이 그랬고, 내
가 그랬으며 나의 사제들, 제자들까지 크나큰 절망감을 맛봤다. 문제
는 사제들이었다. 누구보다 자신들의 무공에 강한 자부심을 가졌던 사
제들은 자신들이 익히고 있던 양의합벽검진이 광검 조사님의 무공보다
뛰어나다는 것을 증명하고자 했다. 하지만 알다시피 그것은 결코 쉬운
일이 아니다. 몇 년의 시간이 흘러 사제들은 또다시 거대한 벽에 막혀
절망을 하고 말았다. 더구나 그들의 무모한 도전을 바라보는 다른 사

제들과 사질(師姪)들, 당시 혈성과 숨 막히는 싸움을 하던 그들의 따가운 눈총도 견디기 힘들었을 것이다. 결국 두 사제는 무당산을 뛰쳐나가고 말았다. 정확히 이십일 년 전이로구나."

운학 진인이 슬픈 눈으로 허공을 응시했다.

"허허, 언젠가는 돌아올 줄 알았는데… 운곡, 운종(雲琮) 자네들은 이 못난 사형과 무당을 뇌리에서 아예 지우고 있었단 말인가."

"아닙니다. 절대로 그렇지 않습니다. 그분들은 잊지 않으셨습니다. 두 분께선 생명이 다하는 순간까지 무당을 그리워하셨습니다!"

혁련휘가 무당을 그리면서 숨을 거둔 운종 진인을 떠올리며 안타깝게 소리쳤다.

"바보 같으니… 그리우면 돌아오면 되었을 것을… 허허허."

그리워하면서도 올 수 없었던 사제들의 심정을 어찌 이해 못하겠는가. 사제들에 대한 그리움이 사무치듯 밀려왔다. 결국 운학 진인의 노안에선 회한의 눈물이 흘러나왔다. 혁련휘는 그 눈물을 보며 착잡한 마음을 금치 못했다.

'차라리 밖에 나가서 이 답답한 마음을 풀기나 했으면 좋겠구나.'

밖에서 들려오는 비명 소리와 병장기 소리를 들으며 당장에라도 뛰쳐나가고 싶은 충동을 느꼈다. 그러나 그는 슬픔에 잠긴 운학 진인의 곁을 지켜야 했다. 혹여 조금 전과 같은 상황이 재발하면 그야말로 큰일이었다.

그렇게 시간이 지나고 다소 마음을 진정시킨 운학 진인이 말을 했다.

"사제들은 만족할 만한 성과를 얻었더냐?"

"그 어떤 합벽술, 검진보다 완벽했습니다."

“네게 그런 말을 들을 정도였다니 훌륭했던 모양이구나.”

“두 분께서 이루신 경지는 단언컨대 최고였습니다. 광검 조사님의 무공이 아니었다면 쓰러진 것은 저였을 것입니다.”

“그래, 그 정도였단 말이지……”

혁련휘의 말만 들어보아도 무당파를 떠난 사제들이 그동안 얼마나 피나는 노력을 했는지 절실히 느낄 수 있었다. 운학 진인의 얼굴이 다시 침울해졌다.

바로 그때였다. 요란한 소리를 내며 벽이 무너졌다. 그리고 형체를 알아보기도 힘들 정도로 망가진 시신이 무너진 벽 뒤로 모습을 보였다.

“음.”

운학 진인의 입에서 짧은 침음성이 흘러나왔다. 벽을 무너뜨리며 쓰러진 시신이 예기치 못한 사제들의 소식을 접하며 잠시 동안 망각하고 있었던, 현재 자신과 무당파가 처한 위기를 새삼 각인시켜 줬기 때문이다.

“조심 좀 할 것이지.”

누구에게 하는지 모를 말을 내뱉은 혁련휘는 숨진 무인과 무너진 벽을 쳐다보며 인상을 찡그렸다.

“대충 끝나가는 것 같습니다.”

“벌써 말이냐? 제법 많은 인원이 모인 것 같던데.”

운학 진인이 훤히 뚫린 벽을 통해 드러나는 전황을 살피며 대꾸했다.

“하하, 싸움은 머릿수로만 하는 것은 아니지 않습니까? 저도 그렇지만 친구들도 많이 강해졌습니다. 옛날보다 훨씬 더 말입니다.”

혁련휘의 손가락이 초정과 몇몇 주작대원들에게 포위되어 있는 홍자성을 가리켰다.

"철은 맞을수록 단련된다고 하던가요. 우리도 제법 많이 시달렸거든요. 심지어는 병신이 되기까지 했으니……."

"그렇구나. 많이 강해졌어, 특히 관정이."

송백령, 홍자성 등을 살피던 운학 진인은 화악산을 일방적으로 가지고 노는 관정을 지켜보며 눈빛을 빛냈다.

"정확하게 보셨습니다. 상상도 못할 만큼 강해졌습니다."

"무공을 폐했다고 하여 안목까지 사라지는 것은 아니지. 한데 한 명이 보이지 않는구나. 함께 있는 것으로 알고 있었는데."

운학 진인이 서무궁이 보이지 않자 고개를 갸웃거리며 물었다.

"혈성에 보냈습니다."

"혈성? 아니, 그곳엔 왜?"

운학 진인이 깜짝 놀라 되물었다.

"그들에게서 빼앗은 무공을 돌려주라고 보냈습니다."

"음."

운학 진인은 그 즉시 혁련휘의 의도를 파악했지만 아무래도 오랜 악연이 있는 혈성과 관계된 일이라 안색이 좋지 않았다.

혁련휘가 재빨리 화제를 돌렸다.

"산이 시끄러운 것 같습니다."

"그렇긴 하지."

"무당파가 침공을 당했다고 들었습니다."

"저자의 말을 듣자니 대대적인 공격이 시작됐다더구나. 무림맹이 조금은 밀리는 모양이야."

"흠, 형산에서 당한 피해를 금방 회복하기란 아무래도 무리였겠지요. 근래 들어 협맹이 무섭게 힘을 기르기도 했고요."

"어때, 도와주겠느냐?"

운학 진인이 담담하게 물었다.

"제가 무당을 떠나면서 드린 말씀을 기억하십니까?"

"물론. 무당에 큰 화가 닥치면 너를 찾아달라고 하였지."

"해서 왔습니다."

"나는 부른 기억이 없는데?"

시치미를 떼며 태연히 대꾸하는 운학 진인의 모습에 혁련휘는 피식 웃음을 터뜨리고 말았다.

"이심전심(以心傳心)이라는 말은 괜히 있는 줄 아십니까? 자, 업히십시오."

"아직 그 정도까지 기운이 떨어지진 않았다!"

운학 진인이 혁련휘의 등을 떠다 밀며 짐짓 노한 듯 소리쳤다. 하지만 혁련휘는 고개를 흔들었다.

"잊으셨습니까? 조금 전에 피를 토하셨습니다. 그리고 여기서 자소궁까지 가려면 한참을 달려야 합니다. 고집 피우지 말고 업히십시오."

"나까지 갈 필요가 있겠느냐? 도움도 안 될 텐데."

"사실 저희에게야 도움이 안 되지요. 하지만 저런 놈들이 또 언제 들이닥칠지도 모르고… 저자 말대로 영감님이 가시면 무림맹 무인들의 사기엔 많은 영향을 미칠 겁니다. 그리고……."

혁련휘는 망설이는 운학 진인을 재빨리 업고 말을 이었다.

"영감님이 없으시면 무림맹에서도 저나 친구들에게 죽을 놈들이 많습니다. 줄초상 치르는 것을 구경하고 싶지 않으시면 가만히 계세요."

혁련휘의 마지막 말에 운학 진인은 뭔가를 말하려 하다 입을 다물고 말았다.

운학 진인이 허락을 했다고 생각한 혁련휘가 집을 나섰다. 싸움은
이미 정리 단계로 접어들고 있었다.

사십이 넘던 주작대원들 중 두 다리로 멀쩡히 서 있는 사람은 고작
열 정도에 불과했다. 하지만 혁련휘는 그것도 못마땅한 모양이었다.

"뭣들 하는 거야! 시간없다니까. 빨리 따라와!"

버럭 소리를 지른 혁련휘는 뒤도 돌아보지 않고 발걸음을 옮겼다.
그렇게 되자 당황한 것은 나머지 친구들이었다.

"젠장, 성질머리 하고는. 간다, 가!"

송백령은 자신을 포위하고—비록 포위는 했지만 일방적인 공격을 퍼붓는
것은 송백령 자신이었다—있는 주작대원들에게 너털웃음을 터뜨렸다.

"나중에 기회가 있으면 좀 더 놀도록 하지."

그리곤 단숨에 포위망을 벗어났다. 그를 쫓는 주작대원은 아무도 없
었다. 그저 망연자실한 시선으로 송백령의 등을 쫓을 뿐이었다. 더러
는 그 자리에 주저앉아 가쁜 숨을 몰아쉬었다.

"이봐, 자성. 장난은 그만 치고 빨리 가자, 경을 치고 싶지 않으면!"

단숨에 포위망을 빠져나온 송백령이 홍자성을 불렀다. 싸움을 시작
하자마자 병신이라 욕하며 덤비던 초정을 제압한 후 자신과 똑같은 신
세로 만들며 희롱하던 홍자성이 허공에 대고 검을 두어 번 휘저으며
알았다는 대답을 했다.

"아가리를 제대로 단속하지 못하면 이 꼴이 된다. 알았느냐? 다시는
함부로 입을 놀리지 마라."

고통에 신음하는 초정의 몸을 걷어차며 경고를 한 홍자성이 송백령
을 따라 달리기 시작했다. 송백령과 마찬가지로 그의 앞을 가로막는
주작대원은 아무도 없었다.

마지막까지 전장에 남은 사람은 관정이었다.

'이… 놈… 은…….'

화악산은 자신의 목에 겨누어진 검을 보며 죽음을 생각했다.

그가 이끌고 온 주작대의 대부분이 관정에게 목숨을 잃었다. 송백령이나 홍자성의 손속도 매서웠지만 관정에 비할 바가 아니었다. 일말의 감정도 실리지 않은 냉혹한 검이 한 번 움직일 때마다 주작대원들의 목이 너무도 허망하게 떨어졌다. 함께 포위 공격을 함에도 피해가 늘어가기만 하자 화악산은 수하들을 뒤로 물러나게 하고 홀로 덤볐다.

합공을 해도 어쩌지 못한 상대를 혼자서 상대할 수는 없었다. 결과는 참담한 패배였다. 혼신의 힘을 다해 검을 휘두르고 공격했음에도 그는 관정의 그림자도 밟지 못했다. 대신 온몸에 치명적인 부상을 당하고 관정에게 사로잡히고 말았다.

"협맹의 인물이라면 이가 갈리는 나지만 수하들을 위하는 마음 때문에 여기까지만 하겠소."

관정이 화악산의 목에 겨누었던 검을 거두며 말했다. 속절없이 쓰러지는 수하들을 물리고 단신으로 자신에게 도전한 용기를 높이 산 것이었다.

화악산을 풀어준 관정은 동료들을 따라 주저없이 몸을 돌렸다.

"으으으."

적에게서 목숨을 적선받았다는 치욕감에 화악산은 아무런 말도 하지 못했다. 아니, 어쩌면 두려움 때문에 그런지도 몰랐다. 지금껏 살아오며 그는 두려움이란 단어를 알지 못했다. 아무리 무공이 높고 강한 상대를 만나더라도 승부욕이 불타던 그였지 두려움 따위를 느낀 적은 없었다. 하지만 관정에게서만은 달랐다. 그는 관정에게서 거대한 공포심을 느끼고 있었다.

화악산은 그것을, 자신이 상대에게 두려움을 느꼈다는 것을 참을 수가 없었다. 죽으면 죽었지 그것만큼은 용납할 수가 없었다. 검을 쥔 손에 힘이 들어갔다. 그리고 온몸을 불태울 것만 같은 분노를 담아 검을 휘둘렀다. 하나 화악산은 자신의 검이 도달하기도 전에 관정의 검이 자신의 목을 스치며 지나가는 것을 똑똑히 보았다. 뒤이어 밀려오는 것은 극심한 고통이 아니라 아득한 환상이었다.

"멍청한."

관정의 냉정한 말이 이어졌다.

"그… 럴… 지… 도……."

화악산은 그 말을 끝으로 숨이 끊어지고 말았다.

무표정한 얼굴로 화악산을 지켜보던 관정이 몸을 돌렸다. 하지만 관정은 화악산의 입가에 머무는 미소까지는 보지 못했다. 죽음으로써 자존심을 지켜냈다는 만족감이 내포된 웃음을.

*　　　　*　　　　*

모든 매복을 파괴하고 주요 거점을 점령한 협맹이 본격적으로 자소궁을 넘보면서 소림사와 함께 무림의 이대성지로 추앙받는 무당파의 넓은 연무장은 피로 물들었다.

초반 싸움은 예상과는 달리 난전의 형상을 띠었다.

협맹이 주력을 뒤로 물리고 싸움에 나서자 무림맹 역시 그들의 주력이라 할 수 있는 칠파일방의 제자들을 투입하지 않았는데 서로 간의 핵심 전력을 뺀 싸움은 그야말로 박빙이었다. 협맹이 압도적인 수의 우위를 바탕으로 끊임없이 몰아쳤지만 죽기를 각오하고 막아내는 무림 맹의 저력도 만만치 않았다. 시간이 지나면 지날수록 사상자가 눈덩이처럼 불어났다. 자신이 누구를 베었는지 또 누가 자신을 베는지도 모른 채 쓰러지고 심지어는 같은 편의 검에 목숨을 잃는 이도 부지기수였다.

어느 한쪽도 우위를 점하지 못하며 이어진 싸움은 전사림을 필두로 한 은성장의 무인들이 자소궁에 도착할 때까지 계속되었다.

은성장의 무인들이 도착하자 영호용은 그 즉시 선봉의 무인들을 퇴각시키고 협맹의 모든 힘이라 할 수 있는 영호세가, 웅비보, 은성장의 무인들을 전면에 내세웠다.

무림맹도 기민하게 대처했다. 협맹의 무인들이 퇴각하는 기미가 보이자마자 선봉에 섰던 무인들은 누가 뭐라 하지 않아도 약속을 한 듯 뒤로 물러나고 그 자리를 칠파일방의 무인들이 채웠다.

무림맹의 중심은 누가 뭐라 해도 무당파였다.

정확하게 일곱 명이 한 조가 되어 펼치는 칠성검진(七星劍陣)이 일곱. 비록 너무 많은 사람들이 몰려 있어 일곱의 검진이 모여 하나의 큰 검진을 이루는 장관을 보여주지는 못했지만 그것만으로도 충분했다.

중앙을 뚫어내라는 명을 받고 움직인 은성장의 무인들은 사십구 명의 무당파 제자들이 혼연일체가 되어 펼치는 칠성검진에 고전하며 좀처럼 실마리를 풀지 못했다. 더구나 검진 사이사이를 헤집고 다니며 검을 날리는 백오십의 무당파 제자들은 그들보다 세 배가 넘는 은성장의 무인들을 거의 농락하다시피 했다.

칠성검진에 맞부딪쳐 제대로 싸움하는 사람은 좌풍익이 이끄는 십팔도객과 치미는 분노를 참다못해 전면에 나선 전사림, 그와 함께 움직인 은성장의 몇몇 노고수들뿐이었다.

무당파가 은성장을 막는 사이 좌측에서 밀려오는 영호세가의 무인들은 소림사와 형산파, 그리고 모용세가의 제자들이 막았다. 우측의 웅비보는 직접 싸움에 나선 조공루와 화산파가 주축이 되고 여기에 개방과 종남, 점창파의 무인들이 가세를 했다. 위호와 청성파의 제자들, 그리고 몇몇 고수들은 만일을 대비해 조금 뒤로 물러나 있었다.

초반의 싸움이 들개들의 싸움이었다면 양측의 주력이 맞붙은 싸움은 그야말로 용호상박(龍虎相搏). 먼저 싸움과는 비교도 되지 않을 정도로 험하고 거칠었다. 밀리면 끝장이라는 생각에 모두들 죽을힘을 다해 싸웠다.

하나 모든 싸움에는 승패가 있는 법이었다. 시간이 지나면서 힘의 우위가 서서히 드러나기 시작했다.

두 배나 더 되는 인원을 맞아 싸우는 무림맹은 힘에 부치는 모습이 역력했다. 특히 맹주인 조공루가 염파에게, 무당파의 칠성검진과 마찬가지로 최고의 활약을 보이던 십팔나한진이 영호세가의 와룡대에 의해 완전히 발이 묶이면서 싸움의 주도권이 협맹에게 돌아가 버렸다. 은성장을 상대하는 무당파의 활약이 제아무리 눈이 부실 정도라 해도 대세를 돌리기엔 역부족이었다.

"안 되겠습니다. 이러다간 무너지겠습니다. 한쪽이라도 무너지면 끝장입니다. 제가 가겠습니다."

허락을 하지 않아도 달려가겠다는 듯 위호의 음성은 단호했다. 이미 사태의 심각성을 인식한 상경 진인이 말릴 이유가 없었다.

"부탁드리겠습니다."

위호는 상경 진인의 허락이 떨어지자마자 대기하고 있던 청성파의 무인들을 이끌고 연신 밀리는 화산파와 종남파 등을 돕기 위해 달려갔다.

"정신들 차려라! 주위를 살펴라. 방심은 곧 죽음이다. 적은 너희들의 허점을 용납하지 않는다!"

무리를 지어 싸우는 제자들과는 달리 단신으로 이리저리 움직이며 웅비보의 무인들을 상대하는 위호의 무위는 단연 발군이었다. 예의 그 화려한 쌍검술은 보여주지 못했지만 한쪽 팔만으로도 충분했다. 위호는 자신에게 달려드는 적을 상대하는 것은 물론이고, 혹여 위기에 빠진 제자들이 있다면 무슨 수를 써서라도 구해냈다. 위호의 뒤를 이어 싸움에 참여한 청성파의 제자들 역시 하나같이 제 몫을 해주고 있었다. 그러나 끊임없이 밀려오는 웅비보의 무인들은 잠시 주춤했을 뿐 곧바로 반격을 개시했다.

"아무래도 이 늙은이도 나서야 할 것 같소. 맹주의 무위로는… 조금 힘들 것 같구려."

위호의 활약을 지켜보며 다소 안도하나 했던 모용현은 염파의 공세에 형편없이 밀리는 조공루를 바라보며 고개를 흔들었다.

"제가 가겠습니다."

곁에 있던 남궁욱이 검을 뽑으며 나섰다.

"아니다. 네가 상대할 자는 따로 있지 않더냐. 함부로 움직여 힘을 낭비하지 말거라."

자신의 앞을 막는 남궁욱을 물리치고 훌쩍 몸을 날린 모용현은 별다른 방해 없이 조공루의 곁에 이를 수 있었다. 그리곤 패색이 짙은 조공루의 앞을 가로막으며 말했다.

"맹주는 전체적인 싸움을 관장해야 하니 이만 물러나시오. 이자는 내가 책임지겠소.”

돌려 말했으되 물러나라는 소리였다. 자존심이 상했지만 어쩔 수 없는 일이었다.

“부탁드리겠습니다.”

조공루가 허탈한 표정으로 고개를 숙였다. 하지만 이미 염파와 기세 싸움을 벌이고 있는 모용현의 대답을 들을 수는 없었다.

“노선배께서 손수 나서실 줄이야… 영광이외다.”

조공루가 물러나는 것을 확인한 염파가 미소를 띠며 말했다.

“지난번에도 느꼈지만 자네의 무공은 무섭군, 맹주까지 감당하지 못할 정도라니.”

“과찬의 말씀을……..”

“하지만 방심해서는 안 될 것이네.”

“그럴 리가요.”

모용현이 검을 곧추세웠다. 염파도 웃음을 지우고 자세를 잡았다.

상대는 그야말로 극강의 고수, 전력을 다한다 하더라도 승부를 점치기 어려웠다. 처음부터 기선을 제압할 필요성을 느낀 모용현은 한껏 내공을 끌어올렸다. 동시에 염파의 가슴을 겨누고 있는 검봉이 묘하게 움직이기 시작했다.

‘저것이 성라연환검.’

염파는 자신을 향해 밀려오는 예기를 느끼며 바짝 긴장했다. 어깨 너머로 몇 번 본 적은 있었지만 직접 상대해 보지는 못한 모용세가의 최고 무공이었다. 보고만 있어도 숨이 막혔다. 얼마나 많은 무인들이 저 무공에 무릎을 꿇어야 했던가.

하지만 그뿐이었다. 긴장은 했지만 염파는 조금도 두려워하는 모습이 아니었다. 모용현에게 성라연환검이 있다면 그에게도 성라연환검에 못지않은, 아니, 어쩌면 더욱 뛰어날지도 모르는 극강의 무공 혼원장이 있었기 때문이다.

모용현의 공격이 임박했다는 것을 느낀 염파가 좌우로 손을 교차했다. 손끝에선 은은한 묵기가 피어오르고 있었다.

"후욱, 후욱."

전사림의 입에서 거친 숨소리가 흘러나오고 어깨가 절로 들썩였다. 딱히 큰 부상을 당한 것 같지는 않았지만 지친 기색이 역력했다. 그의 정면에 전사림과 마찬가지로 거친 숨을 몰아쉬는 두 명의 노도사가 서 있었다.

전사림은 질린 듯한 눈으로 자신을 막고 있는 상대를 쳐다보았다.

"대단들하구려."

전사림은 아무리 빠르게 움직여도, 한기가 느껴질 정도로 날카롭고 태산을 뒤엎고도 남을 강맹한 공격을 퍼부어도 좀처럼 어쩌지 못하는 노도사들의 강함에 진정으로 감탄했다.

'도대체가 방법이 없구나. 무당파 최고의 무공은 태극혜검이 아니라 양의합벽검진이라더니.'

그러나 전사림의 놀람은 상경 진인의 명에 따라 상대하는 상무 진인과 상정 진인(尙炡眞人)에 비할 바가 아니었다.

'강하다! 정말 강하지 않은가!'

상무 진인은 또다시 공격의 자세를 갖추는 전사림을 보며 경악을 금치 못했다. 은성장의 힘이 강하다 하더라도 무당파에 견줄 것이란 생각은 못했다. 또한 장주인 전사림의 무공이 아무리 뛰어나다 할지라도 양의합벽검진이면 충분히 제압할 수 있다고 여겼다. 한데 상황은 전혀 그렇지 못했다. 끊임없이 밀려드는 은성장의 무인들은 소름 끼칠 만큼 집요했고 전사림의 무위는 홀로 양의합벽검진을 상대할 만큼 대단한 것이었다.

'지금껏 양의합벽검진을 견디어낸 사람은 석년의 백무극이 유일했다. 저자의 무공이 그 정도에 이르렀단 말인가!'

도저히 믿을 수 없는 일이었다. 하지만 상무 진인의 생각은 더 이상 이어지지 못했다. 잠시 호흡을 가다듬은 전사림의 공격이 시작됐기 때문이었다.

"역시 무당이군. 과연 대단해."

전사림과 상무, 상정 진인의 싸움을 한참 동안이나 살피던 영호용이 혀를 내두르며 고개를 흔들었다. 전사림의 무공이 어떤지 익히 알고 있던 영호용은 그런 그를 완벽하게 막아내는 양의합벽검진의 위력이 그저 놀랍기만 했다. 또한 일사불란하게 움직이며 은성장의 무인들을 상대하는 무당파의 제자들을 바라보며 만약 무림맹의 모든 무인들이 무당파의 제자들과 같다면 애당초 싸움이 안 됐을 것이라는 생각에 안도의 한숨을 내쉬었다.

은성장과 무당파의 싸움을 지켜보던 영호용의 고개가 좌측으로 돌려졌다.

"흠, 어쨌든 승기를 잡은 셈인가. 염 보주도 문제는 없겠고."

모용현과 치열한 혈투를 벌이는 염파를 살피던 영호용이 만족한 미소를 지었다. 박빙의 승부처럼 보여도 염파가 미세하나마 우위를 점하고 있는 것을 보았기 때문이다. 또한 위호와 청성파의 제자들이 참여

했음에도 웅비보의 기세는 꺾일 줄 몰랐다. 웅비보의 무인들은 조금씩 무림맹을 제압하고 있었다.

"그건 그렇고……."

우측의 전황을 살피는 영호용의 얼굴이 일그러졌다.

무당파의 강력한 저항에 막힌 은성장은 그렇다 쳐도 웅비보가 무림맹의 견고한 저항을 조금씩 무너뜨리고 있는 데 반해 영호세가는 지지부진 별다른 활약을 하지 못하고 있었다. 물론 그곳에 무당파만큼이나 강한 소림사가 있었다지만 가장 두려운 십팔나한진, 광료 대사와 몇몇 노승이 직접 이끄는 십팔나한진이 와룡대에 묶인 상황이었다. 기선을 잡기는 했으되 그 이상의 성과가 없었다. 화가 치밀었다.

"후~ 멍청한 놈들 같으니."

한숨을 내뱉는 영호용의 이마에 내천(川) 자가 만들어졌다. 결국 참다못한 영호용이 천천히 움직이기 시작했다.

"컥!"

짧은 비명성이 터졌다. 그것이 시작이었다.

영호용이 한 번씩 검을 휘두를 때마다 그와 유사한 비명성이 터져 나왔다. 그 누구도 예외는 될 수 없었다. 갑작스런 영호용의 등장에 놀란 형산파의 장로들 세 명이 한꺼번에 달려들었지만 소용없었다. 그저 약간의 시간만 지체했을 뿐이었다.

수하들을 독려하며 십팔나한진을 상대하던 산웅은 영호용이 싸움에 나섰다는 것을 파악하자마자 부대주에게 지휘를 맡기고 몇몇의 수하들을 추려 영호용의 곁으로 다가왔다.

산웅의 호위, 아니, 호위라고 말할 수도 없었다. 애당초 영호용에게 덤비는 사람은 거의 없었다. 산웅이 하는 일은 고작 영호용의 곁을 지키다가 그를 귀찮게 하려는 자가 나타나면 대신 처리하는 것뿐이었다. 산응이 그들을 처리하는 사이 영호용의 검은 무림맹의 주요 고수들에 게 향했다.

영호용이 싸움에 나선 지 고작 반 각 만에 각 문파의 고수라 할 수 있는 자들 십여 명이 뜨거운 피를 뿌리며 쓰러졌다. 문제는 그 수가 아 니었다. 영호용에게 목숨을 잃은 고수들은 하나같이 매우 중요한 위치 에 있었다. 각 문파를 대표할 정도로 지위가 높은 어른은 아니었지만 제자들을 독려하며 협맹과의 싸움을 실질적으로 주도하는 사람들이었 다. 그랬기에 영호용은 섭소능이나 모용황 등을 피하고 그들의 목숨을 집중적으로 노린 것이었다.

"멈춰랏!"

장내를 쩌렁쩌렁하게 울리는 외침이 들려오자 막 또 한 고수의 목숨 을 취하던 영호용의 검이 거짓말처럼 멈추어졌다.

엄청난 속도로 달려오는 사람은 남궁욱이었다. 영호용의 입가에 미 소가 지어졌다.

"자네가 올 줄 알았네."

영호용이 반갑다는 듯 말을 걸었다. 하지만 무인들의 머리를 디딤돌 삼아 달려오던 남궁욱의 대답은 엄청난 힘이 실린 한줄기 검기였다.

"이런, 급하기도 하군."

영호용은 남궁욱이 설마 그런 식으로 기습 공격을 할 줄 몰랐다는 듯 헛바람을 삼키며 재빨리 몸을 틀었다.

파파팍!

아슬아슬하게 영호용의 신형을 놓친 검기가 땅바닥을 깊이 패며 자 신의 존재를 알리고 그 외중에 영호용을 뒤따르던 와룡대의 대원 한 명이 미처 검기를 피하지 못해 처참한 비명과 함께 쓰러졌다.

"대단해! 정말 대단하구나!"

수하의 죽음을 본 영호용의 입에서 감탄성이 터져 나왔다. 하지만 그 감탄성은 기습을 가하여 와룡대 대원의 목숨을 빼앗은 데에 대한 분노의 표출이었다.

"타핫!"

그런 영호용의 반응에 상관없이 남궁욱의 입에서 또다시 힘찬 기합 소리가 흘러나오고 세찬 검기가 춤을 추었다. 스산한 눈으로 남궁욱을 쳐다보던 영호용도 검을 들었다. 그리고 자신에게 밀려오는 검기를 향해 검을 뻗었다.

꽈꽈꽝!

엄청난 폭발음과 함께 기의 소용돌이가 주변을 휩쓸었다.

"크악!"

"피해랏!"

그들의 주변에서 싸움을 지켜보던 자들이 그 압력을 견디지 못하고 분분히 흩어졌다. 하나 정작 당사자들은 아무런 일도 없었다는 듯 태연했다.

"제법이로군. 하나 그 정도로는 나를 어쩌지 못한다."

남궁욱의 공격을 단숨에 무력화시킨 영호용의 입에서 비웃음이 흘러나왔다. 남궁욱의 입꼬리가 살짝 치켜 올라갔다.

"두고 보면 알겠지."

남궁욱이 또다시 검을 휘둘렀다. 검에서 뻗어 나온 기운이 어두운 밤하늘을 환하게 밝혔다.

"무상검법……."

영호용은 남궁욱이 펼치는 무공이 남궁세가의 비전 무상검법임을 즉시 알아봤다. 아직 제대로 시작도 안 됐는데 그 힘을 느낄 수 있었다. 온몸에 전율이 흘렀다. 그렇다고 언제까지 멍하니 있을 수만은 없었다. 그냥 두고 보기엔 남궁욱의 검이 너무나 매서웠다.

잠시 격정에 떨었던 영호용의 눈빛은 어느새 차갑게 가라앉아 있었다.

아래로 향하던 검을 재빨리 가슴께로 끌어 올린 영호용이 검을 크게 회전시켰다. 순식간에 수많은 검기가 치솟아 그의 주변에 희뿌연 방어벽을 만들었다. 그리고 뱀의 혓바닥처럼 예측하기 힘든 방향으로 움직이며 쏟아져 들던 남궁욱의 공격에 맞서 나갔다.

또다시 엄청난 충격파가 사방을 휩쓸었다. 이번엔 공격을 했던 남궁욱은 물론이고 영호용 또한 몇 걸음이나 뒤로 물러나고서야 중심을 바로잡을 수 있었다.

"고작 이 정도인가? 실망인데."

자세를 바로 한 영호용이 남궁욱을 보며 고개를 흔들었다.

"이……!!"

남궁욱이 발끈하여 소리치려 했지만 더 이상 말을 잇지 못했다. 순식간에 자신을 압박하며 밀려드는 기운을 느꼈기 때문이었다.

찌이잉.

공격이 시작되기도 전에 주변을 울리는 소리는 분명 검에서 나는 소리, 영호용의 공격은 검명을 앞세우며 시작되었다.

끊어질 듯하면서도 이어지고, 약한 듯하면서도 야수의 흉포함을 숨기고 있는 영호용 공세는 남궁욱을 당황하게 만들기에 충분했다. 더구나 마지막 팔초식인 구룡쟁패를 제외하곤 일초식에서 칠초식까지 하나

로 연계되는 것이 바로 용형팔검의 묘미, 처음 공격과 이어지는 공격들
이 나중에는 모두 하나로 연계되어 목숨을 노리고 시간이 지날수록 그
위력은 배가가 되었다.

'막아야 한다!'

지금 끊지 않고 더 이상 밀리면 그야말로 끝장이라는 생각에 남궁욱
은 이를 악물었다. 그리고 모든 힘을 끌어 모아 영호용의 공세에 정면
으로 맞부딪쳤다.

쿠쿠쿠쿵!

하늘이 울리고 땅이 뒤집혔다. 거대한 폭풍이 반경 오 장을 휩쓸었
다. 주변에 있던 모든 것들이 폭풍의 무서운 힘에 이끌려 날아갔다. 뒤
집힌 땅의 흙이며 자갈은 물론이고 아무렇게나 흩어져 있던 병장기, 목
숨을 잃고 쓰러진 시신 등도 예외가 될 수 없었다. 너무도 엄청난 충돌
에 이들의 싸움 못지않게 혈전을 벌이고 있는 염파와 모용현을 제외하
곤 장내의 모든 싸움이 일시 멈추었을 정도였다. 심지어 전사림마저
검을 거두고 결과를 지켜보았다.

"크으으."

남궁욱의 입에서 고통의 신음성이 터져 나왔다. 입에선 연신 붉은
선혈이 흘러나오고 입고 있던 옷은 갈기갈기 찢겨 있었다. 양다리는
허벅지까지 땅속에 박혀 있었다. 반면 공격을 했던 영호용은 옷이 해
진 것과 팔뚝에 약간의 상처를 입은 것 외에는 별다른 이상이 없어 보
였다.

"그만한 나이에 훌륭한 실력이었다."

영호용의 말은 진심이었다. 과거의 자신이었다면 저렇듯 낭패한 모
습을 하고 있는 사람이 남궁욱이 아니었을지도 모른다는 생각을 하며

영호용은 가슴을 쓸어 내렸다.

"하지만 승부는 이미 끝난 것 같구나."

영호용이 승자의 여유로운 미소를 지으며 말했다.

"닥… 쳐… 웩!"

땅에 박힌 다리를 힘겹게 꺼낸 남궁욱이 소리를 치려다 다시 주먹만 한 핏덩이를 토해냈다.

"괜찮은가!"

초조하게 싸움을 지켜보던 모용황이 다가와 부축을 했다.

"괜찮습니다."

모용황의 팔을 뿌리친 남궁욱이 검을 곧추세우며 영호용을 노려봤다.

"아직 싸움은 끝나지 않았다."

"불가능하다니까."

영호용은 동정의 눈빛으로 고개를 흔들었다. 그것이 남궁욱을 더욱 분노케 했다.

"내게 한 줌의 숨이라도 붙어 있는 한 끝난 것이 아니다!"

"그래? 그렇다면 자네 편한 대로 하게. 구태여 목숨을 버리겠다는데 말리고 싶은 마음은 없네. 물론 합공을 해도 상관은 없겠고."

영호용이 남궁욱의 바로 곁에서 이글거리는 눈빛으로 자신을 쏘아 보는 모용황을 향해 검을 까딱이며 말을 했다.

"그 딴 말은 나와의 승부가 끝난 다음에 떠들어라! 타핫!"

비틀거리던 남궁욱이 돌연 무슨 힘이라도 생긴 것인지 몸을 날렸다. 깜짝 놀란 모용황이 재빨리 곁으로 다가와 보조를 맞췄다.

"훗, 그럴 줄 알았지."

둘의 움직임을 완벽하게 꿰뚫어 보며 검을 세우는 영호용의 입가에 어린 것은 비웃음이었다.

영호용과 남궁욱, 모용황의 싸움을 시작으로 잠시 멈추었던 피의 수레바퀴는 또다시 구르기 시작했다.

시산혈해(屍山血海)였다.

무림맹과 협맹의 주력이 맞부딪친 지도 벌써 한 시진, 거기에 뒤로 물러났던 협맹의 무인들과 무림맹의 무인들이 재차 검을 빼 들고 서로를 죽이기 위해 달려나오니 무림의 성지로 추앙받던 무당파는 한순간에 거대한 무덤으로 변하고 말았다. 수많은 시체들이 쌓여 산을 이루고 그들의 몸에서 흘러나온 피가 연무장을 붉게 물들였다.

영호용이 남궁욱과 모용황의 합공에 잠시 주춤거렸지만 영호용의 가세로 기세가 오를 대로 오른 협맹은 승기를 잡고 더욱 거세게 몰아쳤다. 반대로 남궁욱에 이어 절대적인 믿음을 얻고 있던 모용현마저 염파에게 무릎을 꿇으면서 무림맹 무인들의 사기는 바닥으로 떨어지고 말았다. 그나마 다행이라면 모용현을 거의 죽음 일보 직전까지 몰아넣은 염파 역시 모용현이 죽음을 각오하고 펼친 최후의 일격에 상당한 부상을 입고 뒤로 물러났다는 것과 지칠 줄 모르는 은성장의 공격에도 무당파가 그래도 아직은 건재하다는 것이었다.

하지만 무당파의 제자들도 뼈와 살로 이루어진 사람들, 피로가 없을 수 없었다. 게다가 널려 있는 시신들로 인하여 막강한 위력을 발휘하던 칠성검진을 더 이상 사용 못하게 되면서 피아(彼我)가 뒤섞여 버렸다는 점이 너무나 뼈아팠다. 적군인지 아군인지도 모르고 싸우는 지금 은성장의 파상 공세를 어찌어찌 막아내고는 있지만 무당파 역시 무너지기 일보 직전의 위기에 처해 있었다.

"와아!!"

"죽여라!!"

처절한 비명과 병장기 부딪치는 소리, 기합성만 들리던 연무장에 뭔가 다른 의미의 함성이 터져 나왔다. 마침내 웅비보의 공격을 견디지 못하고 무림맹의 좌측 방어진이 무너진 것이었다. 그뿐만이 아니었다. 광료 대사가 주도하는 십팔나한진마저 죽음으로써 공격해 오는 와룡대에 의해 하나둘씩 파괴되면서 승부의 추는 급격하게 협맹 쪽으로 기울었다

'결국!'

연신 제자들을 독려하고 있던 상경 진인이 웅비보에 의해 한쪽으로 밀리는 무인들을 바라보며 두 눈을 감고 말았다. 개인 대 개인이 아닌 집단적인 성격을 띤 싸움은 한쪽이 무너지면 다른 한쪽도 급격하게 무너지는 법이었다. 좌측의 방어진이 뚫렸다면 우측의 방어진 또한 뚫릴 것이고, 그 여파가 곧 사투를 벌이고 있는 무당파의 제자들에게까지 영향을 미칠 것이다.

상경 진인의 예감은 조금도 틀리지 않았다. 좌측에서 밀린 무림맹의 무인들이 점점 중앙으로 몰리고 그들의 배후로 돌아간 웅비보의 무인들이 은성장의 무인들과 연합하여 점점 포위망을 갖추고 있었다. 상황은 절망적이었다.

한데 바로 그 순간이었다.

"크악!"

포위망을 보다 공고히 하고 퇴로를 끊기 위해 좌측 계단을 이용하여 자소궁의 본전(本殿)으로 오르던 웅비보의 무인들 몇몇이 처절한 비명

을 지르며 연무장으로 굴러 떨어졌다. 상경 진인은 물론이고 웅비보의 무인들조차 그 이유를 몰라 어리둥절해하고 있을 때 요란한 파공성을 내며 검 한 자루가 모습을 보였다.

계단 위에서 갑자기 나타난 검은 막 목숨이 위태롭던 무당파 제자의 목숨을 구해내더니 마치 생명이라도 깃들어 있는 듯 방향을 바꾸어 곧바로 영호용을 향해 날아갔다.

"헛!"

이미 정신을 잃고 쓰러진 모용황은 물론이고 끈질긴 정신력만으로 버티고 있는 남궁욱에게 최후의 일격을 날리던 영호용은 갑자기 날아온 검에 다급히 몸을 틀고 검을 휘둘렀다.

쨍그랑!

영호용의 검이 한참을 날아올라 땅에 떨어지며 요란한 소리를 냈다.

무슨 일이 벌어졌는지 아무도 알 수 없었다. 아니, 이해를 하지 못했다. 모용황은 물론이고 무림맹의 최고 고수라 칭해지는 남궁욱마저 피곤죽으로 만든 영호용이 검을 놓친 것이었다. 그것도 누군가의 공격에 의해서.

그 누구보다 자신에게 닥친 현실을 이해하지 못한 것은 영호용이었다. 오랜 싸움으로 지치고 빠르게 다가오는 검에 급작스럽게 대처하느라 제대로 힘을 싣지 못했다지만 검을 놓친다는 것은 있을 수가 없는 일이었다.

'이, 이건 도대체⋯⋯.'

영호용은 찢어진 손아귀에서 흐르는 피를 닦을 생각도 하지 않고 검이 날아온 곳으로 눈을 돌렸다. 모두의 시선이 영호용을 따라 계단 위로 향했다.

모습을 보인 사람은 다름 아닌 운학 진인이었다.

"사, 사부님!!"

가장 먼저 운학 진인의 모습을 발견한 상경 진인이 기절할 듯 놀라 소리쳤다.

"사조님!"

"태사조님!!"

무당파의 제자들이 일제히 허릴 숙여 예를 표했다. 눈앞에 있는 적은 신경도 쓰지 않는다는 태도였다. 그것은 다른 무인들 역시 마찬가지였다. 싸움은 이미 완전히 멈추어진 상태였다.

"우… 운학 진인이시다!"

"운학 진인!!"

무공을 폐하고 은퇴했다 알려졌던 운학 진인이 남궁욱과 모용황의 합공으로 감당하지 못했던 영호용을 단번에 제압하며 모습을 드러낸 것이었다. 무림맹의 무인들은 마치 구세주라도 만난 듯 환호성을 질렀다.

그들의 함성이 끝나기도 전이었다. 운학 진인의 뒤에서 네 명의 사내가 모습을 드러냈다. 그들의 모습을 확인한 누군가의 입에서 고함성이 터져 나왔다.

"쌍살귀다!"

"흑영!!"

여러 이름으로 불리는 그들. 하지만 무엇보다 사람들의 가슴을 파고드는 말은 오직 하나, 혁련휘를 가리키는 말이었다.

"천하제일인!!"

사람들은 혁련휘가 모습을 드러내자 영호용을 물리친 사람이 운학 진인이 아니라 바로 그라는 것을 알 수 있었다.

운학 진인을 모시고 마침내 그들이 도착한 것이었다.

"피비린내가 온 산을 뒤덮고 있구나."

상경 진인의 곁으로 다가온 운학 진인이 코를 찡그리며 말했다.

"제자가 불민하여……."

"그게 어째 네 잘못이더냐, 여기 있는 모든 사람들의 잘못이지. 다들 제 욕심에 겨워서……."

상경 진인은 고개를 들지 못했다. 운학 진인의 시선이 정신을 가다듬고 침착하게 걸어오는 영호용에게 향했다.

"오랜만이군."

"예, 노선배님. 실로 오랜만에 뵙겠습니다."

영호용이 살짝 허리를 굽혀 예를 표했다.

"자네의 선물은 잘 받았네."

"……."

선물이 주작대라는 것을 모를 리 없었다. 하지만 운학 진인이 혁련휘 등과 나타났다는 것은 곧 그들이 실패했다는 것을 의미했다.

영호용이 별다른 말이 없자 운학 진인이 안색을 굳히며 물었다.

"꼭 이래야만 하는가?"

"칠파일방과 삼대세가만이 언제나 무림의 중심일 순 없습니다."

"그들 스스로가 무림의 중심이라 생각한 적은 단 한 번도 없네."

"하지만 사람들은 그렇게 생각하지 않습니다."

운학 진인의 얼굴에 노기가 서렸다.

"그래서 이런 피바람을 불러일으킨 것인가?"

"한 번쯤은 벗어나고 싶었습니다."

“허허허허……..”

운학 진인의 입에선 어이없는 웃음만이 흘러나왔다.

“약육강식(弱肉强食)! 칠파일방과 삼대세가가 무림의 중심이었던 것
은 힘이 있었기 때문입니다. 하지만 지금은 우리의 힘이 더 강합니다!”

영호용이 모두에게 들으라는 듯 소리쳤다. 하나 그의 음성은 뒤이어
터져 나온 송백령과 홍자성의 음성에 묻혀 버렸다.

“염병!”

“웃기고 있네.”

수천의 눈이 주시하는 가운데 입에 담지 못할 욕을 들은 영호용의
안색이 싸늘하게 변했다.

“죽고 싶은 것이냐?”

“마음대로 해보시구려.”

홍자성이 빈 소매를 흔들며 비아냥거렸다. 영호용과 홍자성 사이에
당장에라도 터질 듯한 긴장감이 조성되었다. 그러자 지금껏 말없이 지
켜보던 혁련휘가 둘의 사이에 끼어들었다.

“힘이 있는 자가 무림을 지배한다고 했소?”

“당연한 이치다.”

“큰 착각을 하고 있군.”

혁련휘가 피식 웃으며 말했다.

“뭐가 착각이란 말이냐!”

“칠파일방과 삼대세가가 무림을 위해 흘린 피는 왜 거론하지 않는
것이오?”

“그, 그건.”

“수백 년 동안 그들이 흘린 피는 생각하지 않고 단지 힘이 있었기에

그랬다? 물론 힘도 있어야겠지. 하나 단지 힘만 가지고 있다고 무림의 중심이 될 수 있을 것 같소?"

"……."

영호용은 아무런 대답도 하지 않았다.

"그렇다면 과거 혈성과 다를 게 뭐가 있소? 그들이 힘이 없어서 무림의 중심이 될 수가 없었소?"

혁련휘의 시선이 무림맹의 수뇌들에게 향했다.

"강호인들이 저들을 인정하는 것은 그만한 이유가 있기 때문이오. 물론 모두 다가 그렇다는 것은 아니오. 저들 중에서도 당신들과 마찬가지로 비열하고 야비하며 위선으로 가득 찬 자들이 득실대고 있소."

한껏 비웃음을 흘린 혁련휘가 재차 말을 이었다.

"수단과 방법을 가리지 않는 자들도 있지. 하지만 최소한 당신들처럼 무림을 위해 아무런 피도 흘리지 않고 군림하려 하지는 않았소."

"괴변은 집어쳐라! 무림맹의 주구(走狗)인 네놈 따위의 말은 듣고 싶지 않다!"

영호용은 더 이상 말을 해봐야 손해만 본다고 생각했는지 버럭 소리를 질렀다.

"주구라……."

혁련휘의 고개가 운학 진인에게로 돌아갔다.

"그것 보십시오. 하하하, 이것 참… 무림맹의 주구랍니다."

혁련휘의 입에서 연신 웃음이 터져 나왔다.

"영감님 부탁대로 성질 좀 죽여보려 했더니만 역시 안 되잖습니까? 제가 그랬지요, 욕망에 미쳐 있는 놈은 무슨 말을 해도 소용이 없다고. 절대 남의 말을 귀담아듣지 않는다고. 오직 자기의 말만이 옳은 것이요, 세상의 진리라 생각한다고. 그럼 놈들을 깨우치는 방법은 오직 하나뿐입니다. 어쨌든 이것으로 영감님의 부탁은 없던 것으로 하겠습니다.”

“후~ 어쩔 수 없는 노릇이겠지. 그렇게 하여라.”

운학 진인이 안타까운 표정으로 고개를 끄덕였다. 순간 영호용을 쳐다보는 혁련휘의 얼굴에선 웃음이 사라지고 냉기가 깔렸다.

“약육강식이라 했소?”

음성 또한 소름이 끼칠 정도로 차가웠다.

“그렇다!”

영호용이 당당하게 소리쳤다.

혁련휘가 천천히 걸음을 옮겼다. 마치 바다가 갈라지듯 길목에 있던 모든 이들이 자리를 비켰다. 조금 전 검을 날려 빈손인 혁련휘는 주인을 잃고 땅에 굴러다니는 검 중 하나를 집어 들었다.

“그럼 증명해 보시오.”

“비겁한 놈! 아버님은 오랜 싸움으로 많이 지치셨다!”

영호무현이 영호용의 앞을 가로막으며 소리쳤다.

“뭣 하는 짓이냐! 당장 비키거라!”

영호용이 노기 띤 음성으로 소리쳤다. 하지만 영호무현은 절대 그럴 수 없다는 듯 움직이지 않았다.

“크크, 눈물겨운 부자의 정이로구려. 좋소. 일각의 여유를 주겠소. 딱히 부상을 당한 곳도 없는 듯하니 내력을 회복하는 데엔 일각이면 충분할 것이오. 하지만 빨리 회복해야 할 거요, 저 꼴을 보기 싫으면.”

혁련휘가 일부러 일러줄 필요도 없었다. 어느새 몸을 날린 송백령과 홍자성에게 공격을 당하는 영호세가 무인들의 비명이 연무장을 울리고 있었다.

　영호용이 혁련휘에게 자신들이 무림맹의 주구라는 말을 할 때부터 이미 이성을 잃은 송백령과 홍자성의 손속은 그토록 잔인할 수가 없었다. 지난날 혈성과의 싸움, 그리고 이후의 많은 싸움을 겪으며 다수의 적을 상대함에 있어 기선을 제압하는 방법이 어떻다는 것을 너무나 잘 알고 있는 그들이었다. 홍자성과 송백령의 손에 걸린 자들은 차마 눈 뜨고는 보지 못할 처참한 지경이 되어 목숨을 잃었다.

　"뭣들 하느냐! 공격하랏!"

　영호세가가 송백령과 홍자성, 단 두 명에게 허둥대는 모습을 보이자 그때를 놓치지 않고 조공루의 명령이 떨어졌다.

　"와아!"

　"죽여랏!"

　무림맹의 무인들이 일제히 함성을 지르며 협맹을 공격했다.

　운학 진인의 등장, 그리고 떨떠름하게만 여겼던 흑영이 자신들을 돕자 무림맹 무인들의 사기는 하늘을 찔렀다. 더구나 잠깐의 휴식은 더할 나위 없는 힘이 되었다. 이곳저곳에서 무림맹의 반격이 시작되었다.

　'결국 이렇게 되었구나.'

　운학 진인은 차마 보지 못하겠다는 듯 고개를 돌려 버렸다.

　송백령 등이 영호세가를 공격하고 이곳저곳에서 싸움이 벌어지자 관정 또한 움직이기 시작했다. 그의 목표는 아직 싸움에 나서지 않고 영호용과 마찬가지로 내력을 회복하는 데 주력하고 있는 전사림이었다.

　"그만둬."

혁련휘가 관정을 불러 세웠다. 관정이 의문 섞인 눈으로 혁련휘를
쳐다보았다.

"그자는 강해."

"나도 강해졌어."

"알아. 하지만 지금의 실력으론 안 돼. 무공은 몰라도 내력에서 너
무 차이가 나."

"확실한 거냐?"

"거의."

혁련휘가 확실하다면 확실한 것이었다. 관정은 고집을 피우지 않았
다. 하지만 걸음을 멈추지는 않았다.

관정의 발걸음은 전사림을 보호하고 있는 좌풍익의 앞에서 멈춰졌
다.

"오랜만이군."

관정이 자신을 향해 검을 세우자 올 것이 왔다고 생각한 좌풍익이
희미한 미소를 지었다.

"빚을 진 게 있는 것 같아서……."

"빚이라면 우리도 만만치 않지. 자네에게 당한 형제들이 한두 명이
던가."

지금은 새로운 인원으로 다시 채워졌지만 관정으로 인해 목숨을 잃
은 십팔도객이 무려 여섯이었다. 하나 관정의 태도엔 변함이 없었다.

"나에겐 빚으로 남아 있소."

"그럼 할 수 없지."

관정에 이어 좌풍익도 검을 들었다. 그것을 명으로 보았는지 나머지
도객이 관정의 주변을 에워쌌다.

“비겁하다 하지 말게. 언제나 우린 한 몸이었네.”

“알고 있소.”

살짝 고개를 숙인 관정은 올 테면 오라는 식으로 태연히 검을 늘어뜨렸다. 너무나도 허점이 많아 보이는 자세였다.

좌풍익은 쉽사리 움직이지 못했다. 관정과 같은 고수가 노출하는 허점은 결코 허점이 아니었다. 죽음으로 가는 지름길일 뿐이었다. 하지만 그렇게 생각하지 않는 사람도 있었다. 지난날 관정과 직접 상대했던 자들은 꼼짝도 않고 있는 반면 몇몇 인원이 전격적으로 공격을 감행했다.

“안 돼!”

깜짝 놀란 좌풍익이 소리쳤지만 관정의 검은 이미 움직이고 있었다.

“빌어먹을!”

그들의 죽음을 그냥 바라만 볼 수 없었던 좌풍익이 관정에게 쇄도해 들어갔다. 좌풍익의 움직임만을 주시하던 나머지 도객들 역시 일제히 관정에게 공격을 퍼부었다.

열여덟 명의 도객, 열여덟 개의 도, 모든 방위를 차단하고 관정에게 향하는 그들의 공격은 일대 장관을 연출했다. 관정을 응원하는 무림맹의 무인들이 안타까운 탄성을 내뱉었다. 아무리 보아도 관정이 빠져나올 구멍은 없어 보였다. 하지만 단 한 사람, 혁련휘만은 예외였다.

‘흠, 강해졌단 말이야. 옛날과는 비교할 수도 없이. 내공만 갖춰지면 정말 장난이 아니겠어.’

혁련휘는 결과를 볼 필요도 없다는 듯 고개를 돌렸다.

“어떤가? 허락하겠는가?”

“······.”

운학 진인의 물음에 영호용은 침묵으로 일관했다. 모든 이들의 시선이 그의 입에 쏠려 있었다.

송백령과 홍자성의 갑작스런 공격으로 인해 시작된 싸움은 이미 끝이 나 있었다. 어느 한쪽이 일방적인 승리를 거둔 것은 아니었다. 더 이상 피비린내 나는 싸움을 볼 수 없었던 운학 진인의 중재로 인해 무림맹과 협맹 양쪽에서 동시에 병력을 물린 것이었다.

운학 진인은 거기서 만족하지 않았다. 운학 진인은 이참에 쓸데없이 많은 이들의 희생을 강요하는 모든 분란을 종식시키고 싶었다. 그래서 한 가지 제안을 했다.

무림맹을 대표하는 혁련휘와 협맹을 대표하는 영호용의 승부로 모든 것을 결정하자는 것.

혁련휘가 패하면 무림맹은 협맹이 원하는 것을 무조건 들어주는 것이었고 반대로 영호용이 패하면 협맹 역시 무림맹의 요구를 들어줘야 했다.

혁련휘는 이미 천하제일인으로 공인받는 고수, 무림맹에선 반대할 이유가 없었다. 하지만 영호용은 쉽게 대답을 하지 못했다.

‘만약 거부를 한다면······.’

운학 진인의 말을 거부하자니 자신이 운기조식하는 일각 동안 벌어진 일이 너무나 끔찍했다.

송백령과 홍자성, 그리고 기회에 편승한 무림맹의 공격으로 영호세가의 전력 중 삼 분지 일이 날아갔다. 관정에 의해 십팔도객이 전멸을 했고 은성장 역시 무당파 제자들의 공격을 받아 상당한 피해를 당했다. 웅비보가 그런대로 버텨줬지만 염파의 부재(不在)가 무엇보다 아쉬웠다.

'패하지는 않는다. 하지만……'

많은 피해를 입었지만 여전히 병력은 압도적이었다. 패하지 않을 자신이 있었다. 그러나 이길 자신도 없었다. 이미 무림맹의 사기는 하늘을 찌르고 있었고 반대로 협맹의 사기는 땅에 떨어져 있었다. 뿐만 아니라 그가 혁련휘를 막는다 하더라도 나머지 흑영을 상대할 고수가 없었다. 모르긴 몰라도 힘든 싸움이 될 것이었다. 그것을 알기에 염파와 전사림이 모든 결정권을 위임한 것이 아니던가.

그렇다고 운학 진인의 제안을 허락하기도 곤란했다. 무엇보다 혁련휘와의 승부에서 이긴다는 확신이 서질 않았다. 무공에는 자신이 있던 그였지만 조금 전 보여준 혁련휘의 무위는 그런 자신감을 완전히 상실케 하는 힘이 있었다.

"이렇듯 헛되이 피를 흘려서 무엇 하겠나? 어서 결정을 내리게나."

운학 진인이 연거푸 대답을 촉구했다. 그러나 여전히 대답하지 못했다. 보다 못한 혁련휘가 나섰다.

"크크크. 원래 욕심이 많은 인간은 그것을 쫓는 것만을 생각하지 포기하는 것을 모른다고 하지 않았습니까? 자, 어쨌든 그렇게 망설인다면 한 가지 조건을 더 걸겠소."

영호용이 의혹 어린 시선으로 혁련휘를 바라보았다.

"합공을 해도 무방하오."

충격적인 말이었다. 합공이라니… 무림맹 쪽에서 거센 반발이 일었다.

"무슨 소리를!"

"말도 안 된다!"

합공을 허락한다면 협맹에선 당연히 전사림이 나설 것이다. 혁련휘의 무공이 아무리 막강하더라도 영호용과 전사림을 상대한다는 것은 자살 행위나 마찬가지였다.

"절대 인정할 수 없습니다. 그것은 그냥 패하자는 말과 다름이 없습니다."

운학 진인의 곁으로 허겁지겁 달려온 조공루가 고개를 흔들며 말했다. 하지만 운학 진인은 조공루의 말을 귀담아듣지 않았다. 그렇다고 걱정이 안 되는 것은 아니었다.

"자신있느냐?"

묻는 운학 진인의 얼굴이 다소 굳어졌다.

"믿으십시오, 제가 아니라 무당의 무공을."

무당의 무공이라는 말은 오직 운학 진인만이 들을 수 있을 정도로 작았다. 혁련휘의 자신감있는 태도에 굳었던 운학 진인의 얼굴도 활짝 펴졌다.

"알았다. 내가 너를 믿지 않으면 누구를 믿겠느냐?"

"안 됩니다! 절대 허락할 수 없습니다! 혹여 저놈… 혁련휘가 일부러 패할 수도 있습니다! 그리되면 무림은 끝장입니다!"

열변을 토해내는 조공루의 얼굴은 벌겋게 상기되어 있었다.

"무림맹 맹주의 이름으로 다시 한 번 말씀드리겠습니다. 영호용과의 단독 대결이면 모를까 합공은 인정할 수 없습니다."

그러자 계단의 난간에 비스듬히 기대어 조공루의 말을 듣던 홍자성이 냅다 난간을 후려쳤다. 돌로 만든 난간이 그대로 박살이 나며 이리저리 파편이 흩어졌다.

"이봐, 대주. 관두자고. 저런 의심 많은 늙은이들을 위해 도대체 뭘 하겠다는 거야?"

"그래, 나도 자성의 말에 찬성이다. 이렇게 의심을 받느니 박살이 나든 말든 저들에게 맡겨 버리자고. 괜히 나서지 말고. 아니지, 차라리 협맹을 도와 무림맹을 쓸어버리는 것은 어때? 갚아줄 것도 많은데."

아무렇게나 내뱉는 송백령의 말에 무림맹 수뇌들의 얼굴이 하얗게 질려 버렸다. 행여나 그리되면 그야말로 끝장이 나는 것이다.

"흠, 그것도 괜찮은 생각이긴 한데. 어찌 생각하시오? 친구들이 저렇듯 화를 내는데."

"……."

혁련휘의 질문을 받은 조공루는 치미는 노화를 참기 위해 무척이나 애를 썼다. 혁련휘의 입가에 조소가 지어졌다.

"그러니까 함부로 나서지 마시오. 해결할 능력이 없으면서 말만 앞세우지 마시고. 한 번만 더 나서면 그때는 정말 후회하게 만들어주겠소."

"……."

더 이상 무슨 말을 하겠는가. 조공루는 후회하게 만들어주겠다는 혁련휘의 말이 어떤 의미인지 알기에 입을 다물 수밖에 없었다. 운학 진인과 몇몇 수뇌들은 혁련휘의 말이 다소 심하다는 생각을 했다. 하나 그들 역시 딱히 할 말은 없었다.

"어떻소? 그것까지 거부할 생각이오?"

조공루의 반발을 단숨에 무마시켜 버린 혁련휘가 여전히 의혹 어린 시선으로 자신을 살피는 영호용에게 질문을 던졌다.

"정말이냐?"

"물론이오."

"나중에 저들이 인정하지 않으면 어찌하느냐?"

"수백 수천의 중인이 있소. 게다가 저렇듯 침묵을 지킨다는 것은 나의 제안을 인정한다는 것 아니겠소."

영호용은 더 이상 머뭇거리지 않았다.

"좋다. 너의 제안, 아니, 무림맹의 제안을 허락한다."

대답과 동시에 시선은 전사림에게 향했다. 영호용의 눈빛을 받은 전사림이 천천히 걸어와 어깨를 나란히 했다.

"네가 원한 것이니 원망은 하지 말거라."

전사림과 시선을 맞추며 자세를 잡은 영호용은 승리에 대한 확신이 있는 듯했다. 혁련휘 역시 여유롭기만 했다.

"원망 같은 것을 할 이유가 없잖소."

혁련휘가 한 발 물러나며 검을 세웠다.

"오래 끌고 싶은 생각은 없소. 오직 일 초로써 승부. 조심하는 것이 좋을 것이오."

혁련휘가 말을 하지 않아도 영호용 역시 오랫동안 싸움을 할 생각은 없었다. 승리는 이미 기정사실인 것이지만 합공을 한다는 것이 영 부담스러웠다. 시간을 끌어봐야 망신만 당할 것이었다.

협맹의 승리를 위해 어쩔 수 없이 나서기는 했지만 전사림 역시 영호용과 같은 생각이었다.

침묵으로 일관하던 전사림이 전신의 힘을 한곳으로 모으기 시작했다.

얼마의 시간이 지났을까? 비스듬히 세운 검에서 희뿌연 기운이 솟아오르더니 서서히 하나의 형상을 만들어냈다.

"거, 검강?"

"검강이다!!"

숨죽이며 보고 있던 무인들 입에서 경악성이 터져 나왔다.

검에서 뿜어져 나온 기운이 또 하나의 검, 크기는 무려 일 장에 이르고 눈이 부실 정도로 밝은 빛을 뿜어내 연무장을 밝히는 검을 만들어 냈다.

'훌륭하군.'

전사림이 상당한 무공을 가지고 있었던 것은 알고 있었지만 그 정도로 뛰어난 성취를 이뤘다고는 생각하지 않았던 영호용의 눈에서 감탄의 빛이 흘러나왔다. 전사림이 최선을 다한다면 그 역시 밑천을 드러낼 필요가 있었다.

'구룡쟁패.'

오직 그것뿐이었다. 비록 완전하지는 않았지만 전사림의 검강을 능가하고 무슨 이유에서인지 너무도 자신만만한 혁련휘를 단 한 번에 쓰러뜨릴 수 있는 것은 용형팔검의 마지막 초식뿐이었다. 과거와는 달리 백무극의 무공까지 흡수하여 완전히 새롭게 탈바꿈한 팔초식 구룡쟁패는 남궁욱과의 싸움에서도 사용하지 않았던 비기 중의 비기였다.

영호용이 검을 하늘을 향해 세우며 손잡이를 가슴께로 끌어당겼다. 이어 검끝에서 흘러나온 기들이 하나의 형상을 만들어가기 시작했다.

시작은 전사림과 같았다. 하지만 전사림이 무형의 기운을 유형화시켜 검강을 만들어냈다면 영호용의 검에서 흘러나온 기운들은 영호용의 주변을 회전하며 그와 동화되기 시작했다. 잠시 후, 영호용이 있던 자리엔 거대한 기의 덩어리, 검과 비슷한 모양을 갖추고는 있지만 딱히 그렇다고도 단정 짓기 힘든 괴이한 모양의 기가 모여 자리하고 있었다.

"시, 신검합일(身劍合一)이로구나!"

영호용의 경지가 어떤 것인지 알아본 상경 진인이 두 눈을 부릅뜨고 경악성을 내뱉었다. 기절초풍할 일이었다. 광검 조사님 이후 지금껏 단 한 번도 현신하지 않았던 신검합일의 경지가 하필 적의 손에서 재현되고 있는 것이었다.

검강을 구사하는 고수와 신검합일을 이룬 고수의 합공이었다. 하늘이 무너지지 않는 한 혁련휘가 이길 가능성은 없었다.

"사, 사부님."

상경 진인이 떨리는 음성으로 운학 진인을 불렀다. 그런데 상경 진인을 비롯하여 무림맹의 수뇌들이 절망감에 사로잡혀 있음에도 운학 진인만큼은 담담한 얼굴이었다.

"쯧쯧, 어째서 그리 야단인지. 검강이면 어떻고 신검합일이면 어떻단 말이냐. 그런 경지를 이루었음에도 일 대 일의 대결을 회피했다면 그만한 이유가 있지 않겠느냐? 그리고 너도 지난번에 보지 않았더냐, 광검 조사님께서 남기신 무공의 위력을."

"하오나……."

"믿어보자꾸나. 당사자가 저토록 여유로운 데엔 필시 까닭이 있는 법이다."

운학 진인은 혁련휘를 믿고 있었다.

"무당의 제자들은 단 한 순간도 놓쳐서는 안 될 것이다."

때마침 고개를 돌린 혁련휘와 운학 진인의 시선이 허공에서 얽혔다. 혁련휘가 입가에 살며시 미소를 지었다. 그리곤 천천히 몸을 움직이기 시작했다.

혁련휘는 빠르지도 그렇다고 너무 느리지도 않게 움직이며 춤을 추었다.

"대환검법이다!"

천강이 소리쳤다.

"유운검법이다!"

또 다른 제자가 소리쳤다.

"저것은 태청검법(太淸劍法)!"

혁련휘가 움직일 때마다 무당파의 제자들은 자신들이 알고 있는 검법의 이름을 대기 시작했다.

"허! 태극혜검까지!!"

상무 진인마저 놀라며 부르짖었다. 혁련휘의 동작은 하나부터 열까지 모두 무당파의 검법이었다.

바로 그때 기회를 엿보던 전사림의 공격이 시작되었다.

쐐애애액!

전사림이 검봉을 혁련휘에게 향하자 귀청을 찢을 듯 요란한 파공성을 내며 유형화된 기의 덩어리가 혁련휘를 향해 쇄도했다. 동시에 영호용이 만들어낸 기의 집합체에서도 우렁찬 기합성이 터져 나왔다.

"구룡쟁패!"

영호용의 모습은 보이지 않았다. 대신 마치 용의 형상을 한 아홉 개의 기의 덩어리가 하늘로 치솟더니 혁련휘를 향해 무시무시한 속도로 내리꽂혔다.

전사림과 영호용의 힘이 합쳐진 공격은 상상을 초월했다. 단 한 번에 모든 공력을 쏟아 부은 전사림의 공격은 뇌성(雷聲)과도 같은 강맹함을 지녔고 하늘로 치솟아 내리꽂히는 영호용의 공격은 뇌전(雷電)에 비할 만큼과 빠르고 날카로웠다. 강맹함 또한 전사림과 비할 바가 아니었다.

그러나 혁련휘는 그들이 자신에게 공격을 하든 말든 신경도 쓰지 않
았다. 전사림의 검강이 짓이겨 들고 영호용의 공세가 머리에 쏟아져
내림에도 혁련휘는 그저 검무에만 열중일 뿐이었다.

"저, 저……!"

"아!!"

무림맹의 무인들은 곧 어육(魚肉)으로 변할 혁련휘의 모습을 차마
보지 못하겠다는 듯 고개를 돌렸다. 무림맹의 수뇌들도 그럴 줄 알았
다는 듯 참담한 표정으로 눈을 감았다. 다만 절대 눈을 돌리지 말라는
운학 진인의 엄명을 받은 무당파의 제자들만이 혁련휘의 위기를 안타
깝게 지켜봤다.

스스스.

혁련휘의 검에서 뭔가 알 수 없는 기운, 희미한 빛이 뻗어 나온 것은
조금 전부터였다. 처음엔 의식도 못할 정도로 미미했지만 시간이 갈수
록 조금씩 커지면서 변화하기 시작했다. 변화와 변화의 연결 고리가
끊어지지 않은 채 부드럽게 이어지고 얽히고설키면서 그 빛은 점점 영
역을 넓혔다. 그리고 전사림의 공격이 막 도착할 때쯤엔 이미 주변은
혁련휘의 검에서 뿜어져 나온 빛의 영역에 완벽하게 굴복한 상태였다.

혁련휘가 만든 빛의 영역과 전사림의 검강이 충돌을 일으켰다. 파공
성은 들리지 않았다. 천지를 뒤집을 충격음도 들리지 않았고 주변을
휩쓸 충격파도 발생하지 않았다. 혁련휘는 아무런 일도 없었다는 듯
계속해서 검무에 열중하고 있었다. 하나 전사림은 달랐다.

"크윽!"

전사림의 입에서 참담한 신음성이 터져 나왔다.

걸레가 되어버린 의복, 마구 헝클어진 머리, 입을 타고 연신 흘러내

리는 피가 그가 입은 피해를 대신 말해 주고 있었다.

영호용이라고 무사한 것은 아니었다.

혁련휘의 머리를 향해 짓이겨 오던 아홉 개의 기의 덩어리, 영호용이 만들어냈고 스스로 동화된 그것은 이미 흔적도 없이 소멸된 상태였다. 영호용이 만든 기는 혁련휘 주변을 감싸고 있는 거대한 빛의 장막에 부딪치는 순간 힘없이 무너지더니 순식간에 그 빛에 종속되어 버렸다. 남은 것은 기를 빼앗기고 찢어질 듯 눈을 부릅뜬 영호용의 몸뿐이었다.

"이, 이겼다!"

"오오!!"

전사림과 영호용이 일으킨 기운은 이미 완벽하게 사라져 버렸다. 오직 혁련휘만이 홀로 움직이고 있을 뿐이었다. 전사림과 영호용이 전의를 상실한 채 멍하니 서 있었지만 혁련휘는 검무를 멈추지 않았다. 그의 신형은 어느새 이 장 가까이 떠오른 상태였다.

"아!"

무엇을 본 것일까? 사람들의 눈이 경악으로 물들고 있었다.

허공에 뜬 혁련휘는 움직임을 멈추고 하늘 높이 검을 세우고 있었다. 주변을 밝히던 빛은 모조리 검 속으로 빨려 들어갔다.

"타핫!"

혁련휘의 입에서 처음이자 마지막으로 함성이 터져 나오더니 검봉이 지상으로 향했다. 순간, 수십 수백으로 갈라진 빛의 기운이 연무장을 뒤덮기 시작했다. 반경 십여 장을 완벽하게 뒤덮으며 떨어지는 빛의 기운에 아무도 움직이지 못했다. 그저 난생처음 보는 광경에 입을 벌리고 놀랄 뿐이었다.

“유성우(流星雨)……”

누군가의 입에서 천천히 탄성이 흘러나왔다.

“하늘의 별이… 땅에 현신하는구나.”

그랬다. 하늘을 밝히던 모든 별들이 한자리에 떨어지는 듯 무당파의 연무장은 온갖 아름다운 빛으로 뒤덮여 버렸다. 하지만 그 빛은 그들의 생각만큼 아름다운 것만은 아니었다. 연무장을 향해 떨어지는 빛은 단순히 밝은 것뿐만 아니라 엄청난 힘을 지니고 있었다.

파파팍.

꽈꽝!

무수한 격타음과 충격음이 울려 퍼지고 연무장은 일순 먼지로 뒤덮여 버렸다.

“저, 저럴 수가!!”

연무장을 뒤덮던 먼지가 가라앉으며 드러나는 연무장의 모습에 사람들은 또 한 번 경악성을 내질러야 했다. 빛이 쓸고 지나간 연무장은 수천 년 동안이나 버려진 땅인 듯 처참하게 망가져 있었다. 마치 수백 마리의 멧돼지가 밭을 짓밟고 지나간 것과 같은 광경이었다. 그리고 그곳에 영호용과 전사림이 온몸이 갈기갈기 찢어져 다시는 회복하기 힘든 부상을 입고 쓰러져 있었다.

사람들은 전율하지 않을 수 없었다. 만약을 대비해 한참을 물러나 있었기에 망정이지 연무장에 그대로 남아 있었다면… 그 결과는 상상조차 하기 싫었다.

“이것으로 승부는 난 것 같소만.”

천천히 하강한 혁련휘가 부상을 당해 수하들의 부축을 받고 있는 염파에게 다가가 말했다. 아무래도 힘이 들었는지 혁련휘 역시 지친 기색이 역력했다. 염파는 힘겹게 고개를 끄덕였다.

"그런 것 같다."

순간 엄청난 함성이 터져 나왔다.

"와아!"

"무림맹 만세!!"

"혁련휘 만세!!"

정신을 잃은 영호용과 전사림을 대신해 염파가 패배를 인정하자 무림맹의 무인들은 저마다 얼싸안으며 승리의 환호성을 질렀다.

"제가 요구 조건을 말해도 되겠습니까?"

함성이 잦아들기를 기다린 혁련휘가 운학 진인에 물었다.

"물론이다. 네가 거둔 승리가 아니더냐?"

운학 진인이 흔쾌히 허락했다. 조공루 등 몇몇 수뇌들이 불편한 기색이었지만 감히 토를 달지는 못했다.

혁련휘가 다시 염파에게 고개를 돌렸다.

"요구 조건을 말해도 되겠소?"

"이미 약속된 것 아니냐. 말해라."

"나의 요구 조건은……."

모든 이들이 혁련휘의 말에 귀를 기울였다. 어찌나 긴장을 했는지 침을 삼키는 소리가 멀리서도 들릴 정도였다.

"협맹은 향후 다시는……."

듣지 않아도 알 수 있었다.

'결국 이렇게 끝나는구나.'

단 한 번 싸움의 패배로 선조들로부터 지금까지 이어온 염원이 끝장난 것이었다. 염파는 모든 것을 체념한 듯 눈을 감았다.

"다시는 무당파를 넘보지 마시오."

염파의 눈이 번쩍 떠졌다.

"그대들이 무림에 군림을 하든 아니면 피로 씻든 상관하지 않겠소. 대신 어떠한 일이 있어도 무당파만은 건드리지 마시오. 설사 그들과 충돌이 있다손 치더라도 백 번이고 천 번이고 양보를 하시오. 이것이 내 요구 조건이오."

으레 협맹의 봉문을 요구할 줄 알았던 무림맹의 수뇌들은 혁련휘의 어처구니없는 요구에 할 말을 잃었다.

"지금 무슨 짓을 하는 것이냐?"

그나마 빨리 사태를 파악한 조공루가 버럭 소리를 지르며 혁련휘의 곁으로 달려왔다.

"지금까지 이들의 행동을 보지 못했느냐? 당연히 봉문을 요구해야 한다."

"난 이미 요구 조건을 말했소."

"또다시 피비린내 나는 싸움을 하길 원하느냐? 내가, 아니, 우리 무림맹은 너의 요구 조건을 도저히 인정하지 못한다! 요구는 무림맹이 협맹에게 하기로 약속되어 있다!"

"내게 일임한다고 하지 않았소?"

"그건 운학 진인께서 하신 말씀일 뿐 무림맹 전체의 의사는 아니다."

혁련휘가 운학 진인을 쳐다보았다. 뜻밖의 상황에 난처해진 것은 운학 진인과 무당파였다. 운학 진인 역시 혁련휘가 그런 요구를 할 줄은 몰랐다는 듯 쓴웃음을 짓고 말았다.

"뭔가 착각하는 모양이시구려."

“뭐가 말이냐?”

“내가 무림맹을 돕기 위해 싸웠다고 생각하시오?”

“……”

“당신들이 뭐가 예쁘다고 이 고생을 하면서 돕겠소? 걸핏하면 뒤에서 칼이나 꽂으려는 사람들을.”

“말이 지나치다!”

조공루가 싸늘하게 외쳤다.

“웃기고 있군. 다시 한 번 말하겠소. 나와 친구들은 무당파를 돕기 위해 온 것이지 당신네들을 도우러 온 것이 아냐. 그것이 정 불만이면 저들의 몸이 회복되기 전에 다시 싸워보든지. 무리를 이끄는 우두머리가 없으니 승산이 있을지도 모르는 일 아니오.”

“이……!”

“덤빌 테면 덤비던지.”

싸늘한 어조로 경고를 한 혁련휘는 조공루가 어찌 반응하는지 쳐다도 보기 싫다는 듯 고개를 돌렸다.

“어쨌든 이보시오, 염 보주.”

“말해라.”

“조금 전 승부에 대한 요구 조건을 이행하리라 믿겠소.”

“걱정하지 마라. 협맹은 향후 무당파에 어떤 위해도 가하지 않을 것이다.”

봉문을 당하지 않는 것만으로도 감지덕지할 판이었다. 염파는 두말하지 않고 고개를 끄덕였다.

“그리고 하나 더.”

염파의 표정이 살짝 굳어졌다. 혁련휘가 빙글 몸을 돌려 억지로 분노를 참고 있는 조공루와 무림맹의 수뇌들을 쳐다보았다.

"오늘 이후로 우리들은 무림을 떠날 것이오. 다시는 무림의 일에 관여하지 않을 것이고 모습도 드러내지 않을 것이오. 그러니 찾지 마시오. 협맹처럼 우리를 이용하기 위해서 찾지도 말고 무림맹처럼 제거하기 위해서도 찾지 마시오. 또다시 우리를 찾는다면… 그때는 상상에 맡기겠소. 그리고……."

혁련휘의 검이 갑자기 허공을 갈랐다. 그리고 들려오는 비명 소리.

"크아아악!"

혁련휘의 바로 앞에 서 있던 조공루가 배를 잡고 땅에 뒹굴었다. 사람들은 너무나 창졸지간에 벌어진 일에 어찌할 바를 몰라 했다.

"이건 경고요."

혁련휘는 할 말을 다 했다는 듯 운학 진인에게 걸어갔다.

"죄송합니다, 영감님. 참아보려 했지만 아무래도 참을 수가 없었습니다. 대신 이것으로 무림맹과의 은원은 접겠습니다. 마음 같아선 친구들에 대한 빚을 제대로 받아내고 싶지만 그만두지요."

"꼭 그리했어야 했느냐?"

운학 진인이 안타까운 음성을 물었다.

"목숨에는 지장이 없습니다. 무공만 못 쓸 뿐이지요."

화산파 제자들에 의해 옮겨지는 조공루를 바라보는 혁련휘의 눈은 여전히 차기있다.

운학 진인이 고개를 흔들었다.

"그 말이 아니라……."

"요구 조건 말씀이군요."

"그래, 또다시 많은 피를 부르게 될 것이야."

"죄송합니다. 하나 할 수 없습니다. 제 마음이 그리 시켰습니다. 그리고 협맹도 앞으로는 그렇게 날뛰지 못할 것입니다. 이번에 많은 피해도 입었고……."

혁련휘는 무공을 되찾은 혈성의 힘이 강해져 견제할 것이라는 말은 차마 하지 못했다.

"후~ 어떻게든 되겠지. 어차피 그건 남은 사람들의 몫일 테니."

"그리고 광검 조사님의 무공은 조만간 무당에 돌려 드리겠습니다."

"신경 쓰지 말거라. 오늘 본 것만으로도 충분하다. 그래, 떠나려느냐?"

"예."

"가면 어디로 가려느냐?"

"옛날부터 구해놓은 거처가 있습니다. 제법 아담하니 괜찮은 곳이지요."

운학 진인이 혁련휘의 곁으로 다가온 송백령과 관정, 홍자성 등을 일일이 바라보며 안색을 흐렸다.

"너희들에게 너무 몹쓸 짓만 한 것 같아서 마음이 무겁구나."

"너무 마음에 두지 마십시오. 모두들 영감님께 감사해하고 있습니다."

혁련휘가 허리를 굽혔다. 송백령, 관정, 홍자성 역시 정중하게 인사를 했다. 몸을 일으킨 이들과 운학 진인의 시선이 한참 동안 얽혔다.

"가거라."

운학 진인이 아쉬움을 달래며 손짓했다.

"그럼 떠나겠습니다."

다시 한 번 인사를 한 혁련휘와 친구들이 몸을 돌렸다.

그들은 피에 젖은 연무장을 느릿느릿한 걸음으로 빠져나갔다.

과거엔 알려지지 않은 무림의 영웅이요, 최근엔 협맹과 무림맹 사이에서 엄청난 고초를 겪은 흑영. 이들의 뒷모습을 지켜보는 여러 무인들의 눈엔 그들에 대한 두려움과 원망, 고마움, 동경 등 온갖 상념들이 번갈아가며 떠올랐다.

'잘 가거라, 그리고 편히 쉬거라.'

그들을 마지막까지 배웅한 것은 운학 진인의 깊은 애정이 담긴 따뜻한 눈빛이었다.

"너도 이상하냐?"

홍자성이 관정을 붙잡으며 물었다.

"글쎄, 그다지……."

"거봐라. 그 이름은 정말 아니라고 본다."

송백령이 비웃음을 흘리며 핀잔을 줬다.

"미치겠네. 그 이름이 어때서 그래."

홍자성이 가슴을 치며 답답해했다.

"어젯밤에 너희들도 봤을 거 아냐? 난 하늘이 무너지는 줄 알았다."

"그래서 하늘의 별이 다 떨어지는 줄 알았고?"

송백령이 짓궂게 웃으며 맞장구를 쳤다.

"그렇다니까."

"해서 지은 이름이 '운한(은하수)소회(雲漢昭回)' 란 말이지?"

"은하수가 밝게 빛나며 돈다. 멋지지 않냐?"

"퍽이나 멋지겠다. 무슨 계집애 이름도 아니고……."

"말 다 했냐?"

"다 하지 않고. 도대체 이름이라고 지은 것이 어울려야 맞장구를 쳐 줄 것 아냐?"

"그만들 해라. 뭘 그런 것 가지고 다투냐, 다투길."

보다 못한 혁련휘가 말렸다.

"너는 어때? 어차피 네 무공이잖아."

"글쎄, 잘 모르겠는데."

"네가 모르면……."

"자자, 말싸움은 그만 하고 어서 가자. 무궁이 혼자서 코 빠지게 기다리고 있을 거야. 빨리 가야지."

혁련휘는 갑자기 자신에게 불똥이 튀자 재빨리 말을 얼버무리더니 걸음을 재촉했다. 그 불똥이 다시 자신들에게 돌아올까 봐 겁을 낸 관정과 송백령도 허겁지겁 혁련휘의 뒤를 좇았다.

"아, 미치겠네. 이만큼 멋진 이름이 세상에 또 어디에 있다고. 도대체가… 아! 그래, 무궁, 무궁이 있었지!"

졸지에 뒤에 처져 혼자서 씩씩거리던 홍자성이 문득 서무궁을 생각했다. 분명 서무궁이라면 자신의 마음을 알아줄 것 같았다.

"어어, 같이 가! 같이 가자고!!"

『운한소회』 終

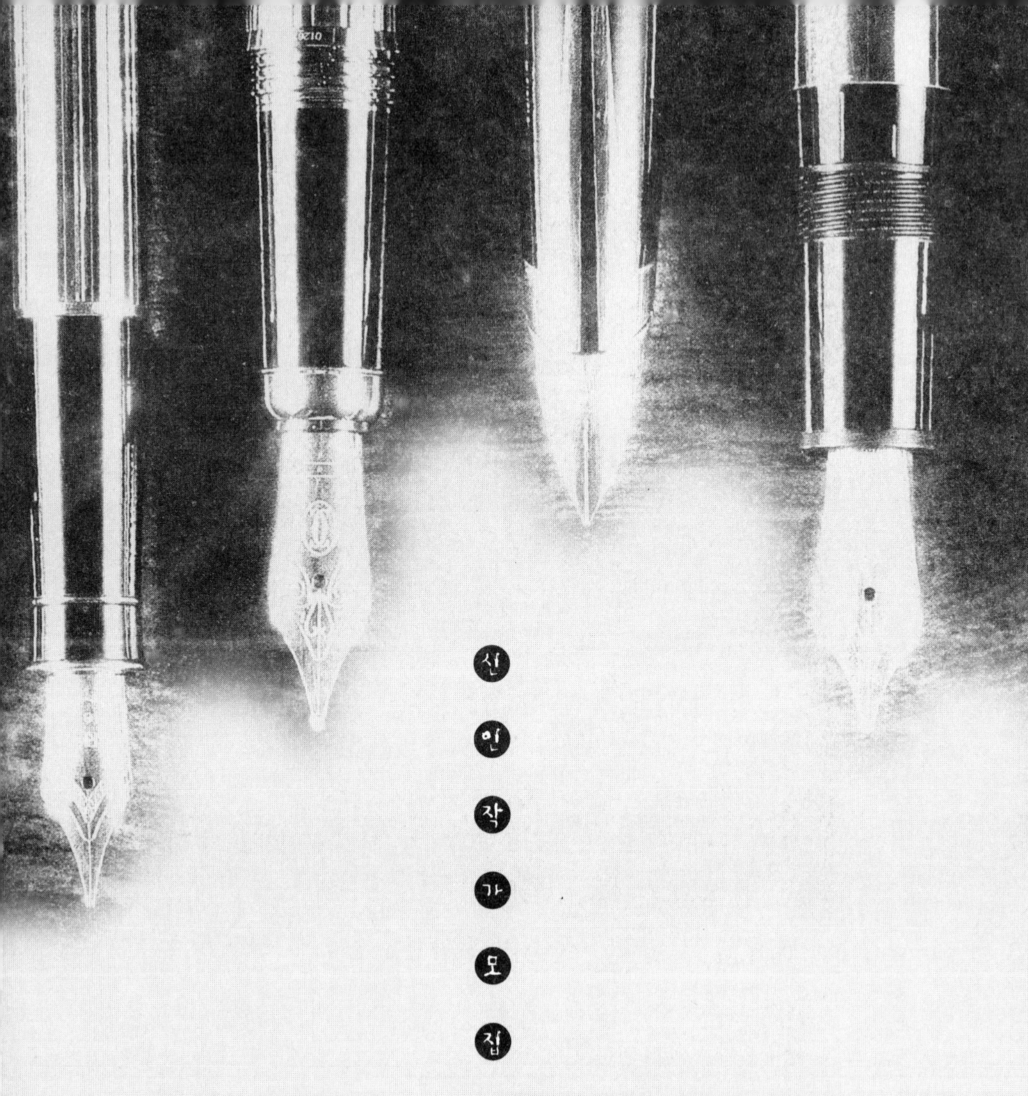
신
인
작
가
모
집

시작이 반이라고 했습니다.
작가의 길에 대한 보이지 않는 벽을 과감히 깨뜨리십시오!
청어람은 삭가 지방생 여러분들의
멋진 방향타가 되어드리겠습니다.

저희 도서출판 청어람에서는
소설 신인 작가분들을 모집합니다.
판타지와 무협을 사랑하시는 분들의 많은 참여를 바랍니다.
소정의 원고(A4용지 150매)를 메일이나 우편으로 보내주시면
검토 후 출판 여부를 알려드리겠습니다.

주소:경기도 부천시 원미구 심곡1동 350-1 남성B/D 3F 우편번호420-011
TEL:032-656-4452 · FAX:032-656-4453
http://www.chungeoram.com
e-mail:chungeoram@chungeoram.com